无法完成的告别

EVERY DAY

DAVID LEVITHAN

湖南文艺出版社
HUNAN LITERATURE AND ART PUBLISHING HOUSE

博集天卷
CS-BOOKY

[美] 大卫·利维森 ——— 著   李亚飞 ——— 译

图书在版编目（CIP）数据

无法完成的告别 /（美）大卫·利维森
（David Levithan）著；李亚飞译 . -- 长沙：湖南文艺
出版社，2019.1
　书名原文：Every Day
　ISBN 978-7-5404-8892-5

　Ⅰ.①无… Ⅱ.①大…②李… Ⅲ.①长篇小说—美
国—现代 Ⅳ.①I712.45

中国版本图书馆 CIP 数据核字（2018）第 257059 号

著作权合同登记号：图字 18-2018-318

Every Day

Copyright © 2012 by David Levithan

Published by arrangement with The Clegg Agency, Inc., through The Grayhawk Agency Ltd.

上架建议：畅销·外国文学

WUFA WANCHENG DE GAOBIE
无法完成的告别

作　　者：［美］大卫·利维森（David Levithan）
译　　者：李亚飞
出 版 人：曾赛丰
责任编辑：薛　健　刘诗哲
监　　制：蔡明菲　邢越超
策划编辑：刘宁远　张思北
特约编辑：温雅卿
版权支持：辛　艳
营销支持：傅婷婷　张锦涵　文刀刀
版式设计：梁秋晨
封面设计：尚燕平
封面插画：DONGO
出版发行：湖南文艺出版社
　　　　　（长沙市雨花区东二环一段 508 号　邮编：410014）
网　　址：www.hnwy.net
印　　刷：北京京都六环印刷厂
经　　销：新华书店
开　　本：880mm×1270mm　1/32
字　　数：228 千字
印　　张：10
版　　次：2019 年 1 月第 1 版
印　　次：2019 年 1 月第 1 次印刷
书　　号：ISBN 978-7-5404-8892-5
定　　价：45.00 元

若有质量问题，请致电质量监督电话：010-59096394
团购电话：010-59320018

目 录

无 法 完 成 的 告 别

C O N T E N T S

01 惊奇之地

第 5994 天

我醒来了。

我必须立刻弄清自己的身份，而不仅仅是睁开眼睛观察身体的特征——胳膊上肤色的深浅，或者头发的长短，或者身材是胖是瘦、性别是男是女、身上是伤痕累累还是光滑无瑕。因为如果你习惯了每天早晨都在一个崭新的躯体中醒来，那么身体的特征是你最容易适应的，而躯体内的生命本身才真的难以掌控。

我每一天都是一个不同的人。我是我自己——对此我很清楚，但我也是其他人。

这种情况一直延续着。

事实就是如此。当我醒来，睁开双眼，我很清楚这是一个崭新的早晨，我来到了一个新的地方。关于这个身体的信息就像是欢迎我到来的礼物，传入了我的大脑，今天我是贾斯汀。没有任何缘由，我就是知道我的名字叫贾斯汀，不过我同时也很清楚自己并不是真正的贾斯汀，我只是借用他的身体来度过一天的时光。我看看四周，知道自己在他的房间里。这里是他的家，再过七分钟，闹钟便会响起。

虽然我从来没有过进入同一个躯体两次，但我很确信自己之前当过这一类人——衣服四处乱扔，拥有的游戏光盘远远多于书籍，穿着运动短裤睡觉。根据嘴里的味道，我还判断出他是个吸烟者。不过他的烟瘾还没有大到刚起床就得抽上一根。

"早上好，贾斯汀。"我说。我听见他的声音十分低沉，这总是与我想象中的声音不一样。

贾斯汀没有照顾好自己的身体。他的头皮发痒，双眼难以睁开，睡眠严重不足。

我已经知道，我不会喜欢今天了。

处在一个你不喜欢的身体里可不是一件容易的事，因为你终究还是要尊重它的。过去我曾破坏过别人的生活，然而我发现每次我犯下过错，困扰的还是我自己。因此我要尽量小心应对。

我能够告诉你的是，我所寄居的每一个躯体的主人都与我年龄相仿。我不会从十六岁一下子飞跃到六十岁。此时此刻，我只有十六岁。我并不知道这是怎么发生的，或者为什么会这样。长期以来我一直想要弄明白这是怎么一回事，但始终无法如愿以偿，就如同寻常男女对自身存在的原因不明所以一样。经过一段时间，你不得不平静地接受你就是你自己这个事实，没有办法弄清个中原委。你可以总结出一套理论，但却永远无法对其做出证明。

我可以获知事实，但却无从获知他人的情感。我知道这是贾斯汀的房间，可我不知道他是否喜欢它。他想要杀死住在隔壁房间的他的父母吗？如果他的妈妈没有进来看看他有没有醒来，是不是他就会被遗忘？

一切都不得而知。这就和我的灵魂取代了别人身体里的灵魂一样，玄之又玄，我很庆幸还可以用自己的方式来思考问题。而时不时地对他人的思维方式有所获悉，对我也是大有帮助。每个人都有秘密，处于别人身体内部的灵魂更能察觉到这一点。

闹钟响了起来。我伸手拿了一件 T 恤和几条牛仔裤，但不知怎么回事，我觉得他昨天穿的就是这件 T 恤。于是我又选了另一件 T 恤。我拿着衣服走进浴室，洗完澡后把衣服穿上。这会儿他的父母在厨房里，他们没有感觉到任何异样。

经过了长达十六年的练习，现在我通常不会出错，以后也不会出任何错。

我能轻易地了解他的父母，早晨贾斯汀不会跟他们说什么话，因此我也不必跟他们说什么。我已经很擅长感知别人对我的期望或是失望。我吃了点麦片，然后把空碗丢进了水池，不加理会，拿起贾斯汀的钥匙就出门了。

昨天我是个女孩，生活在一个小镇上，我猜那个小镇离这里大概有两个小时的车程。而前天我是一个男孩，生活在距离这里五个小时车程的另一个小镇上。我已经忘记了关于他们的生活细节。然而这是无可厚非的，否则我可真的会连自己是谁都不记得了。

整个早上，贾斯汀都听着嘈杂的电台播放的嘈杂的音乐，还有那些嘈杂的 DJ 讲的嘈杂的笑话。老实说，这就是我所要了解的关于贾斯汀的一切。我获取了他的记忆，知道该从哪条路去学校，把车停在哪个车位，用哪个储物柜存储物品。这一切我都了如指掌，包括在学校大厅里他所认识的每一个人的名字。

有的时候我不想做这些事情。我不想去上学，不想这样度过一天。我就说自己病了，然后待在床上看看书。尽管如此，过不了多久我还是会心生厌倦，于是我就爬起来，去迎接新学校和新朋友带给我的挑战，迎接这样的一天。

当我从贾斯汀的储物柜里拿书的时候，突然感觉有人走了过来。我转过身，看见一个女孩站在那里，她的脸上很明显地流露出既犹豫又期待、既紧张又崇拜的神情。我都不用获取贾斯汀的记忆就知道，这是他的女朋友。再没有别人会对他有这样的反应，会如此手足无措地站在他面前。她很漂亮，不过显然她自己没有意识到这一点。她的头发遮住了脸，看见我，她似乎既高兴又有些失落。

她的名字叫莱安娜。在这个时候，在这转瞬即逝的片刻，我觉得这个名字对她来说真是再适合不过了。不知道为什么，我根本不认识她，但是那种感觉很不错。

这并不是贾斯汀的想法，而是我的。我试图忽略自己的想法。我也根本不是她要找的人。

"嘿！"我故作轻松地说。

"嘿！"她小声回答。

她低头看着地板，看着她自己涂鸦的帆布鞋。她在鞋上画了城市，沿着鞋底画了地平线。她和贾斯汀之间一定发生了什么，然而我并不知道。或许就连贾斯汀本人也没有意识到发生了什么。

"你还好吗？"我问。

尽管她极力掩饰，但我还是看到她脸上流露出了惊讶的表情。通常情况下，贾斯汀应该不会这么问她。

然而，奇怪的是，我希望听到她的回答。事实上，贾斯汀的冷漠让我更想知道她的回答。

"很好。"她说，不过她的语气听起来糟糕透了。

我发现我很难看清她。不过根据我的经验，每个女孩的外表之下都藏着一颗真实的内心。她遮遮掩掩，同时又希望我能有所察觉。也就是说，她希望贾斯汀能够看到她的内心，然而这不是我力所能及的。此刻我最好还是静静等待，不要再说什么了。

她完全沉浸在自己的悲伤里，并没有意识到自己表现得有多明显。我想我完全理解她，至少在这个片刻，我认为自己理解她，不过随后，我惊奇地发现她的悲伤之中还夹杂着一丝坚毅，甚至可以说是勇气。

她的视线不再停留在地板上，而是看向了我，她问道："你生我的气了吗？"

我想不出任何理由对她生气。即便有理由生气，我也是生贾斯汀的气，因为贾斯汀让她变得那么卑微，这一点从她的肢体语言就能看出。当她在贾斯汀身旁的时候，她就显得无比渺小。

"没有，"我说，"我根本没有生你的气。"

我说了她想要听到的话，她却完全不相信。我十分注意自己的措辞，可她却对我的话半信半疑。

这不是我的问题，对此我很清楚。我只会在这里待上一天，我根本解决不了任何人的男朋友身上存在的问题，我也不应当改变别人的生活。

我转过身去，背对着她，拿出书，再锁上储物柜。她就站在原地，一动也不动，这段糟糕的情感纠葛带给了她如此绝望的孤独。

"你今天还想去吃午饭吗？"她问。

对于这种情况，最简单的处理方法就是拒绝。我通常都会这么做：一旦意识到自己被卷入了其他人的生活，我就会设法与其背道而驰。

可是当我看到莱安娜鞋上画着的城市图案、看到她一闪而过的勇气，还有她无所谓的悲伤，这些细节都让我想要知道她还会说些什么。这些年我每天都和素不相识的人见面，而这个早晨，就在这里，我对眼前这个女孩产生了一丝好奇。由于我内心的软弱或是勇敢，这一刻我决定听从好奇心的驱使，我决定更多地去了解她。

"当然。"我说，"能和你一起吃午饭真是太好了。"

她的反应让我再次意识到我说的话太过热情了。贾斯汀绝不会这么热情地对她说话。

"其实也没什么意思。"我又说。

她顿时释然了。或者说，她至少让自己大大地松了一口气，尽管她看起来还是显得小心翼翼的。通过贾斯汀的记忆，我知道他们在一起已经一年多了。这个时间已经非常准确了，因为贾斯汀自己也不记得和她交往的准确时间。

她把手伸了过来，拉住我的手。这感觉太棒了，简直让我不敢相信。

"你不生我的气，我太高兴了，"她说，"我只是想让一切都顺利。"

我点了点头。如果说我了解到了什么，那就是：我们都希望一切顺利。我们都不期待有特别美妙的事情发生。只要一切都安安稳稳的，我们就很满意了，因为大多数时候，安安稳稳地生活就已经足够了。

第一节课的铃声响了。

"待会儿见。"我说。

这只是一句最简单不过的约定，但对莱安娜来说，却意味着整个世界。

起初我忍受不了这种整天不与任何人交流，也不改变任何人生活的日子。在我小的时候，我渴望和别人建立友谊、彼此亲近。我努力建立这样的关系，并不知道它会快速、彻底地瓦解。我对别人的生活身体力行，我以为他们的朋友也会成为我的朋友，他们的父母也会成为我的父母。然而过了一段时间，我不再这么认为。因为太多的分离让我心痛不已。

我就像个漂流瓶一样孤苦无依，却也像个漂流瓶一样无拘无束。我绝不会把自己定义为其他人。我也未曾感受到同龄人的压力或是父母的期望所引起的负担。我会将每个人视为整体的一部分，并注重这个整体，而不是某个个体。我学会了如何观察，在这一点上我做的比大多数人都好。我不会因为过去而变得迷惘，也不会因为未来而变得激进。我只专注于现在，因为我注定只活在现在。

我一直在学习。有时候我一遍遍地学习着我在其他课堂上已经学习过的知识，有时候我则会学到全新的知识。我需要进入别人的身体和内心，去看看那里保留着哪些信息。当我这么做的时候，实际上就是在学习。知识是唯一与我如影随形的东西。

我知道很多贾斯汀一无所知而且以后也永远不会知道的东西。我坐在这儿上着属于他的数学课，打开了他的笔记本，写下了那些他闻所未闻的名词——莎士比亚、凯鲁亚克，还有狄金森。明天，或是以后的某一天，他将会看见自己的笔记，他绝不会知道这些词是打哪儿来的，是什么意思，或者他根本永远不会看这些笔记。

这已经是我允许自己对别人的生活造成的最大限度的影响。

我绝不会留下其他任何痕迹。

我心里一直想着莱安娜。关于她的事情，从贾斯汀的记忆中闪过。都是一些小的细节，比如她的发型，她咬手指的样子，她声音之中流露出的坚决和顺从。还有一些生活琐事。我看见她和贾斯汀的祖父跳舞，因为贾斯汀的祖父说想和一个漂亮的女孩跳舞。我还看见她看恐怖片时用手捂着双眼，又透过指缝偷瞄，享受着这种刺激的样子。这都是些美好的回忆。而对于其他的记忆，我并不太在意。

早上我只见过她一次，在第一和第二节课之间短暂的休息时间，我在学校的大厅里碰见了她。我发现当她走近时，我露出了微笑，同时她也冲我微笑。就是这么简单，既简单又复杂，就像现实中的大多数事情一样。我意识到在第二节课下课的时候，我在寻找她，第三节、第四节课下课的时候也是如此。我甚至无法控制自己，我想见到她。这种感觉简单，却又复杂。

当我们去吃午饭的时候，我已经很累了。贾斯汀的身体由于缺乏睡眠，变得疲惫不堪，而处于贾斯汀体内的我，也由于焦虑和复杂的思绪而感到疲惫。

我站在贾斯汀的储物柜前等待莱安娜。第一遍铃响了，第二遍铃又响了，莱安娜还是没有露面。也许我应该在别的什么地方等她，也许贾斯汀忘了他们平常在哪儿见面。

如果是这样的话，她应该已经习惯了贾斯汀的健忘。正当我要离开的时候，她找到了我。大厅几乎空了，学生们都走了。她来到我身边，比之前靠得更近。

"嘿！"我说。

"嘿！"她说。

她看着我。贾斯汀是那种主动迈出第一步的人，是那种出主意的人，也是那种决定接下来要做什么的人。

这让我感到沮丧。

这种场景我之前已经见得太多。这种轻浮的爱情，因为害怕孤独，就找一个根本不合适的人来一起承担这份恐惧。希望中夹杂着疑虑，疑虑中又透着希望。每次我从别人脸上看到这种神情，都会感到难过。现在莱安娜的脸上不仅流露出了失望之情，还有别的某种情绪。那是一丝温柔，一丝贾斯汀永远不会察觉到的温柔。然而我立刻就感受到了旁人无法领会的这一丝温柔。

我拿起所有的书，放进储物柜，然后走向她，轻轻地用手握住她的胳膊。

我根本不清楚自己在做些什么，我只知道我就这么做了。

"我们走吧。"我说，"你想去哪儿？"

现在我离她很近，可以看见她的双眼是蓝色的。再也没有别人能够像我现在离她这么近，可以看见她的双眼是那么蓝。

"我不知道。"她回答。

我握住她的手。

"走吧。"我对她说。

我不再感到焦虑，取而代之的是一阵悸动。刚开始我们手牵手漫步，接着我们手牵手奔跑起来。我们不顾一切地相互追逐，飞快地在校园中穿行，一切不相关的事物在我们的眼中都变得模糊了。我们欢笑着，打闹着。我们把她的书一股脑儿放进她的储物柜，然后跑出了教学楼，我们来到了室外，享受着清新的空气、阳光、绿树，以及没有多少负担的世界。离开学校的那一刻我就违背了自己的原则，当我们跳进贾斯汀的车时，我再次违背了原则，而当我发动起车时，我又一次违背了原则。

"你想去哪儿？"我又问道，"对我说实话，你想去哪儿？"

我起初并没有意识到她的回答有多关键。如果她说，我们去购物中心吧，我就不会深陷其中。如果她说，带我去你家吧，我也不会深陷其中。如果她说，事实上，我不想错过第六节课，我也不会深陷其中。而且我原本就不该陷进去。我不该这么做。

可是她偏偏说："我想去海边，我想你带我去海边。"

我觉得自己有些无法自拔了。

我们花了一个小时来到海边。现在是马里兰的九月下旬，树叶还没开始变黄，不过可以看出有这样的趋势。绿色的叶子已有些暗淡，随时都会变得枯黄。

我让莱安娜随意选择自己喜欢的电台。她感到很惊讶，不过我对此毫不在意。我受够了那些嘈杂的音乐，我想她一定也受够了。她给车里带来了优美的旋律，这是一首我听过的歌曲，于是我跟着哼起来。

如果可以 / 我要和上帝约定……

现在莱安娜的惊讶变成了疑惑，贾斯汀从来不会随着歌曲哼唱。

"你怎么唱起来了？"她问。

"因为有音乐啊。"我回答她。

"我才不信。"

"不，是真的。"

她盯着我看了很久，然后笑了起来。

"既然这样……"她一边说，一边拨弄着旋钮，寻找下一首歌曲。

很快我们就放声欢唱起来。流行歌曲就像热气球一样充满能量，唱歌的同时，我们感觉自己飞上了云霄。

在我们周围，时间仿佛都停顿了。她不再去想这是多么不寻常，她完全沉浸在了这样的氛围当中。

我希望带给她美好的一天，也仅限于这美好的一天。我一直不确定自己是出于什么意图，在她身边逗留了这么久，现在这个意图瞬间浮现在我的眼前了，而之前我似乎已经隐隐感觉到了这个意图。我只能带给她一天的时间，那么为什么不带给她美好的一天呢？为什么不和她共享这一天呢？为什么我不享受此刻的音乐，看看这美妙的旋律能持续多久呢？那些所谓的原则是可以被打破的。我既然可以拥有这一天，当然也可以与人分享这一天。

当这首歌曲播放完了，她摇下车窗，把手伸到外面，给车里带来了一段新的旋律。我将所有的车窗都摇了下来，加快了车速，风吹了进来，扬起我们的头发，这感觉就像是车子已经荡然无存，只有我们的身体在飞速前进，我们完全掌控着自身的速度。这时耳边又响起了一段美妙的歌曲，于是我把车窗摇了起来，同时握住了她的手。我就这样开了很久，问了她一些问题。比如她的父母近来怎样，她姐姐现在上大学的感觉怎么样，这一年来，她是否觉得学校生活有什么不一样。

这有点难为她了。她回答每个问题的时候，一开口总是说"我不知道"。不过只要给她足够的时间，她还是能够回答大多数问题的。她妈妈近来不错，她爸爸的情况略差一点。她姐姐没给家里打过电话，不过莱安娜能够理解她。学校终归是学校，她想要结束学业，但又对此充满恐惧，因为之后她就要考虑以后该做什么。

她问我有什么想法，我告诉她："老实说，我只想过一天算一天。"

这并不是我所有的想法，但我也是实话实说。我们看着树林、天空、路标，还有眼前的公路。我们感受着彼此的存在。此刻，整个世界似乎只有我们。我们继续一起唱歌，只是乱唱一气，根本不在乎是否跑调或是忘词。唱歌时我们互相看着对方，我们并不是各唱各的，而是完全忘却自我地在进行二重唱。这是一种特殊的交流方式，你可以通过别人讲述的故事了解他们，当然也可以从他们唱歌的方式来了解他们。他们是喜欢开窗还是关窗，他们是活在虚幻王国还是现实世界，以及他们是否感受到了大海迎面而来的冲击。

她告诉我往哪里开。我们下了高速公路，开上了一条空荡的小路。现在不是夏天，今天也不是周末。现在是周一的中午，除了我们，没有人来海边。

"我本来应该在上英语课。"莱安娜说。

"我本来应该在上生物课。"我说，贾斯汀的课表是这样写的。

我们继续前行。我刚见到莱安娜的时候，她看起来好像犹犹豫豫的，不过现在坦然多了，这很好。

我明白这很危险。贾斯汀对她不是很好，我能意识到这一点。如果我唤起那些不愉快的记忆，我会看到眼泪、争吵以及一些勉强过得去的片段。她总是守候着他，他一定很享受这样的感觉。他的朋友们都喜欢她，他也一定因此而自鸣得意，但这并不等同于爱。长期以来，她一直对他抱有希望，却根本没有意识到，他们之间其实根本没有什么希望可言。他们从来无法安静地相处，总是争吵个不停。大多数时候是他在吵。如果我愿意，我可以回忆起他们争吵的内容，我可以捕捉长期以来他伤害她的那些恶言恶语。如果我真的是贾斯汀，我会找出我和她之间的问题。就趁现在，跟她讲明白。我会大声地斥责，让她不要触碰我的底线。

可是我做不到。我根本不是贾斯汀。尽管她并不知道这一点。

"我们好好享受吧。"我说。

"好，"她回答道，"我喜欢这样。我想逃出来玩已经很久了，今天终于做到了，感觉真好。即便只有一天。走到窗户外的世界真是太好了，我还从来没有这么做过。"

她的内心有太多事情是我想知道的。与此同时，通过我们交谈的每一句话，我感觉到自己已经了解了她内心的某些东西。当我真的走进她的内心，我们会彼此了解的。我们一定能够彼此了解。

停好车，我们就直奔海边。我们把鞋子脱了，丢在车座底下。当我们走上沙滩时，我弯腰卷起牛仔裤的裤脚。就在这时候，莱安娜跑到了前面。当我抬头看向她时，她在沙滩上转着圈，一边踢着沙子，一边呼唤我的名字。这一刻，一切都变得无比轻松。她欢快极了，我忍不住停下脚步，静静地看着她。用心看吧，我告诉自己要记住眼前的画面。

"来吧！"她叫道，"到我这儿来！"

我并不是你以为的那个人，我想要这样告诉她，但我却做不到。当然我也绝不能这样做。

我们完全拥有了这片沙滩，以及这片海洋。我拥有她，她也拥有我。

童年时光有一部分是幼稚的，然而有一部分却是无比神圣的。此时此刻，我们正触碰着神圣的那一部分——奔向海岸线，感受第一波冰冷的海水涌上我们的脚踝，趁海浪从我们趾间退去之前捡拾贝壳。我们回到了过去那闪光的年代，完全沉醉其中。我们展开双臂，仿佛在拥抱迎面吹来的海风。她淘气地用水泼我，我也展开反击。我们的裤子、衬衣都湿了，不过我们对此毫不在意。

她让我帮她用沙子做一座城堡，我做的时候，她告诉我她和她姐姐从来没有一起用沙子做成过城堡，因为她们总是存在分歧，她姐姐想尽量把城堡做到最高，而她则更注重细节，她想把每座城堡都做得像她未曾拥有的洋娃娃那样精致。现在看着她用双手堆起的沙堡，我也回想起一些细节。我不记得自己曾经用沙子做过城堡，但我记起的肯定是与此有关的某些记忆，因为我觉得我知道怎么做，知道该堆成什么形状。

我们做完城堡，一起走回海水里洗手。我扭头看见我们的脚印混在一起，形成了一条小路。

"你在看什么？"她看我望向身后，觉得我的表情有些怪。

我应当如何解释呢？我唯一能做的就是对她说："谢谢你。"

她盯着我看，好像她从来没听我说过这样的话。

"为什么？"她问。

"就为了这些。"我说，"为了眼前的一切。"

这样的一场逃离，这片海水，这些海浪，眼前的她。感觉我们好像踏入了时间之外的某个地方，尽管这样的地方实际上并不存在。

她身上似乎仍有些忧郁挥之不去，仿佛此刻所有的快乐都会化为痛苦。

"放松点，"我对她说，"尽情享受快乐的时光吧。"

她的眼中涌出了泪水，我伸手抱住了她。我不该这么做，但又不得不这么做。我必须听从自己的感受。在我的字典里，"幸福"这个词可不常出现，因为对我来说它总是无比短暂。

"我很快乐，"她说，"真的，我很快乐。"

如果换作贾斯汀，一定会笑话她。贾斯汀会把她推倒在沙滩上，然后为所欲为。不过贾斯汀是不会来这儿的。

我厌倦了没有真实感受、与外界没有真实接触的生活。我想要和她待在这里，在我有限的时间里，我不想辜负她的期望。

海浪奏起旋律，海风随之起舞，我们则手牵着手。起初我们只是握着对方的手，然而后来我觉得我们握着的是更加重要的东西，重要到甚至可以用"伟大"来形容。

"怎么了？"莱安娜问。

"嘘。"我说，"不要问。"

她亲吻了我，我已经很多年没被人亲过了。这些年来，我不允许任何人亲吻我。她的嘴唇像花瓣一样柔软，但同时也隐藏着一股热情。我放慢了脚步，感受着每一个片刻。我感受她的肌肤、她的呼吸，体会着彼此的触碰，沉醉于这股炽热的感觉。她的双眼紧闭着，而我则睁开双眼。我想要记住的不仅仅是这种感觉，而是所有这一切。

我们只是接吻，仅此而已。然而我们只是接吻，就足够了。有几次，她想要有更亲密的举动，但是我并不想要那样。我把手放在她的肩头，她把手放在我的后背。我亲吻她的脖子，她亲吻我的耳垂。这时候，我们停下脚步，微笑着看向对方。眼前的一切简直让人难以置信。她原本应该在上英语课，我原本应该在上生物课，我们今天不应该出现在海边，然而我们却违背了今天该做的事，让今天变成了我们专属的一天。

我们手牵着手走到海边，太阳渐渐落山。我没有想到过去，也没有想到未来。我感激太阳、海水、我脚下的沙滩，以及和我手牵着手的莱安娜。

"我们每周一都该出来玩一次。"她说，"还有周二、周三、周四、周五，都应该这样。"

"那样的话，我们会感到厌倦的。"我对她说，"只出来这么一次是最好的。"

"再也不来了吗？"她听到我的话后不太开心。

"好吧，我不该说得那么绝对。"

"我说话就不会那么绝对。"她告诉我。

现在海滩上的人多了一些，大多是午后来这儿散步的老人们。当我们经过时，有些人冲我们点点头，有些人则向我们问好，我们也冲他们点头或是问好。没有人问我们为什么来这儿，我们只是这个时刻的一部分，就像所有其他事物一样。

太阳又沉下去了一些，气温也下降了。莱安娜打了个冷战，于是我松开她的手，搂住了她。她提议回到车上，从行李箱下面把"亲热毛毯"拿出来。我们在一堆空啤酒瓶、缠绕的电缆和其他杂物底下找到了毛毯。我想知道莱安娜和贾斯汀多久用这条毛毯亲热一次，不过我不想去搜寻与此有关的记忆。我将毛毯反铺在沙滩上，然后躺下，面朝着天空，而莱安娜也以同样的姿势在我旁边躺下。我们看着天上的云，通过呼吸来感受彼此间的距离，将这一切美好深藏心底。

"这是我经历过的最好的一天。"莱安娜说。

我没有转头，但握住了她的手。

"跟我说说跟今天类似的日子吧。"我说。

"我想不到……"

"就说一天好了，最先出现在你脑海中的那一天。"

莱安娜想了一会儿。然后她摇了摇头，说："这太傻了。"

"告诉我吧。"

她转身对着我，然后把手放在我胸口，慵懒地画着圈，说道："不知道为什么，我最先想到的是那次母女时装秀，你能答应我不笑话我吗？"

我答应了她。

她端详了我一番，确定我是认真的，接着说了下去。

"大概是在四年级的时候，伦威克有一场为飓风受害者发起的募捐，主办者问我们班有没有人志愿参加。我没问妈妈，就直接报名了。当我回家说了这个消息之后，好吧，你知道我妈妈是怎样的，她太紧张了。叫她出门去趟超市就够难为她的了，更何况是时装秀，而且还是在陌生人面前。我还想让她摆一个《花花公子》杂志上的造型呢。天哪，这太不现实了。"

这时莱安娜把手平放在我的胸口，眼睛看向了天空。

"可结果呢，她并没有拒绝。直到现在我才想明白我让她做了什么。

她没有让我去找老师取消报名，到了那一天，我们开车去了伦威克，找到了指定的地点。我原本以为他们会让我们穿上规定的比赛服，结果却出乎我的意料，他们告诉我们可以挑选商店里的任何一件我们想要的衣服穿，于是我们就把那里所有的衣服都试了一遍。那时候我已经不是一个小女孩了，所以当然去找长礼服穿。最后我挑了一件浅蓝色的礼服，那件礼服上绣满了花边，我觉得它的做工太精美了。"

"我相信它一定很漂亮。"我说。

她拍了我一下，说道："闭嘴，让我把故事讲完。"

我拉起她的手，放在我的胸口，然后飞快地侧身亲了她一下。

"继续说吧。"我说。我很喜欢现在这样。我还没有听别人讲述过他们的故事。通常我只能自己去推测别人的经历，因为我很清楚如果别人告诉我他们的故事，他们会希望我记住，但是我却不能保证我会记住。我不知道当我离开这个身体后，那些故事是否还会留在身体主人的记忆中。对自己信赖的人完全失去信心，这是件多么让人无法接受的事情啊！我不想对此承担任何责任。

然而，面对莱安娜，我却无法拒绝。

她继续说道："于是我穿上了我梦寐以求的晚礼服，接着轮到我妈妈挑选衣服了。她也挑了一件晚礼服，这让我大吃一惊。以前我从来没见过她精心打扮。这是最让我无法相信的事情，我并不是灰姑娘，她才是。

"当我们挑好衣服，他们为我们仔细地化了妆。我以为妈妈会很紧张，而实际上她很享受这个过程。他们并没有给她浓妆艳抹，只是搽了点粉底。不过这就足够了，她漂亮极了。真是让人难以置信，直到那时我才意识到她那么漂亮。那一天，她就像个电影明星，所有参赛的妈妈都称赞她。正式比赛的时候，我们一出场，所有人都不断地喝彩。妈妈和我都微笑着，而且是发自内心地笑，你知道吗？

"我们并没有得到礼服或是其他什么东西。但是我记得在开车回家的路上，妈妈一直在夸我表现得很好。当我们回到家时，爸爸看见我们，就像见到了陌生人，不过更酷的是，他也决定参与进来。为了配合我们，他说我们是他的超级名模，让我们在客厅里走秀给他看，于是我们就为他表演了。我们都笑个不停，就这样快乐地过了一天。我不知道从那天之后，妈妈有没有再化过妆，不过我可没变成超级名模。但是那一天一直留在我的记忆里，因为那是独一无二的一天，不是吗？"

"听起来是这样的。"我回答她。

"真不敢相信我竟然把这件事告诉你了。"

"为什么？"

"因为……我也说不清，这件事听上去太傻了。"

"不，这听上去是很美好的一天。"

"那么你呢？"她问。

"我可从来没有参加过什么母女时装秀。"我开玩笑说。可事实上，我确实参加过一些类似的活动。

她轻拍了一下我的肩膀，说："不行，你得跟我说说你经历过的像今天这么开心的日子。"

我进入了贾斯汀的记忆，发现他是在十二岁时搬到这个镇上来的。因此我必须选择他十二岁之前的生活，因为那时候莱安娜还没有出现在其中。我本可以分享贾斯汀的记忆，但是我又不想那么做了。我想跟莱安娜说说我自己的经历。

"那是我十一岁时的某一天。"那天我是一个小男孩，我努力地想回忆起他的名字，但实在想不起来，"我正在和伙伴们玩捉迷藏，我指的是那种乱跑乱追的游戏。我们在树林里，不知怎的，我想要爬到树上去。我不记得我以前爬过树，可是当我看到一些比较低的树枝时，就走了过去。我爬呀爬呀，就像走路一样自然。我记得那棵树有几百英尺高，甚至可能有几千英尺高。爬了一段时间，我就已经超过了周围的树丛。我继续爬，但是周围已经没有别的树了。我独自一个人，沿着这棵树的树干往上爬，远远地甩开了地面。"

现在我可以看见几丝微弱的光，看见我和大地之间的距离，还有在我脚下的小镇。

"真是妙不可言。"我说，"没有语言能够描述那种感觉。我还能听见伙伴们被抓住时发出的喊叫声，还有游戏结束时的那一阵欢呼声，但我完全处于另一个境界。我正从高处俯视整个世界，这种经历是我前所未有的，实在是不同凡响。我还从来没有坐过飞机，我甚至不确定我有没有走进过高楼大厦。然而现在我在这里，凌驾于我所熟知的一切。我让这一切变得独特，我凭借自己的力量到达了这里。没有人指引我，没有人让我那么做。我一直爬啊爬啊爬啊，我得到的奖赏就是，独自一人俯瞰整个世界。我发现这就是我所需要的。"

莱安娜靠在我身上，小声地说："这太不可思议了。"

"没错，是这样的。"

"是发生在明尼苏达吗？"

事实上，这件事发生在北卡罗来纳，但是我进入贾斯汀的记忆后发现那时候他在明尼苏达。于是我点了点头。

"你还想听我说另一个与今天类似的日子吗？"莱安娜问，她蜷缩着身体又向我靠近了一些。

我把胳膊挪动了一下，这样我俩都更舒服一些，然后说："当然想。"

"那是我们的第二次约会。"

可今天才是我们的第一次约会，我想。这真是太可笑了。

"是吗？"我问。

"你还记得吗？"

我在贾斯汀的记忆中搜寻着，看他是否记得他们的第二次约会。他完全忘记了。

"是在达克的派对。"她提示道。

我还是什么都想不起来。

"是的……"我搪塞着说。

"我也不确定，也许那不能算作约会。但那是我们第二次亲热，我不知道该怎么说，你看起来挺……挺满足的。你别生气，好吧？"

我真不知道接下来她还会说些什么。

"我保证不会生气的。"我对她说，我甚至可以发誓。

她露出了微笑，说道："好。嗯，最近你做什么都匆匆忙忙的，我们在亲热的时候也总是草草了事。我并不是介意，我是说，那样也很有趣。但是，时不时地像现在这样也挺好的。在达克的派对上，我们就是像现在这样。你就好像拥有全世界的时间一样，而且你想要和我一起分享所有的时间，我喜欢那样。当你认真看着我的时候，那感觉就像你爬上了那棵树，然后发现我就在树顶，我们共同拥有那里。即便是在别人的后院里我们也可以这样相处。你还记得那次吗？你拽了我一把，于是我就到了月光下。你说：'月亮让你的皮肤发光了。'我也觉得我散发着光芒。因为你和月亮一起在注视着我。"

此时正是昼夜交替之时，温暖的橘色阳光从天际直射过来，照耀在她的身上，她感受到了吗？我弯下腰，挡住了她面前的阳光。接着我亲了她一下，然后我们就情不自禁地抱住了对方，我们闭上双眼，不知不觉沉入了梦乡。当我们酣睡的时候，我体会到了前所未有的感觉。不仅是身体上的亲密接触，还有一种久违的情愫，好像我们并不是刚刚遇见。此刻我所受到的触动只可能来自那种最使人愉悦的感觉——归属感。

人在陷入爱情那一瞬间的感受是怎样的？如此短暂的一瞬间为何能够包含如此强烈的情感？我突然明白，为什么人们相信往事重现，为什么人们相信前世今生，因为我此时此刻的感觉根本不是我活在世上的这些年可以涵盖的。你坠入爱情的这一刻好像在几个世纪之前就注定了，这些时刻整装待发，正是为了这一精确而意义非凡的交会。在你的心里、你的骨头里，无论你是多么愚钝，你都会感觉到一切都被导向这里，所有秘密的箭头也都指向这里，无尽的时空早已安排好了，而你只是刚刚意识到，你只是刚刚到达自己早已注定要去的地方。

一个小时后，我们被她的手机铃声吵醒了。

我仍然闭着眼睛，听她叹息着告诉她妈妈很快就回家。

海水已经变成了深黑色，而天空则变成了墨蓝色。此时的气温更低了，我们收起毛毯，走回车里，在沙滩上留下了一排新的脚印。

她负责指路，我负责开车。她负责说话，我负责听。我们又唱了几首歌，她倚靠在我的肩膀上，我让她就这样再睡一会儿，再重温一会儿美梦。

我尽量不去想接下来会发生什么。

我尽量不去想结果。

我从来没有看过别人睡觉时的样子，从来没有像现在这样过。她和我刚见到她的时候完全不一样了。她开朗多了，而且她泰然自若地保持着这种状态。我看着她呼吸起伏，时而惊扰、时而静谧，只有当我需要她为我指路的时候，我才叫醒她。

最后十分钟，她问我明天做什么，我不知该怎么回答。

"即便不能再像今天这样，我也可以在午饭后见到你，是吧？"她问。

我点了点头。

"或许放学后我们可以一起做点什么？"

"我看行。我是想说，我不确定会发生什么。现在我有些心不在焉。"

我的话起了效果。

"你说得对，明天的事明天再说，我们先好好地度过今天吧。"

到了镇上，我就不需要她再给我指路了，我知道去她家的路。但是我想要迷路，好让我继续和她在一起，继续逃离这个世界。

"我们到了。"当我把车开进她家的车道时，莱安娜说。

我停好车，然后打开了车门。

她弯下身子，亲了我一下。当她的身体从我身边渐渐远离时，我还沉醉于她的味道、她的气息、她的感觉、她呼吸的声音，还有她注视我的目光。

"今天真叫人难忘。"她说。我还没来得及说话，她就打开车门走了。

我都没有机会跟她说"再见"。

我猜贾斯汀的父母已经习惯了他不和家人联系，也不回家吃晚饭。他们试过训斥他，可是不用说，人人都经历过这些，当贾斯汀气愤地冲进房间后，这一出老掉牙的闹剧再次上演了。

我本应该完成贾斯汀的家庭作业，因为只要能力所及，我对这类事情总是会认真对待的。可是我心里一直惦记着莱安娜。我幻想着她回到了家，幻想着她如何回味这美好的一天，还幻想着她对于一切产生了不同的信念，她相信贾斯汀不再像从前那样了。

我不该这么做的，我知道我不该这么做的，可即便整个宇宙都在告诉我该怎么做，我还是做错了。

我挣扎了几个小时，还是无法自拔。我无法理清自己凌乱的思绪。

我曾经爱过一个人，或者说至少我认为我爱过他。他的名字叫布伦南，尽管我们大部分时间只有言语上的交流，但我们彼此间毫无保留地吐露真情，那种感觉是如此强烈。我甚至愚蠢地幻想过我和他可能拥有的未来，然而我们之间没有未来。我试图掌控未来，但终究无济于事。

这两段经历有明显的区别。前者是我坠入了爱河，后者则是有人爱着我，同时也让我感到对于这份爱应当负有责任。

我无法一直留在这副身体里。即便我不睡觉，我的灵魂还是会转到别的身体里。我曾经想过，如果我整夜不睡觉，我应当就能留在当前的身体里。事实却不是这样，我完全从自己当下所在的身体中被剥离了。这种剥离的感觉真切得就好像你的身体受到了撕扯，你的每一条神经都因撕裂而痛苦，之后又因为融入新的身体而痛苦。从那以后，我每天晚上照常睡觉，因为反抗完全是徒劳的。

我觉得我应该打电话告诉莱安娜，贾斯汀的手机里存了她的号码。我不能让她以为明天还会像今天一样。

"嘿。"她接听了电话。

"嘿。"我说。

"再次谢谢你今天做的一切。"

"这算不了什么。"

我不想向她坦白，不想扫她的兴。但是我必须这么做，我还有别的选择吗？

我继续说："但是关于今天……"

"你是不是想说我们不能每天都逃课？这可真不像你。"

这确实不像我。

"是的。"我说，"不过，我不想你误以为每天都会像今天一样。因为现实终究不会如此，对吗？这是不可能的。"

她陷入了沉默，她知道情况有些不对。

"这我知道。"她谨慎地回答，"但或许事情会向好的方面发展，我知道会这样的。"

"我不知道。"我告诉她，"这就是我想要说的。我不知道，今天是这样，但是不可能永远这样。"

"我知道。"

"那就好。"

"好的。"

我叹了口气。

不管怎么说，我或多或少地会影响贾斯汀，有可能他的生活将会发生变化，他也会发生变化。不过我却无从知晓，当我离开一个人的身体后，我基本上就不会再见到这个人了。即便再次见到，通常也是过了几个月或者几年之后了，如果我依旧能辨认出的话。

我希望贾斯汀对莱安娜好一点，但是我不能让她有所期望。

"就这样吧。"我对她说。这听起来比较像贾斯汀的口气。

"好的，明天见。"

"嗯，明天见。"

"再次谢谢你今天所做的一切。不管我们明天遇到什么问题，都是值得的。"

"嗯。"

"我爱你。"她说。

我也想说这句话。我想说我也爱你。此时此刻，我身体的每个部分都充满了对她的爱。但我的爱只能再持续几个小时而已。

"晚安。"我对她说。然后我挂了电话。

贾斯汀的桌子上放了一本记事本。

记住你爱莱安娜。我用他的笔迹写道。

可是我怀疑他会不会记得自己写下过这句话。

我打开他的电脑，进入我自己的电子邮箱，然后输入了莱安娜的名

字、她的手机号、她的电子邮箱地址，还有贾斯汀的电子邮箱和密码，
我还记录了今天发生的事，然后把这封邮件发送给我自己。

做完这一切，我清空了贾斯汀电脑的历史记录。

对我来说，这一切太难应付了。

我已经习惯了自己的身份，以及我的生活。

我从来不想停留，我时刻都准备要离开。

但今晚却不是这样。

今晚我被一个现实困扰着，那就是明天在这里的是贾斯汀，而不
是我。

我想要留下来。

我祈祷能够留下来。

我闭上眼睛，希望留下来。

第 5995 天

我醒来了，心里想着昨天发生的一切。虽然记忆中充满快乐，然而美好时光的逝去却让人痛苦。

我已经不在那里了，不在贾斯汀的床上，也不在贾斯汀的身体里。

今天我是莱斯丽·王。我睡得太沉，没有听到闹钟响，这让莱斯丽的妈妈发火了。

"起床！"她摇晃着我的新身体叫道，"还有二十分钟，欧文就要走了！"

"好的，妈妈。"我嘟哝道。

"妈妈？要是你妈妈在这儿，我真不敢想象她会怎么说！"

我赶紧获取了莱斯丽的记忆，原来这是她的奶奶。她的妈妈已经出门上班去了。

我在淋浴间洗澡的时候，提醒自己动作尽量快一些。有那么一两分钟，我走神了，想起了莱安娜，我确信我梦见了她。我想知道，如果我在贾斯汀的身体里开始了这个梦，我离开后他还会继续这个梦吗？他醒来后会不会想念莱安娜的温柔？

或者这只是我的另一个梦。

"莱斯丽，快一点。"

我走出浴室，擦干身体，然后飞快地穿上衣服。我敢肯定，莱斯丽不是一个非常受欢迎的姑娘。在几张照片上，她身边的朋友看起来和她并不是很要好。她的穿着打扮像是十三岁，而不是十六岁。

我走进厨房，奶奶正冲我瞪着眼。

"别把你的单簧管落下了。"她说。

"不会的。"我嘟哝道。

餐桌旁有一个男孩正用厌恶的表情看着我，我猜他是莱斯丽的哥哥，这一点随后得到了证实。他是欧文，读高年级，我得乘他的车去学校。

大部分家庭大多数时候的早晨是完全一样的，对此我已经习以为常。我有气无力地从床上爬起来，再有气无力地洗个澡，然后坐在餐桌旁嘀咕一番。如果父母还在睡觉，就要不声不响地出门。唯一有趣的就是从中寻找一些变化。

今天早晨的变化是由欧文引起的。我刚上车，他就点了根香烟。我猜他每天早晨都会抽上一根，我相信莱斯丽可不会像我这样吃惊。

在接下来的行程中，大约有三分钟的时间，欧文都对我不理不睬，我盯着车窗外面看。又过了两分钟，他说："你瞧，我根本不用你指指点点的，懂吗？"他的烟抽完了，不过他并没有因此显得有多成熟。

我更喜欢做独生子女。我知道，从长远来看，兄弟姐妹可以在生活上互相照顾，可以有人分享家里的秘密，有同辈人验证你的记忆是否准确，有人一直关注着你，从八岁到十八岁，再到四十八岁，从不改变。这些我都明白。但是从短期来看，兄弟姐妹往好了说是吵架的对象，往坏了说简直就是恐怖分子。在我不寻常的人生中，受到的大部分的辱骂都来自我的兄弟姐妹。总的来说，哥哥姐姐们是最坏的家伙。起初我还很天真，以为兄弟姐妹是天然的盟友，所有事情都能一拍即合。然而这样的情况只是偶尔有之，比如当我们一家人外出旅行时，或者某个慵懒的周日，兄弟姐妹能一起找点乐子。然而平日里，我们之间只有竞争，没有合作。有时候我会怀疑，是不是我的兄弟姐妹发现了我只是这个身体里的寄居者，才会处处针对我。在我八岁的时候，姐姐叫我和她一起离家出走，然后我们一起到了火车站，她扔下了我，害我在那里游荡了好几个小时，我害怕极了，不敢向别人求助。我害怕她发现我向别人求助，害怕她骂我破坏了我们的游戏。当我是男孩时，我既有过哥哥，也有过弟弟，他们对我拳打脚踢，给我取了各种绰号，多得我都记不清了。

我最希望有个安静的兄弟姐妹。一开始我还以为欧文可以胜任，但上车后，我发现我判断错了。可是后来，当我们到了学校，似乎我的判断又是对的。和其他孩子在一起时，他就好像变成了隐形的，他垂着脑袋，自顾自地走进学校，完全将我甩在身后。既没有说"再见"，也没有说"祝你过得愉快"，他只在锁车之前看了看我有没有把门关好。

"你在看什么？"当我看着欧文独自走进学校的时候，一个声音飘进了我的耳朵。

我转过身，仔细地在记忆中搜索。

她是卡丽，从四年级开始就是莱斯丽最好的朋友。

"我在看我哥哥。"

"看他做什么？他就是个废物。"

虽然我心里也是这么想的，但奇怪的是，这句话从卡丽的嘴里说出来却让我觉得刺耳。

"别说了。"我说。

"别说了？你在跟我开玩笑吗？"

我想：她一定知道些我不知道的事。我决定还是先闭上嘴。

我们换了个话题，她看起来放松了一些。

"你昨晚干什么了？"她问。

我脑海中闪过莱安娜的影子，虽然我尽力不去想她，但这并不容易。人的内心一旦被某些事情所触动，这些经历将会在你眼前挥之不去，你的一言一行都可能与之相关。

"没干什么。"我敷衍道，我懒得进入莱斯丽的记忆。我的这个回答适用于所有的问题。"你呢？"我问道。

"你没有收到我的信息吗？"

我嘟囔着抱怨我的手机没电了。

"难怪你一直没有回复我。你猜发生了什么，科里和我聊天了！我们聊了大概有一个小时！"

"哇！"

"这太棒了，不是吗？"卡丽兴奋地长舒了一口气，"这么长时间了，我都不知道原来他知道我的网名，你没有告诉过他吧？"

我要从莱斯丽的记忆中获取更多信息，这种问题太容易让人犯错了。即使现在没被发现，将来也会出差错。如果莱斯丽说自己没有告诉过科里，但是卡丽发现她说过，这会影响她们之间的友谊；同样，如果莱斯丽说自己告诉过科里，但是卡丽发现她没有说过，也会如此。

科里是科里·汉德曼，三年级学生，卡丽已经暗恋他至少三个星期了。莱斯丽对他不是很熟悉，而且我进入莱斯丽的记忆，也没有发现她把卡丽的网名告诉过科里。我想这就没问题了。

"没有。"我摇着头说，"我没告诉他。"

"嗯，我猜他一定是费尽心思才打听到的。"她说（我想，他可能只是从脸书①上你的个人信息中看到了）。

我突然为自己有这么刻薄的想法感到内疚。对于生活中那些最好的朋友，我总是觉得他们和我毫无关系，这真让我感到为难。对于他们的困惑，我帮不上忙，但真正的好朋友总是应该在对方困惑时提供一些帮助的。

卡丽因为科里主动和她聊天感到很兴奋，于是我也假装替她高兴。当我们走向各自的教室时，我才感觉有某种情绪击中了我，我觉得我完全被这种情绪所控制了，那就是嫉妒。我不会为自己做太多辩解，我承认我嫉妒卡丽可以拥有科里，而我却不能拥有莱安娜。

真可笑，我责备自己，你真是可笑。

如果你的人生也像我这样，你千万不能被嫉妒心所吞噬，因为它会给你带来无尽的痛苦。

第三节课是管乐课，我对老师说我把单簧管落在家里了，其实单簧管就在我的储物柜里放着。莱斯丽被记了一个小过，只能留在教室里自习，不过我不在乎。

---

① 脸书：Facebook，美国的一个社交网络服务网站。

我根本不会吹单簧管。

卡丽和科里的事情传得很快，我们的朋友都在谈论这件事，他们大多感到很高兴。我不知道大家高兴是因为觉得卡丽和科里般配，还是因为再也不用听卡丽喋喋不休地谈论科里了。

吃午饭的时候我看见了科里，他外表平凡无奇，这完全在我的意料之中。情人眼里出西施，但这并不适用于旁观者。我觉得这很有道理。你爱的人会影响你对事物的感知，就像其他因素所造成的影响一样，一想到这个，就让人振奋。

科里端着午饭走过来向我们问好，但他并没有坐下和我们一起吃，虽然我们已经给他留了位子。卡丽似乎没有注意到这些，她看上去只是因为科里走过来而激动不已，并没有幻想网聊能够升级为面对面的交谈……而且谁知道接下来会发生什么呢？正如我估计的那样，莱斯丽不是那么外放的人。这种女孩只会想到接吻，而不是做爱。嘴唇就是她们的欲望之门。

我又想要逃课了，略过下午半天时间。

但是莱安娜不在身边，这样做毫无意义。

我觉得自己是在浪费时间。我的意思是，我一直在浪费时间。我的生活毫无意义。

只有一个下午例外。

昨天我拥有了另一个世界，我想要回到那里。

午饭过后，第六节课刚开始不久，校长室的广播就在叫我哥哥的名字。

起初我以为自己听错了，后来我看见教室里的其他人都盯着我，其中也包括卡丽，她的眼中流露出一丝同情。于是我确定我没有听错。

我并没有慌张，我想如果真的是什么不好的事情，我俩应该都会被叫过去。不是我们家里有人去世了，也不是我们家里的房子失火了。是欧文自己出了问题，与我无关。

卡丽递给我一个字条，上面写着："发生什么事了？"

我冲着她那边耸了耸肩。我怎么会知道？

我只希望放学后我还能乘欧文的车回家。

第六节课结束了。我收拾好课本，然后去上英语课。这节课要讲《贝奥武夫》，我已经完全准备好了。因为课上的内容我已经学过很多次了。

距离教室大概还有十步远的时候，有人拽住了我。

我转身，看到欧文站在一旁。

是欧文，他正流着血。

"嘘，"他说，"跟我来。"

"发生了什么事？"我问。

"别说话，好吗？"

他看了看四周，好像有人在追他。我打算跟他走，毕竟这比《贝奥武夫》更让人兴奋。

我们走到一个储藏室前，他把我向里推。

"你在跟我开玩笑吗？"我说。

"莱斯丽。"

我不再多说什么，跟着他走了进去。我很快找到了房间里的电灯开关。

他呼吸急促，过了好一阵子，一句话也不说。

"告诉我发生了什么事。"我说。

"我想我可能惹麻烦了。"

"废话。我听见广播里叫你去校长室了，你怎么没去？"

"我是在那里的。我的意思是，在广播通知之前我在那里。但是后来我……走了。"

"你从校长室溜出来了？"

"是的。呃，其实是等候室。我能肯定，他们去检查我的储物柜了。"

血从他眼睛上方的伤口流了下来。

"是谁打你了？"我问。

"不要紧。先静下来听我说，好吗？"

"我在听，但是你什么都没说！"

我不认为莱斯丽会经常和她哥哥顶嘴，但是我不在乎。再说，欧文对莱斯丽也并不太在意。

"他们会给家里打电话，知道吗？我需要你帮我。"他把他的车钥匙递给我，"放学后就回去看看是什么状况。我会打电话给你的。"

很幸运，我知道怎么开车。

我还没有说话，他就当成我默许了。

"谢谢。"他对我说。

"现在你要去校长室吗？"我问他。

他没有回答就直接走了。

今天晚些时候，卡丽就听说了一些消息。无论真实与否，消息已经在学校传开了。卡丽迫不及待地来告诉我。

"吃午饭的时候，你哥哥和乔什·沃尔夫在操场旁边打了一架。听说这事与毒品有关，好像你的哥哥贩了毒。我知道他吸毒，却不知道他竟然还贩毒。欧文和乔什被拉到校长室去了，但是欧文跑掉了。你信吗？他们在广播里叫欧文回去。不过我想他没有回去。"

"你听谁说的？"我问。卡丽看上去非常激动。

"科里说的！他没在现场。但是跟他一起玩的几个家伙目睹了整个打架过程。"

我现在知道了，是科里把这个重大新闻告诉她的。不过她还没有自私到让我祝贺她，毕竟我哥哥牵涉其中。但她要强调的东西已经很明显了。

"我要开车回家了。"我说。

"要我陪你一起吗？"卡丽问，"我不想让你一个人走。"

我迟疑了一两秒钟。不过我立即想到，她可能会滔滔不绝地跟我谈论科里——即便这个假设并不公平，但足以让我决定不需要她陪了。

"不要紧。"我说，"就算发生什么事，家里人也还是会觉得我是个听话的孩子的。"

卡丽笑了，笑容中包含更多的是支持。

"替我向科里问好。"我一边关上储物柜一边开玩笑地说。

她又笑了，而这次是因为喜悦。

"他在哪里？"

我还没踏入厨房门，家里人就开始质问我。

莱斯丽的妈妈、爸爸、奶奶都在那里。我无须搜索莱斯丽的记忆就知道，这个场景出现在下午三点是多么不寻常。

"我不知道。"我说。我庆幸欧文没告诉我他的去处，因为我不必撒谎了。

"你什么意思，你不知道？"爸爸问我。他是家里的主审官。

"我真不知道。他把车钥匙给了我，可是没说发生了什么事。"

"你就那样让他逃走了？"

"我没看到有警察追他啊。"我说。接着我开始想象他被警察追的情景。

奶奶很不满地哼了哼。

"你总是站在你哥哥那一边，"我爸爸提高声音说道，"可这次不行，这次你必须老实交代。"

爸爸没有意识到他刚才的话提醒了我。现在我知道莱斯丽总是站在欧文那一边了，所以我的判断是对的。

"或许你知道的比我还多呢。"我说。

"你哥哥为什么和乔什·沃尔夫打架？"我妈妈问道，她真的对此感到非常困惑，"他们是那么好的朋友！"

我对乔什·沃尔夫的记忆还停留在他十岁的时候，这使我相信我哥哥曾经一度和他是很好的朋友，但现在不是了。

"坐下来。"我爸爸指着厨房的椅子命令道。

我坐了下来。

"他现在在哪儿？"

"我真的不知道。"

"她说的是实话。"我妈妈说，"她撒不撒谎我看得出来。"

尽管我会从方方面面来控制自己，让自己远离毒品，但我也开始理解欧文为什么会嗑药了。

"好，那我问你，"我爸爸接着说，"你哥哥贩毒了吗？"

这个问题问得好。我的直觉是没有，不过这在很大程度上还取决于在操场上欧文和乔什·沃尔夫之间所发生的事情。

所以我没有回答，只是呆呆地坐着。

"乔什·沃尔夫说他夹克里的毒品是你哥哥卖给他的。"我爸爸在试探我，"你觉得不是？"

"他们在欧文的身上找到毒品了吗？"我问。

"没有。"我妈妈说。

"他的储物柜里呢？他们搜查了吗？"

我妈妈摇了摇头。

"那他的房间呢？你们在他房间里发现什么了吗？"

我妈妈一脸惊讶。

"我知道你们去他房间找过了。"我说。

"到目前为止，"我爸爸说，"我们没发现什么。我们要去他车里看看。如果你愿意的话，把车钥匙给我……"

我希望欧文没有愚蠢到把毒品藏在车里。不管怎样，这件事由不得我了。我交出了钥匙。

难以置信的是，他们还搜查了我的房间。

"对不起，"我妈妈含泪站在过道里说，"你爸爸认为，你哥哥可能会把毒品藏在你的房间，而你却不知道。"

"没关系。"我说，我只想让她离开我的房间，"我现在要收拾一下房间。"

但是我还没开始，手机就响了。我握着手机，这样妈妈就看不到显示屏上有欧文的名字。

"嘿，卡丽。"我说。

欧文还算聪明，他压低声音，防止旁人听见。

"他们是不是很生气？"他小声说。

我简直想笑，反问道："你觉得呢？"

"情况很糟吗？"

"他们检查了他的房间，但什么都没发现。现在他们正在检查他的车！"

"别跟她说那些！"我妈妈说，"把电话挂了。"

"抱歉——我妈妈在这儿，她不想我跟你说这些。你在哪儿？在家吗？我再打给你好吗？"

"我不知道该怎么办。"

"对，他最终还是要回家的，可不是吗？"

"听着……半小时后来操场见我，好吗？"

"我真的要挂了。不过，好吧，我会的。"

我挂了电话，妈妈还在盯着我。

"可不是我惹你生气的！"我提醒她。

可怜的莱斯丽明天早晨得收拾这乱糟糟的房间，因为我不想耗费精力去想每样东西应该放在哪里。那样我需要回忆很久，而现在我首先要做的就是在记忆里搜寻欧文所说的那个操场。离家四条街的地方有一所小学，我想应该就是那里。

要从家里溜出去可不容易，我一直等到他们三个人再次回到欧文的房间里搜查的时候，才偷偷地从后门溜走了。我知道这是很冒险的行为，因为一旦他们发现我溜了，后果会十分严重。但是如果我能把欧文带回来的话，那么这一切就会一笔勾销。

我知道我应该思考眼前的问题，但是我无法不想莱安娜。现在她也应该放学了。她正和贾斯汀待在一起吗？如果是这样，贾斯汀对她好吗？他是不是忘记了昨天的事情呢？

我希望如此，但这一切都无法预料。

到处都找不到欧文，于是我走到秋千旁，荡了一会儿。最后他终于出现在人行道上，径直向我走来。

"你总是选那个秋千。"他说着，在我旁边的秋千上坐了下来。

"是吗？"我说。

"是的。"

我等着他说些别的，但他什么都没说。

"欧文，"最终我开口说，"发生了什么事？"

他摇了摇头，并不打算告诉我。

我让秋千停了下来，把脚踩在地上。

"你太傻了，欧文。我给你五秒钟，告诉我发生了什么，否则我就立刻回家，无论接下来发生什么事，你都自己应付好了。"

欧文很吃惊，他说："你要我说什么呢？是乔什·沃尔夫给了我大麻。今天我们为这事打了一架，他说我欠他的，可根本没这回事。他把我推来推去，于是我就还手了。后来我们被抓住了，他手上还拿着毒品，于是他就说是我卖给他的。他把事情推得一干二净。我说完全不是这么回事，可他是优等生，你觉得那些人会相信谁？"

他说得像真的一样。但这究竟是不是事实，我不得而知。

"好吧。"我说，"你必须回家。爸爸已经搜查过你的房间了，不过没有发现毒品。他们在你的储物柜里也没有发现什么。我猜他们在车里同样也没有发现什么，否则我已经听说了。所以说，到目前为止，一切都没问题。"

"我告诉你，那里根本没有毒品。我早上抽的是香烟，所以我才要从乔什那儿再弄点毒品。"

"乔什以前可是你最好的朋友。"

"你在说什么？大概从八岁起，我和他就不是朋友了。"

我觉得这是欧文最后一次结识好朋友。

"我们走吧。"我对他说，"这可不是世界末日。"

"你说得容易。"

我不希望爸爸打欧文，但是他一看见欧文回家，就动起手来。

我想我是唯一被吓到的人。

"你都干了些什么？"爸爸咆哮着，"瞧瞧你干了什么蠢事？"

妈妈和我挡在他们两人中间。站在一旁的奶奶看到这样的情形，眼里流露出一丝慰藉。

"我什么都没做！"欧文辩解道。

"那你为什么要跑？那你为什么会被开除？就因为你什么都没做？"

"如果他们能听听他说的，就不会开除他。"我说道，语气十分坚定。

"没你的事！"爸爸警告我说。

"我们为什么不坐下来把事情说清楚呢？"妈妈建议道。

爸爸的愤怒像熊熊烈火一般燃烧着。我冷静了一些，我猜想莱斯丽平时和家人在一起时通常都是这种状况。

我开始怀念早晨刚醒来的时候，还有早晨之前，我还不知道将会迎来多么丑恶的一天的时候。

这时候我们坐了下来。准确地说，是欧文、妈妈和我坐着——欧文和我坐在沙发上，妈妈坐在旁边的椅子上，爸爸站在我们对面，而奶奶待在门口，好像在为我们放哨。

"你是个毒品贩子！"爸爸咆哮着说。

"我不是毒品贩子！"欧文答道，"首先，如果我是毒品贩子，我应该会有很多钱。其次，如果我私藏了毒品，你们现在应该已经发现了！"

我想欧文需要把嘴闭上了。

"乔什·沃尔夫才是毒品贩子，"我主动插话了，"欧文不是。"

"那你哥哥做了什么——从他那儿买毒品？"

我想或许我才是需要把嘴闭上的人。

"我们打架不是因为毒品。"欧文说，"他们只是在我们打架之后在乔什身上发现了毒品。"

"那你跟乔什为什么打架？"妈妈问，好像两个儿时的好友打架是一件特别不可思议的事情。

"为了一个女孩。"欧文说，"我们打架是为了一个女孩。"

我不知道这个回答是欧文事先想好的，还是他突然间想到的。无论是哪种情况，这个回答或许是唯一能够让父母暂时高兴起来的理由了。"高兴"这个词可能有点夸张，但至少让他们不再那么生气了。他们不希望自己的儿子与毒品有任何关系，也不希望他被人欺负或者欺负别人。为了女孩打架？这个理由是完全可以接受的。并且我猜想，尤其是因为欧文已经很长时间没有提到女孩了。

欧文看到事情有了转机，继续说道："如果那女孩知道我打架了——天哪，不能让她知道。我知道有些女生喜欢男生为她们打架，但她绝对不是这种女生。"

妈妈点头表示赞同。

"她叫什么名字？"爸爸问。

"一定要说吗？"

"对。"

"娜塔莎。娜塔莎·李。"

哇，他竟然说了一个中国人的名字，亏他想得出来。

"你知道这个女孩吗？"爸爸问我。

"知道。"我说，"她人挺好的。"然后我转向欧文，用手冲着他做出射击的动作，"不过欧文从来没告诉过我他喜欢她。既然是这样，那一切都合理了。难怪欧文最近的行为古怪呢。"

妈妈再次点头，说道："没错。"

我想说，眼睛里布满血丝，吃很多奇多①，经常放空，然后继续吃很多奇多。这一定就是坠入爱情了吧。除此之外，还有其他解释吗？

原本即将爆发的全面战争结果变成了军事会议。我们的父母在制订应对校长的策略，特别是关于逃跑。我希望欧文所说的娜塔莎·李确实是一名高中生，无论欧文是否真的喜欢她。我无法搜索到关于她的任何记忆。即便我能回想起这个名字，也想不起与之相关的任何事情了。

这时爸爸感觉挽回了面子，态度变得温和了一些。欧文受到的严厉惩罚是在晚餐前把自己的房间打扫干净。

我无法想象，如果我为了一个男孩和另一个女孩打架，会不会受到同样的对待。

我跟着欧文来到他的房间。门关着，父母没有跟来，我们在房间里是安全的。我说："你说的理由太棒了。"

他毫不掩饰自己的厌烦，看着我说："不知道你在说什么，从我的房间出去。"

这就是我更愿意当独生子女的原因。

我觉得莱斯丽对此不会计较，因此我也不应该太计较。这是我给自己提出的原则：永远不要扰乱当下的生活，尽我所能维持原状。

但是我很生气，我要违背一下原则。我执意认为莱安娜也希望我这么做，即便她根本不知道欧文和莱斯丽是谁，甚至不知道我是谁。

---

① 奇多：Cheetos，美国知名的膨化食品品牌，由菲多利公司生产制造。奇多产品主要由玉米和水混合加热，并由专业模具压制而成，具有特殊的口感，主要有油炸式和烘干式两种产品。

"嘿，"我说，"你这个瘾君子。对我态度好点，行吗？我可帮了你的忙，而且在这个世界上现在只有我对你不错了，你明白吗？"

欧文看上去一脸震惊，同时也许有一点后悔，他咕哝着表示同意。

"很好。"我说着，随手把他的置物架上的几个摆件碰了下来，"祝你打扫愉快。"

吃晚餐的时候没有人说话。

我觉得这没有什么不寻常的。

一直等到所有人都睡觉了我才去打开电脑。我在自己的邮箱里找到了贾斯汀的邮箱和密码，然后登录了他的邮箱。

有一封莱安娜发给他的邮件，是晚上十点十一分发的。

贾斯汀：

我真的不明白，我做错了什么吗？

昨天我们一起度过了美好的一天，可今天你又对我发火了。

如果我做错了什么，请你告诉我，我会改正的。我希望我们可以在一起，我希望我们在一起的每一天都是美好的，而不是像今晚这样。

全心全意爱你的

莱安娜

我向后靠在椅子上。我想回信，我想安慰她一切都会好的，可是我不能。我提醒我自己：你已经不是贾斯汀了，你现在不在他的身体里面。

接着我又想：我究竟做了些什么啊？

我听到欧文在他房间里走来走去的声音。他在隐藏证据吗？还是因为害怕而无法入眠？

不知道他能不能顺利地度过明天。

我想回到莱安娜的身边，我想回到昨天。

第 5996 天

我只活在明天。

在睡梦中，一个念头闪过我的脑海。可是当我醒来时，那个一闪而过的念头已经荡然无存。

今天我是一个名叫斯凯拉·史密斯的男孩，我是个足球运动员，但算不上明星球员。我没有洁癖，不过房间收拾得还算干净，房间里还放着一台电子游戏机。我打算起床了，不过爸爸妈妈还在睡觉。

斯凯拉居住的小镇距离莱安娜居住的小镇大概有四个小时的车程。

这可一点都不近。

和大多数时候一样，今天又是平淡无奇的一天。唯一的悬念在于我是否能够快速地适应所有的事情。

足球训练是最困难的部分，教练不停地喊我们的名字，我必须以闪电般的速度辨认出每一个人。今天的斯凯拉没有在训练中表现出最佳状态，不过也算差强人意。

大部分运动我都会，不过我也有我的局限。这是我十一岁那年好不容易才发现的。我醒来时，发现自己所在的那副身体的主人是一个正在进行滑雪旅行的孩子。我当时想，哈，滑雪似乎总是充满乐趣的。于是我想试试。边学边玩，这有什么难的？

那孩子已经能够使用初级滑雪板了，可我都不知道还有初级滑雪板这么个东西。我以为滑雪就像乘坐雪橇一样，所有人都可以顺利地从山坡上滑下来。

结果我在三个地方摔了跤，把那孩子的腿给摔断了。

那种疼痛的感觉确实让人难以忍受。我真的想知道，明天早晨醒来时，即便我所占据的已经是别人的身体，是否还会感觉到腿部受伤带来的疼痛。然而，我感受到的不是疼痛，而是某种更糟糕的感觉——强烈而可怕的负罪感。就好像我开车撞了他，一个陌生人因为我而躺在医院的病床上，这种感觉实在让我受不了。

假如他死了呢……我想知道我会不会也同样死去。对此我不得而知。我所知道的就是，从某种程度上来说，这是与我无关的。无论我是否会死去，第二天早晨醒来时这一切都好像没有发生过，可是有人因为我而死这样的事实会让我崩溃的。

因此我十分谨慎。足球、棒球、曲棍球、橄榄球、垒球、篮球、游泳、跑步——这些都没问题。而有时候当我醒来时，则会发现自己是冰球运动员、击剑运动员、马术运动员，甚至有一次，我是一名体操运动员。

可这些运动我都不愿意碰。

要说我最擅长的，那就是电子游戏了。现在无论在电视还是在网络上，电子游戏都很流行。不管我身在何处，我总是有机会接触电子游戏，它能够让我的内心平静下来。

练完足球，斯凯拉的朋友们来找我玩《魔兽世界》。我们谈论起学校里的事情，还谈论起女生（不过克里斯和大卫除外，斯凯拉的这两个朋友的话题里只有男孩）。我发现这是最好的消磨时间的方法，周围都是朋友，大家说一些无关紧要的话，有时候也说一些实质性的东西，吃点零食，打打游戏。

如果我能轻易让自己从喜欢的地方脱身，也许当我身处那里的时候，我会更加乐在其中。

第 5997 天

接下来的这一天简直有些不可思议。

早晨六点钟我就醒来了。

醒来时我发现自己是个女孩。

我有车，有驾照。

我所在的小镇距离莱安娜家只有一个小时的车程。

我得向这位名叫艾米·特伦的女孩道歉，因为再过半小时，我就要开车出门了。毫无疑问，我的所作所为对她来说是一种特殊的绑架。

我十分确定艾米·特伦不会介意。早晨穿衣服时，我发现她的衣服全是黑色的。不是蕾丝手套上那种哥特风格的黑色，而是偏向于摇滚风格。她的车载音乐播放器里混杂着珍妮丝·贾普林、布莱恩·伊诺的音乐，不过这些还勉强能听。

今天我不想依靠艾米的记忆，因为我要去一个她从没去过的地方。于是一洗完澡，我就打开了谷歌地图，我输入了莱安娜所在学校的地址，看着那个地标出现在我眼前。就这么简单，我把行车路线打印了出来，接着清空了历史记录。

我已经很擅长清空历史记录了。

我知道自己不该这么做，我知道我正在揭开伤疤，而不是努力让它愈合。我知道我无法和莱安娜拥有未来。

我所做的一切只不过是让过去的事再延续一天。

普通人不需要抉择哪些事情是值得记住的，因为普通人的大脑中有一个分级系统，通过重复、内心的期盼和对过去的深刻印象，就能记住重复出现的人或事。而我则需要决定每一份记忆的重要性。我只能记住少数的几个人，并且为了记住他们，我必须集中注意力，因为要实现重复的唯一办法——也就是要再次看见他们的唯一办法，就是我运用念力召唤他们。

我选择要记住什么，我选择了莱安娜。我一次又一次地选择了莱安娜，运用念力召唤了她，因为一旦有一刻我不去想她，她就会消失。

我们在贾斯汀的车里听到的那首歌又在我耳边响起了："*如果可以 / 我要和上帝约定……*"

我感觉整个宇宙都在向我诉说着什么。是真是假并不重要，重要的是我能够感觉到它，并相信它。

我内心的情绪变得起伏不定。

这首歌连同整个宇宙似乎都在向我发出某种暗示。

我试图像常人一样，尽可能地保留每一天的记忆。记住一些事实和数字，还有我读过的书，以及一些我必须知道的信息。例如，足球规则、《罗密欧与朱丽叶》的剧情、出现紧急状况时该拨的电话号码，这些我都记住了。

至于每个人平日记忆中千千万万的片段和各种备忘提醒，又该怎么处理呢？比如你家里放钥匙的地方，你妈妈的生日，你养的第一只宠物的名字，你现在养的宠物的名字，你的储物柜的密码，家里存放银餐具的抽屉的位置，MTV 电视台在哪个频道，你最好的朋友姓什么。

这些事情我不需要记住，我的记忆会随着时间而清空，当第二天早晨到来时，所有这些信息都会消失得无影无踪。

因此，我能够记住莱安娜的储物柜的准确位置，这实在是在意料之外，当然也在情理之中。

我已经编好了一个故事：要是有人问起我来，我就说我父母可能会搬到这个镇上居住，因此我来看看学校。

我不记得这里有没有指定的停车位了，因此我把车停在了离学校很远的地方。然后我步行到学校。我只是学校大厅里的一个不起眼的女孩，那些新生会以为我是高年级学生，而高年级学生则会以为我是新生。我背着艾米的书包，这是一个带有卡通图案的黑色背包，里面装满了这所学校用不上的书。我看起来很清楚自己要去哪里，事实上也确实如此。

如果这一切都是上天安排好的，那她一定会出现在她的储物柜旁。

我心里是这么想的，而事实上她就在那儿，就在我面前。

有时候记忆会欺骗你，有时候只有距离才会产生美。但此时此刻，她就在距离我三十英尺的地方，现实中的她和我记忆中的完全一样。

现在的距离是二十英尺。

即便是在拥挤的过道里，我也被她身上散发的某种不可名状的气息深深吸引了。

只有十英尺了。

这些天她都在忍受煎熬，对她来说这太不容易了。

只有五英尺了。

我就站在她面前，而她完全不知道我是谁。我站在那里，看着她。我能看出她心里又泛起了忧伤。忧伤从来都和美毫无关系，所谓美丽的忧伤只是一个传说。忧伤让我们的人生暗如土灰，无法像美丽的瓷器那样绚丽多彩。而眼前的莱安娜简直像行尸走肉一般。

"嘿。"我说，现在我的声音很细，我是一个陌生人。

一开始她没有意识到我是在对她打招呼，随后才缓过神来。

"嘿。"她对我说。

我注意到，大部分人都会本能地排斥陌生人。他们认为陌生人的任何行为都是一种侵犯，任何询问都是一种骚扰。然而莱安娜是个例外，她完全不知道我是谁，但是她对我完全没有防备，她根本没有把我往坏处想。

"抱歉，我们不认识。"我快速地说，"我是第一次来这所学校，我只是到处看看。我很喜欢你的裙子和背包，所以向你问声好。老实说，我在这里完全没有认识的人。"

这样的场景会让某些人感到害怕，不过莱安娜却没有。她伸出手，一边和我握手一边自我介绍，她还问我为什么没人做我的向导。

"我也不知道。"我说。

"嗯，不如我带你去教务处吧？我想老师会安排的。"

我慌了。"不用！"我不假思索地说。接着我尽量掩饰自己的慌张，开始拖延时间。

"因为……我并不是来这里上学的。事实上，我父母根本不知道我来这里了。他们只是告诉我要搬到这里，所以我……我想来看看，看我能不能适应这里的坏境。"我说道。

莱安娜点了点头，说："可以理解。所以你今天逃课，就是为了来看看学校？"

"是的。"

"你读几年级？"

"三年级。"

"我也是。不如我带你参观学校吧，你希望我今天陪在你身边吗？"

"那太好了。"

我知道她这么做只是出于友善。然而我却希望她多少能认出我一点来，这太不合逻辑了。我希望她能够透过这副身体，看到我的内心，知道我就是和她一起在海边度过整个下午的那个人。

我跟在她身后。一路上，她给我介绍了她的几个朋友，见到她的每一个朋友都让我感到释然。除了贾斯汀，她还有很多朋友，这让我如释重负。她如此坦诚地接纳了一个陌生人，就像对待朋友一样，这让我更加欣赏她。对自己的男朋友好是一回事，而对一个素不相识的女孩好又是另外一回事了。我不再认为她只是想表现得友好，她的善良是发自内心的。这是一种品质，而不是表象。她的本性是善良的，而她想要向别人表现的是友好。

在第二和第三节课课间，贾斯汀出现了。我们在大厅碰见了他，他没怎么理会莱安娜，对于我则是完全忽视。他没有停下脚步，只是对莱安娜点了点头。我看得出来她很伤心，但是她什么都没对我说。

和她一起上第四节数学课的时候，我觉得今天这段时光变成了一种煎熬。我就在她身边，但却什么都做不了。当老师为我们概括定理的时候，我保持沉默。我给她写了一张字条，借这个机会碰了碰她的肩膀，向她传了几句话，不过都是一些无关紧要的客套话。

我想知道是不是我改变了她，我想知道是不是那一天的经历改变了她，虽然只是那么一天。

我希望她能够认出我来，尽管我知道这是不可能的。

吃午饭的时候，贾斯汀和我们坐在了一起。

能够再次见到莱安娜，这种感觉很奇怪，尤其是她竟然和我记忆中的形象完全一样。更为奇怪的是此刻我坐在贾斯汀对面，三天前我还占据着这个浑蛋的身体。这跟我在镜子里看见的贾斯汀完全不是一回事。他比我想象中的更有魅力，但也更加丑恶。他的外貌很吸引人，但是他的行为却令人作呕。他紧蹙的眉头将他丑恶的内心暴露无遗，他的眼中充满了无名的怒火，而他的姿态则让人感到一股虚张声势的戒备感。

我当时一定是颠覆了他的形象。

莱安娜向他解释了我是谁，来自哪里。看得出来他对此并不感兴趣。他告诉莱安娜他的钱包落在了家里，于是莱安娜去替他付了饭钱。当她走回餐桌，他说了句"谢谢"，我对他的行为失望至极。因为我确信，即便是一句简单的"谢谢",也会在莱安娜心中萦绕很久。

我想知道关于三天前发生的事,他是否还记得。

"这里距离海边有多远?"我问莱安娜。

"你问起这个实在是太巧了。"她告诉我,"我们几天前刚去过。大概一个小时的路程。"

我向贾斯汀看了又看,想要知道他是否记得。但是他只是一直在吃饭。

"你们玩得开心吗?"我问贾斯汀。

莱安娜抢着回答:"非常开心。"

我再次问贾斯汀:"是你开的车吗?"

他看着我,好像我问了一个非常愚蠢的问题,事实上我也是这么认为的。

"是的,我开的车。"

"我们度过了一段很美好的时光。"莱安娜继续说道。这段记忆真的让她很快乐,却让我更加难过。

我不该来这里,我不该这么做,我应该离开。

但是我做不到。我正和莱安娜在一起,我试图欺骗自己这很重要。

我想继续留在她身边。

我不想爱她,也不想被她所爱。

人们认为爱能够延续是理所当然的事情,就像他们认为自己的生命也能够延续一样。他们并没有意识到爱情最可贵之处在于它只存在于某些时刻。一旦你确立了爱情,你的生命中就多了一个基石。但如果你生命中没有出现爱情，那么你永远只拥有一个基石来支撑你的生活。

　　她就坐在我身旁。我想用我的手指触碰她的手臂，我想要亲吻她的脖子，我想要在她耳边诉说真相。

　　然而我所做的只是注视着她的一言一行。她时不时说出一两句话，对我来说就像生涩的外语一般充斥在空气中。我尝试在笔记本上描摹她的轮廓，可我不是画家，只画出了一些和她完全不相符的形状和线条。我无法留下任何关于她的回忆。

　　最后一节课的铃声响了。她问我把车停在哪儿了，我知道这意味着到此为止，该结束了。她在一张纸上写下她的电子邮箱，递给了我。这就是告别。我知道，艾米·特伦的父母可能已经报警了。我还知道，警察可能已经在距离我家一小时车程的范围内找我了。我要面对的形势很严峻，但是我毫不在乎。我希望莱安娜叫我去看电影，邀请我去她家，或者提议我们一起开车去海边。但是贾斯汀又出现了，他很不耐烦地等着莱安娜。我不知道他们要去哪儿，但是我有一种不好的感觉。如果不是想要跟莱安娜亲热的话，相信他也不会这么穷追不舍。

　　"要和我一起去我停车的地方吗？"我问她。

　　她看向贾斯汀，希望他能同意。

　　"我去开我的车。"他说。

　　我们还可以共同拥有走到停车场的这段时间。我知道我需要从莱安娜这里得到些什么，但我并不确定我需要的到底是什么。

　　"告诉我一些你不为人知的事情吧。"我说。

她十分诧异地看着我说："你说什么？"

"我总是问别人这个问题——告诉我一些你不为人知的事情。不必说什么重要的事情，说一些小事就可以了。"

这下她明白了，我看得出她喜欢有挑战性的问题，我也因此更加喜欢她。

"好的。"她说，"十岁那年，我尝试过用缝纫针给自己穿耳洞。戳到一半的时候，我就晕过去了。家里没人，因此没有人发现我晕倒了。后来我醒了，针还戳在我耳朵上，我的裙子上滴满了血。我把针拔了出来，洗干净，再也不敢尝试了。直到十四岁，有一次我和妈妈去了商场，我才真的穿了耳洞，她完全不知道之前发生的事情。你呢？"

我有太多的生活经历可以选择，即便其中大部分我已经记不清了。

我也不记得艾米·特伦有没有穿过耳洞，所以我没有关于穿耳洞的记忆。

"八岁的时候，我从姐姐那里偷了朱迪·布鲁姆写的那本《永远》。"我说，"我想既然这本书是《超级骗子》的作者写的，那一定很有趣。我很快意识到她为什么把这本书藏在床底下了。我不确定自己是否完全看懂这本书了，但我认为男生可以给他们的——嗯——器官取名字，而女生却不能，这不公平。于是我决定给我的器官也取个名字。"

莱安娜笑着问："叫什么名字？"

"海伦娜。那天吃晚饭的时候，我向每一个人都介绍了她。那真是有趣。"

我们已经来到了我的车旁。莱安娜并不知道这是我的车，但是我们已经走到了停车场的尽头，没法再往前走了。

"很高兴认识你。"她说，"很希望明年能够在学校见到你。"

"嗯，"我说，"我也很高兴认识你。"

我大概用了五种方式向她表示谢意，然后贾斯汀开车过来了，他按起了喇叭。

我们在一起的时间到此为止。

艾米·特伦的父母并没有报警。他们甚至还没有回家。我检查了家里的电话录音，学校也不曾打来电话。

一整天下来，这算是一件幸运的事了。

第 5998 天

早晨我一醒来就觉得不舒服，这是药物反应。

实际上现在已经不是早晨了。我睡到了中午，因为我的这副身体昨天吸食了毒品，很晚才睡。现在它又想要吸食毒品了，一刻也等不了了。

我以前也进入过吸毒者的身体，早晨起床后都会因为前一天晚上吸食毒品而感到昏昏沉沉的。不过这次我感觉更加难受，简直难受极了。

今天我不用去上学，爸爸妈妈也不会叫我起床。我一个人待在又脏又乱的房间里，躺在一个看上去像是从某个小孩那里偷来的带毯子的脏床垫上。我能听见从其他房间里传来的其他人的叫喊声。

此刻我整个人好像都被这副身体所掌控了，身体上的欲求完全驱使着生命。我根本不知道我将生命的主导权交给了自己的身体，但是我的的确确这么做了。身体已经处于主导地位，你的生命也因此被搅得天翻地覆。

以前我对这种人的生活并没有太深的了解，现在我算是真的领教了。我能感觉到我的理智在和身体抗争，但是这并不容易，我无法从中感觉到任何快乐。我必须借助于我的记忆来抗争，我要告诉自己，我只会在这里停留一天，我必须挺过去。

我试图回到床上再睡一会儿，但是身体却不听使唤。我的身体此刻已经苏醒了，它有它的需求。

尽管我不清楚接下来会发生什么，但我知道我该怎么做。尽管我以前没有碰到过这种情况，但是以前我也经历过同身体的抗争。那次我生病了，病得很严重，我唯一能做的就是尽力熬过那一天。起初我认为在这一天里我可以做些什么，让一切有所好转。但是很快我就意识到自己能力有限。一天的时间很难让身体状态有所改变，尤其是意识已经失去了主导地位。

我不想离开房间。因为一旦离开了房间，任何事都有可能发生。我绝望地看看四周有什么东西可以帮助我度过这一天。房间里有一个破旧的书架，上面放了一堆旧书。这些书能够救我，我心想。我打开了一本很老的惊悚小说，集中精力读起第一行：*夜幕笼罩着弗吉尼亚州的马纳萨斯……*

然而我的身体不想看书，我的身体状况可以说是一团糟。这副身体告诉我只有一个方法可以解决问题，并且只有这个方法可以结束痛苦，让我好受一些。如果我不听从它的指示，它会杀了我。我的身体在吼叫，遵从着它本身的逻辑。

我继续读下一行。

我锁上门。

我继续读第三行。

我的身体开始反击了。我的手颤抖起来，视线也变得模糊不清。

我不确定自己是否有能力去与之对抗。

我必须让自己确信，莱安娜就在离我不远的地方。我必须让自己相信，这样的人生并不是毫无意义，尽管我的身体正向我传递着相反的信号。

这副身体为了说服我，清空了我所有的记忆。我什么也想不起来了，我只能依靠我自己的记忆，那些与这副身体无关的记忆。

我绝对不能受身体的支配。

我继续读下一行，接着再读下一行。我甚至不关心这个故事讲的是什么。我的视线从一个字跳到下一个字，每跳过一个字，都是在和身体进行一次抗争。

但这毫无效果。我的身体还是让我有一股上吐下泻的冲动。一开始还算正常，后来我竟然感觉到自己要从嘴巴往外排泄，而用身体的另一端呕吐。一切都混乱了。我想要在墙壁上狂挠，我想要大声喊叫，我还想不断地捶击自己的身体。

我必须清楚我的意识是具体存在的，是可以控制这副身体的。我必须想到我的意识正在抑制身体的种种反应。

我又开始读下一行。

接着又是一行。

这时有人敲起了门，我叫唤着："我正在看书！"

随后敲门的人走开了。

我的房间里没有他们想要的东西。

而房间外面却有我想要的东西。

我绝不能离开这个房间。

我绝不能让这副身体走出房间。

我想象莱安娜穿过走廊，想象她坐在我身边，想象她与我四目相对。

接着我想象她上了贾斯汀的车，我不愿再往下想了。

这副身体彻底影响了我，让我变得恼怒。我对自己的处境感到恼怒，对自己的生活感到恼怒，同时对那么多自己无法做到的事情感到恼怒。

我就是对我自己恼怒。

你想停止自己的怒火吗？ 我的身体问我。

我必须尽可能地让自己远离这副身体。

即便我处在这副身体里，也必须对其敬而远之。

我得去厕所，我真的得去厕所。

可最后，我尿在了一个汽水瓶子里，溅得到处都是。

不过这总比离开房间要好。

如果我离开了房间，我将无法阻止这副身体得到一切它想要的东西。

这本书已经被我翻了九十页，我却什么都没记住。

连一个字都没记住。

这场斗争让我筋疲力尽。

但我赢了。

将身体视为容器，这个想法是错误的。身体如同思想和灵魂一样活跃。你越不屈从于它，你的生活就会越艰难。我曾经在绝食者、服用泻药者、暴饮暴食和吸毒者的身体里待过。他们都以为自己的行为会让生活得到更多的满足，但是他们的身体往往最终击败了他们。

我只需要确保，当我在别人的身体内时我不会被击败。

我一直坚持到了日落时分，已经看了二百六十五页。我在肮脏的毯子下面颤抖不已，不知道是因为房间里的温度太低，还是因为我自身的问题。

就快结束了，我对自己说。

只有一个解决办法，这副身体告诉我。

此时此刻，我不知道这意味着吸毒还是死亡。

或许这副身体对此根本不在意。

终于，这副身体想要睡觉了。

于是我让它睡了。

第 5999 天

我的脑海中一片空白，但是我知道内森·戴德利昨晚睡了个好觉。

内森是个乖孩子，房间里的一切都被收拾得很整齐。尽管现在才是周六一大早，但他已经做完了周末所有的功课。他定了八点的闹钟，因为他不想浪费这一天的时间。估计他昨晚十点就睡了。

我打开他的电脑，查看我的邮箱，把过去几天的经历都记录下来，这样我就能保留这份记忆了。然后我登录了贾斯汀的邮箱，发现史蒂夫·梅森家今晚有个派对。只要通过谷歌搜索就能查到史蒂夫家的地址。我在地图上量了一下从内森家到史蒂夫家的距离，发现只有九十分钟的车程。

看来内森或许会去参加今晚的派对。

首先，我得说服他的父母。

我回过头看自己的邮件，重温我记的和莱安娜共同度过的那一天，这时内森的妈妈走进了房间。我迅速地关闭了窗口，乖乖地听她告诉我今天可不能玩电脑，现在该下楼吃早餐了。

我很快就发现内森的父母非常友善，而且他们清楚地表露出这种友善是不可以受到挑战和触犯的。

"我能用一下车吗？"我问，"学校今晚有音乐剧，我想去看看。"

"你做完功课了吗？"

我点了点头。

"家务呢？"

"我会做完的。"

"午夜之前你能赶回来吗？"

我点点头。即便午夜之前回不来，我也不会告诉他们的，因为那时我已经离开现在的身体了。而且我如果说了，他们肯定不会放心。

显然他们今晚并不需要用车。他们是那种不崇尚社交生活的父母，他们只待在家里看电视。

我花了大半天时间做家务，做完后我们全家人一起吃了晚饭，我就打算出发了。

派对应该是七点开始，因此我知道我应该等到九点再出现，那时候已经有很多人，就不会有人注意到我了。如果我到了那儿，发现派对只对十几个人开放，那我必须离开。不过贾斯汀他们这群人搞的派对应该不会让我失望而归的。

我猜，如果内森这样的人搞派对，一定会有桌游和胡椒博士①。在

---

① 胡椒博士：Dr Pepper，一种焦糖碳酸饮料，是特殊的果汁混合物。

开车去莱安娜居住的小镇的路上，我获取了内森的一些记忆。我坚信不管是青年还是老人，每个人都有一个值得一提的故事。但是在内森的记忆里却很难找到这样的经历。我发现他生命中唯一的波澜出现在他九岁那年，他养的一条名叫"四月"的狗死了。从那以后，没有什么事对他产生任何触动。他的大部分记忆都和功课有关。他结交了一些朋友，但是课外时间他们并不怎么见面。在少年棒球联赛结束后，他就没有再接触体育运动。我还知道，他从来没有沾过比啤酒更烈的酒，即便是在父亲节烤肉聚餐时，他叔叔一再鼓动，他也没有尝试。

在通常情况下，我会把这些作为参考标准；而且在通常情况下，我会待在内森的安全范围内。

但是今天我做不到。为了能再见莱安娜一面，我只能违背原则。

我还记得昨天，从某种角度上来说，是莱安娜带我穿过了黑暗。仿佛一旦你爱上了某个人，他就成了你活着的理由。或许我领悟得太晚，或许只是因为我需要一个理由来证明自己爱上了她。但我并不这样认为，因为我知道即便没有遇见她，很显然，我的人生还会继续。

现在我用我的生命绑架了别人一天的生活。即便这么做很危险，我也不愿按照他们的轨迹循规蹈矩地活着。

八点的时候我到了史蒂夫·梅森家，但是我看不到贾斯汀的车。事实上，史蒂夫家门前并没有停许多车，所以我在一旁观察等待。过了一会儿，陆续有人到达。尽管我在他们学校待过一天半的时间，但这些人我都不认识。他们都无关紧要。

九点半刚过，贾斯汀的车终于开了过来。如我所愿，莱安娜和他一起来了。走进去的时候，贾斯汀在前，莱安娜紧跟着他。我下了车，跟着他们走了进去。

我还担心门口会有人，但这个派对早已乱作一团了。先来的客人已经喝得烂醉，其他人很快也要迎头赶上了。我知道我看起来和周围的环境格格不入——内森的穿着更像是来参加辩论赛的，而不是周末晚上的欢乐派对。但是没有人在意我的存在，他们都在互相灌酒，或是独自买醉，根本没有注意到他们之间出现了一个异类。

周围灯光昏暗，音乐嘈杂，很难找到莱安娜。但是一想到我和她身处同一个地方，我就感到既紧张又兴奋。

贾斯汀在厨房那边跟几个男孩说话。他在这样的环境里简直如鱼得水。他喝完一瓶啤酒，立刻又打开了另一瓶。

我从他身边挤了过去，又穿过拥挤的客厅，到了一个小房间。一踏进房间，我立刻感觉到莱安娜就在这里。连着笔记本电脑的音箱发出阵阵刺耳的音乐，她站在 CD 架旁，用手指翻看着 CD。旁边有两个女孩在交谈，我有一种感觉，刚开始她也在和她们一起交谈，后来她就走开了。

我走了过去，发现她正在看的 CD 上有一首歌是我们开车时一起听过的。

"我很喜欢这些歌。"我指着那张 CD 说，"你呢？"

她吓了一跳，好像这是一个安静的房间，而我突然大喊了一声。我在注视着你，我想告诉她。即便没有人注意到你，但我在注视你。

"是的，"她说，"我也喜欢这些歌。"

我哼起了我们在车里听过的那首歌，然后我说："我尤其喜欢这一首。"

"我们认识吗？"她问。

"我是内森。"我说，这是一个不置可否的回答。

"我是莱安娜。"她说。

"你的名字很美。"

"谢谢，过去我很讨厌它，现在好多了。"

"为什么？"

"因为很难拼。"她走近了一些，看着我说，"你要去屋大维吗？"

"不，我只是来这里过周末，顺便来看望我的表哥。"

"你表哥是谁？"

"史蒂夫。"

这是一个危险的谎言，因为我不知道谁是史蒂夫，而且我也没有办法获知这个信息。

"哦，原来如此。"

她开始慢慢地从我身边走开，就像从一旁交谈的两个女孩身边走开一样，当然这只是我的猜测。

"我讨厌我的表哥。"我说。

这句话引起了她的注意。

"我讨厌他对待女孩的方式。他认为办一个这样的派对就能够拉拢所有的朋友，我讨厌他的这种想法。我还讨厌他只在需要帮助时才会跟别人说话。还有他根本不懂怎么去爱，这点也让我讨厌。"

我意识到现在我说的那个人是贾斯汀，而不是史蒂夫。

"那你为什么来这儿？"莱安娜问。

"因为我想看到这个派对搞砸了。再这么吵闹下去，肯定会搞砸的，那时候，我想做个见证人。当然，我得保持安全的距离。"

"你说他不懂怎么去爱史蒂芬妮吗？可是他们已经交往一年多了。"

我在心里默默地向史蒂芬妮和史蒂夫道歉，然后说："这说明不了什么，不是吗？我的意思是，和某个人在一起一年多了可能意味着你爱他……但也可能意味着你只是为情所困。"

刚开始我还觉得自己可能扯远了。我看得出莱安娜在思考我的话，但我不知道她对此做何感想。人们所说的话和听者所听到的总是不一样的，因为说话的人所表达的是自己内心的想法。

最后，她说："这是你的经验之谈吗？"

如果说这是内森的经验之谈，那实在太可笑了，我敢说，他从八年级到现在，根本没有约会过。但是她不认识内森，我可以装作是我的经验之谈。但我也没有这样的经历，我只是看到过一些别人的经历。

"有很多因素会让你保持现在的恋爱关系，"我说，"比如，害怕孤独，害怕生活节奏被打乱；觉得一切还过得去，就安于现状，因为你不知道自己是不是能得到更好的生活；又或者天真地以为一切会好起来的，即便你知道他根本不会改变。"

"他？"

"嗯。"

"我明白了。"

刚开始我还不知道她明白什么了，很显然，我说的就是关于她的事情。后来我才反应过来，是我提到的那个"他"让她产生了误解。

"是吗？"我问，我想如果内森是同性恋的话，这么说会让他显得不那么可怕。

"彻底明白了。"

"你呢？"我问，"在和某个人谈恋爱吗？"

"是的。"她说，接着，她的脸沉了下来，"一年多了。"

"你为什么还跟他在一起呢？害怕孤单？安于现状？还是天真地以为他会改变？"

"这三种情况都有。"

"那么……"

"但是他有时候也会特别体贴。我知道，在他内心深处，我是他的整个世界。"

"内心深处？我觉得这太不现实了。你不该为了得到爱而寄希望于他内心深处的想法，这是在冒险。"

"我们换个话题，好吗？这不是一个适合在派对上谈论的话题。我更喜欢你刚才唱给我听的那首歌。"

我打算提及我们开车出去时听的另一首歌，希望能够让她回想起一切事情，但这时，我身后传来了贾斯汀的声音："这家伙是谁？"如果说我在厨房里见到的他是令人感到放松的，那么现在的他则是令人讨厌的。

"别在意，贾斯汀。"莱安娜说，"他是个同性恋。"

"嗯，从他穿的这身衣服我就能看出来。你们在这里干什么？"

"内森，这是贾斯汀，我的男朋友。贾斯汀，这是内森。"

我向他问好，他没有任何回应。

"你见到史蒂芬妮了吗？"他问莱安娜，"史蒂夫在找她。我想他们又闹掰了。"

"或许她去了地下室。"

"不可能。地下室有人在跳舞。"

我能看出，这个信息让莱安娜来了兴致。

"你想去那里跳舞吗？"她问贾斯汀。

"不去！我可不是来这儿跳舞的，我是来喝酒的。"

"好吧。"莱安娜说。

（我想）我的机会来了。

莱安娜接着说："你介意我和内森去跳舞吗？"

"你确定他是同性恋吗？"

"我可以给你唱一段音乐剧来证明。"我说。

贾斯汀在我背上拍了拍："不，哥们儿，千万别唱，好吗？去跳舞吧。"

于是莱安娜领着我去了史蒂夫·梅森家的地下室。我们一踏上楼梯，就能感到脚下在震颤。这里的音乐风格很有节奏感，和楼上不太一样。房间里只亮着几盏红色的灯，因此我们只能看见那些人身体的轮廓，他们仿佛都融为一体了。

"嘿，史蒂夫！"莱安娜叫道，"我喜欢你的表弟！"

一个男孩冲她点了点头，这一定就是史蒂夫。我不知道他是没听清莱安娜说的话，还是喝醉了。

"你看见史蒂芬妮了吗？"他大叫道。

"没有！"莱安娜也大叫着回答他。

接着我们走进了乱舞的人群，不幸的是我跳舞的经验和内森一样少得可怜。我尽量让自己融入音乐的节拍，但不奏效。其实，我真正需要做的是融入莱安娜的生命，我必须把自己毫无保留地交给她，变成她的影子、她的一部分，和她相交互的另一半。我跟着她的脚步跳着，我触摸着她的脊背、她的腰，她慢慢地向我靠近。

我融入了她，同时也得到了她。我们的交互产生了效果，我们找到了共同的节奏，并随之舞动身体。我发现自己还随着音乐哼唱着，我唱给她听，她很喜欢。她又变成了一个无忧无虑的人，而我则变成了一个只在意她的人。

"你跳得不错呀！"她在音乐声中大声叫道。

"你跳得真棒！"我也大声回应。

我知道贾斯汀是不会来这里的。莱安娜可以自在地和史蒂夫·梅森的同性恋表弟待在一起，我也确信没有人会破坏这个时刻。耳边的一首首歌曲好像汇成了一首漫长的曲子，好像一个歌手刚唱完，就有另一个歌手接着唱，歌手们轮番为我们演唱着。声波将我们的距离拉近，像霓虹环绕在我们的身边。我们沉浸在我们的世界里，沉浸在浓烈的情感之中。这个房间没有屋顶，没有墙壁。这里是热闹非凡的露天场地。我们缓缓地移动步伐，有时候甚至双脚未曾离开地面。我们感觉时间过去了很久，但同时又感觉时间不复存在。我们一直跳到音乐停止。有人把灯打开，说派对结束了，因为邻居已经报警投诉，警察可能就要来了。

看起来莱安娜和我一样失望。

"我得去找贾斯汀了。"她说，"你自己可以离开吧？"

不行，我想这样对她说。从现在开始，无论去哪里，我都要和你在一起。

我询问她的电子邮箱地址时，她皱起了眉头，于是我告诉她不要担心，我是同性恋。

"太糟糕了。"她说。我想让她说清楚点，但随后她给了我她的邮箱地址，我也给了她一个不存在的邮箱地址，一回家我就会创建这个邮箱。

人们开始陆续从房子里跑出来。不远处传来阵阵警笛声，估计警笛声和这场派对一样吵醒了许多人。莱安娜离开我去找贾斯汀，还对我说车会由她来开。我向我的车跑去时没有看见他们。我知道时候不早了，但是直到我把车发动起来，看了一眼时间，我才知道有多晚了。

已经十一点十五分了。

我不能准时回家了。

时速七十英里。

时速八十英里。

八十五英里。

我将车速提到最快，但还是不够快。

十一点五十分的时候，我把车停在了路边。只要闭上眼睛，我应该可以在午夜之前入睡。我能够在几分钟之内睡着，这可真算是上天的眷顾。

可怜的内森·戴德利，他将要在离家一小时车程的州际公路旁醒来了。我想象得出他会有多么慌乱。

我对他的所作所为实在是太残酷了。

然而我有我的理由。

第 6000 天

现在罗杰·威尔森该去教堂了。

我迅速地穿上他的礼拜服，不知道是他本人还是他妈妈昨晚就把衣服准备好了。然后我下楼和妈妈还有三个姐妹一起吃早饭。由于没有看见他爸爸，于是我进入他的记忆，知道了在小女儿出生后不久，他爸爸就离开了他们，从那时起妈妈就带着他们艰难度日。

家里只有一台电脑，我只好等妈妈去帮妹妹们为出门做准备的时候，才立刻打开电脑，创建了昨晚我留给莱安娜的邮箱账号。我只希望她还没有试图和我联系。

有人在叫罗杰的名字，该去教堂了。我退出邮箱，清空了历史记录，然后和妹妹们一块儿上了车。我花了几分钟时间把她们几个的名字和人对上了号：帕姆十一岁，莱希十岁，珍妮八岁。只有珍妮因为要去教堂而显得很兴奋。

到了教堂以后，妹妹们去了主日学校，我和罗杰的妈妈去了教堂主厅。我已经准备好做浸信会礼拜仪式了，我试图回忆这和我以往做过的其他礼拜仪式有什么不同。

这些年来，我参加过许多不同的宗教仪式。每一次参加这样的活动，都使我加深了一个整体的印象，那就是不同的宗教之间还是有很多相同之处的，尽管那些教徒并不愿意承认这一点。这些宗教大多数都有相同的信念，只是它们的历史背景不同罢了。每一个人都愿意信仰更加强大的力量，每一个人都希望归属于比自身更强大的事物，并且每一个人都希望和与自己信念相同的人团结起来。他们希望世界上有这样一股善良的力量，他们希望能够成为这股力量的一部分。他们希望通过宗教仪式和自我奉献，来证明他们的信仰和归属。他们希望能够接触那股巨大的力量。

宗教之间只在一些细节问题上会变得复杂而有争议，其实人们并没有认识到不管我们的宗教、性别、种族和地域有什么区别，我们之间都有大约百分之九十八的相似之处。是的，男人和女人之间的区别是生物上的差异，但是如果将生物学视作一个百分比，那么世界上就不存在那么多不同的事物了。种族间的差异完全是由社会结构造成的，并不是固有的。至于宗教，无论我们信仰上帝，还是耶和华，还是真主安拉，或者其他，很可能我们在内心深处的渴望是相同的。无论出于什么原因，我们喜欢把焦点放在那百分之二的区别上面，而世界上的大多数冲突都来自此。

我之所以能够游走于不同人的生活，就是因为每个生命都有百分之九十八的相似点。

周日早上在教堂做礼拜时，我思考着这些。我一直在看罗杰的妈妈，她太过憔悴，承受了太多负担。我觉得我就像信仰上帝一样信仰她，我发现即便上天把一个又一个挑战抛到我们面前，人类还是充满毅力。或许我从莱安娜身上看到的也是这一点，她执着的坚持。

做完礼拜之后，我们去罗杰外婆家参加周日聚餐。这里没有电脑，虽然这里距离莱安娜家只有不到三个小时的车程，但我没办法去找她，于是我把今天用来休息。我和妹妹们做游戏，在餐前祈祷时，和其他家庭成员手牵手围成一圈。

唯一不愉快的事发生在我们开车回家的路上，坐在后座的妹妹们吵了起来。作为姐妹，她们有百分之九十九的相似之处，然而她们并不这么认为。她们会为了要养什么宠物而争吵……尽管我没有从她们的妈妈那里察觉到丝毫会在不久的将来养宠物的迹象。这样的争吵真是没事找事。

一回到家，我就开始等待时机，好使用电脑。电脑放在家里的公共区域，我只能等所有人都去了别的房间才能查收邮件。然而，三个小女孩一直在到处乱跑，于是我回到了罗杰的房间，尽力完成他周末的作业。我希望罗杰的睡觉时间可以比妹妹们晚一些，果然，我猜对了。周日晚餐过后，女孩们在放电脑的房间看了一个小时电视，然后罗杰的妈妈就告诉她们睡觉的时间到了。虽然她们强烈抗议，但是没人理睬她们。这就像是例行程序一样，她们的妈妈总是赢家。

罗杰的妈妈帮她们换上睡衣，并且准备好明天她们要穿的衣服时，我拥有了几分钟的私人时间。我迅速地查看了我在早晨设置的账户，莱安娜没有发来邮件。我感觉主动一点没有什么不好，于是我迅速地输入她的邮箱地址，然后开始写信。

亲爱的莱安娜：

  我想说，昨晚遇见你并且和你跳舞真好。很遗憾警察来了，把我们

分开了。虽然从性别上来讲，你不是我喜欢的类型，但是在性格方面，你完全是我喜欢的类型。

保持联系。

内森

这么写对我来说足够安全，聪明却不自我吹嘘，真诚并且不骄横傲慢。虽然只有几行字，但是我在点击发送键之前看了至少十几遍。我把信发送了出去，期待着回信的内容（如果她回复的话）。

似乎还要等一会儿才到睡觉时间，因为我听见妹妹们好像正在争论故事书应该读到哪一个章节了。于是我登录了我的个人邮箱。

只需一个简单的动作——轻轻点击一下，收件箱以及所有熟悉的页面立即就出现了。

可是这次，我就像走进一个房间，却看见里面放着一个炸弹。

在书店时事通信邮件的下面，有一封内森·戴德利发来的邮件。

邮件的主题是"警告"。

内容是这样的：

我不知道你是谁，你是什么东西，以及昨天你对我做了什么。不过我要告诉你，你别想逍遥法外。我不会让你控制我，我不会让你毁了我的生活。我不会保持沉默。我知道发生过什么，我知道你必须以某种方式为自己的所作所为负责。离我远点，我不欢迎你。

内森

"你还好吗？"

我转过身，发现罗杰的妈妈站在门口。

"我很好。"我一边说一边用身体挡在屏幕前。

"好，你可以再玩十分钟。然后帮我把碗从洗碗机里面拿出来，接着就上床睡觉吧。还有很长的一周等着我们呢。"

"好的，妈妈。十分钟之后我就去。"

我继续看邮件。我不知道如何回复，不知道是否应该回复。我依稀记得，昨天当我在看内森的电脑时，他妈妈打断了我。我肯定在关闭电脑之前忘记清除历史记录了。所以内森打算登录邮箱时，发现有一个默认的邮箱地址。他不知道我的邮箱密码，所以这个账户仍然是安全的。不过为了以防万一，我知道我必须尽快更改密码，并转移所有的旧邮件。

我不会保持沉默。

我在想这句话是什么意思。

虽然我不能在十分钟之内移走所有的旧邮件，但是我已经成功地移走了一部分。

"罗杰！"

罗杰的妈妈在叫我，我知道我必须离开了。清除历史记录、关闭电脑后，我无法停下来不去思考。我想象着内森在路边醒来的情景，我试图想象他会是什么感受。实际上，我无法知晓他的感受。他会感觉到自己发生了什么事吗？或者他会立刻觉察到有什么不对劲，自己被另一个人掌控了吗？当他打开电脑看到我的邮箱地址时，他相信这一切吗？

他会认为我是谁？

他会认为我是什么东西？

我走进厨房，罗杰的妈妈关心地看着我。我能看出来，她和罗杰的感情很深，她知道如何猜测儿子的心思。多年以来他们互相依靠。罗杰帮助她照顾妹妹们，她把罗杰抚养长大。

假如我真的是罗杰，我会告诉她一切。假如我真的是罗杰，无论事情是多么不可思议，她都会坚定地、毫无保留地站在我这边。

可惜我不是她的儿子，我不是任何人的儿子。我不能说出今天困扰罗杰的问题，因为明天这个问题对罗杰而言将不复存在。因此，我消除了他妈妈的疑虑，告诉她没什么事，接着帮她把碗从洗碗机里拿出来。我们一起默默地把事情做完，然后睡觉去了。

有一段时间，我无法入睡。我躺在床上盯着天花板。真是讽刺：每天早晨醒来我都处于不同的身体里面，但是我常常在某种程度上觉得掌控权在我的手里。

可现在我觉得我完全失去了掌控权。

现在涉及了其他人。

第 6001 天

第二天早上，我离莱安娜更远了。

现在我在玛格丽特·韦斯的身体里，我所在的地方距离莱安娜家有四个小时的车程。幸运的是，玛格丽特有一台笔记本电脑，我可以在去学校之前查看电子邮件。

有一封来自莱安娜的邮件待查阅。

内森！

很高兴你给我发邮件了，因为我把写着你邮箱的字条弄丢了。能和你一起聊天、跳舞，我也很开心。都怪那些警察搅和了我们！你也是我喜欢的那一类人，你能够让人明白一些事情。尽管你并不相信人与人之间的感觉可以维持一年以上（我并不是说你的观点是错的，我还没有考虑清楚）。

我从没想过我会说这样的话，但我希望史蒂夫尽快再办一次派对。这样你就可以见证它的衰败了。

爱你的莱安娜

我能想象她是微笑着写这封邮件的，这也让我面露微笑。

接着我打开了我的另一个账号，收到了一封来自内森的邮件。

我把这个邮箱地址告诉警察了。别以为你能逃掉。

警察？

我赶紧把内森的名字输入搜索页面，一则新闻跳了出来，日期是今天早晨。

他被魔鬼驱使了

当地男孩，被警察发现于路旁

声称魔鬼附体

内森·戴德利，十六岁，家住雅顿路二十二号。周日清晨警察于二十三号公路旁发现他睡在自己的车里。他们无法相信这个男孩所讲的故事。大多数青少年都会将这种事情的发生归咎于酗酒，但是戴德利没有。他声称不知道自己怎么会出现在那里，据他解释，他一定是被魔鬼附体了。

"当时我就好像是在梦游。"戴德利对《呐喊者》报的记者说，"一整天，那东西都控制着我的身体，它让我对父母撒了谎，还让我开车去一个我从未去过的小镇上参加了一个派对。具体细节我记不清了。我只知道那些不是我做的。"

更加不可思议的是，戴德利声称他回家后发现自己的电脑上有其他人的电子邮箱地址。

"那不是我的。"他如是说。

兰斯·休斯顿警官表示，由于没有饮酒的迹象，也没有车辆报失记录，所以戴德利不会面临任何指控。

"我确信他那么说必然有他的理由。我能告诉你们的就是他没有做任何违法的事。"

但是戴德利并没有就此作罢。

"如果还有人经历过这样的事情，我希望他们也站出来。"他说，"绝不可能只有我一个人。"

这是一个当地新闻网站上的消息，不必太过担心。而且警察似乎没有把它当成一件要案来看待。不过我还是陷入了恐慌。过去这些年，还没有人这样做过。

不难想象当时的情景：内森正睡在路边的车上，被敲着车玻璃的警察叫醒了。也许当时还有红蓝色的警车灯在黑暗中闪烁。几秒钟之后，内森才意识到自己有麻烦了——已经过了午夜，他的父母会杀了他的。他的衣服上沾满了烟酒的气味，他不记得自己是否喝过酒或是抽过烟。他的脑海中一片空白，就像一个梦游的人刚刚醒来。他唯一有印象的就是我存在过，他的脑海中有一些不属于他的记忆。当警察问他怎么了，他说他不知道。当警察问他去过哪里，他也说不知道。警察把他叫下车，让他做了酒精测试，结果显示内森很清醒。但是警察仍然想弄清楚这是怎么回事，于是内森说了实情——他被魔鬼附体了。除了魔鬼，他想不出还有谁会占据他的身体。他的这番解释听起来就像个故事。但是，他是个好孩子，他知道所有人都会支持他，他们会相信他的。

警察只想让他安全地回家去。或许他们已经提前给内森的父母打了电话，然后护送内森回到了家。当内森到家时，他的父母都醒着，他们既恼火又担心。内森把他的故事又给父母讲了一遍，他们不知道该不该相信。与此同时，一些记者听到了警察在短波电台上说起这件事情，或者这件事早在警局传开了。一个青少年偷偷跑去参加派对，却试图将责任归咎于魔鬼。记者在星期日给内森家打电话，内森决定谈谈这件事，因为这样会显得更真实，不是吗？

我感到内疚，但同时也想为自己辩解。内疚是因为无论我是否有意为之，我都对内森这么做了。想为自己辩解是因为我没有强迫他以这种方式回应，他这样做只会让他的处境更为糟糕，而不会对我造成影响。

有一百万分之一的可能是，内森会说服别人来跟踪我的邮箱。我意识到，我再也不能在别人家查看这个账号的邮件了。因为如果他这么做，他就能查出过去两三年内我住过的大多数房子……而这将引出很多令人生疑的问题。

我有点想回信向他解释，但是我不确定我能否做出完美的解释，尤其是对于大多数问题，我都无法给出答案。很久以前，我就放弃寻找答案了。我猜，内森不会轻易放弃的。

玛格丽特·韦斯的男朋友山姆很喜欢亲她。无论是在公共场合还是在私下里，他都经常亲她。当然如果有机会更进一步的话，他也绝不会就此打住。

不过，我现在可没那个心情。

玛格丽特很快摆出一副冷漠的样子。热吻到此为止了，随后而来的是一些亲昵的小动作。山姆被迷得神魂颠倒，他时刻围绕在玛格丽特的身边，他对玛格丽特的爱就像流沙一般越陷越深。从最近的记忆来看，玛格丽特对待山姆也是一样，只要和山姆在一起，任何事情就都变成次要的了。她还能有其他朋友可真是个奇迹。

学校举行了一场科学方面的小测验。根据我获取的记忆来判断，我会的题目比玛格丽特多，今天真是她的幸运日。

我太想用一下学校的电脑了，但是我必须先甩掉山姆。即便我已经阻止了他们接吻，但是我似乎阻止不了他们黏在一起。吃午饭的时候，他把一只手放在了她屁股后面的裤兜里，因为玛格丽特没有以同样的举动来回应，他就噘起了嘴。后来，他们一块儿去自习，他一刻不停地逗她，还和她谈论昨晚他们一起看的电影。

第八节课是唯一一节他们不一起上的课，于是我决定逃课。等山姆一把玛格丽特送到教室门口，我就让她去找老师，说要去医务室，然后直奔图书馆。

首先，我把旧账号里的所有邮件都转走了，只留下内森发来的那两封邮件。我无法让自己删除它们，就像我无法让自己注销这个账号一样。由于某些原因，我希望他还能联系到我，我越发感觉这是一种责任。

我又登录了新的邮箱，打算给莱安娜回信。让我喜出望外的是，她又给我发了一封邮件。我兴奋地打开邮件。

内森：

看来，史蒂夫没有一个叫内森的表弟，也没有任何一个表弟去参加了他的派对。对此你能解释一下吗？

莱安娜

　　我没有深思熟虑，也没有三思而行，我直接回信并点击了发送。

莱安娜：

　　我的确要向你解释。我们可以见面吗？这件事需要当面解释。

爱你的内森

　　我没有想要告诉她真相，我只是想给自己一些时间，编造一个最好的谎言。

　　放学铃响了。我知道山姆很快就会来找玛格丽特。当我看见他在他的储物柜前时，他表现得就像我们有几个星期没有见面了。当我亲他时，我想象着我在为莱安娜练习。不过，我同时感觉我是在对莱安娜不忠，我的思绪已经飘到了千里之外，我的心已经和她在一起了。

第 6002 天

　　第二天早晨醒来时，我觉得整个世界都站在我这边。因为我是在梅根·鲍威尔的身体里醒来的，现在我所在的地方距离莱安娜只有一个小时的车程。

　　我打开邮箱，发现有一封莱安娜发来的邮件。

内森：

　　你最好给我一个合理的解释。下午五点钟我在三叶草书店的咖啡厅等你。

莱安娜

　　我回复道：

莱安娜：

　　我会去的。尽管我会以你意想不到的方式出现在你面前，但请你耐心地听我解释。

内森

看来梅根·鲍威尔今天要早点结束啦啦队的训练。我翻遍她的衣柜，挑了一件最符合莱安娜穿着品味的衣服，我发现人们倾向于相信那些和他们有相同穿着品味的人。我所做的一切，都是为了让莱安娜相信我。

我一整天都在想该怎么对莱安娜说，她又会说些什么。如果把真相告诉她实在太危险了，我从没告诉过任何人。因为我从来没有跟谁如此亲近过。

任何谎言都说不通，我越是绞尽脑汁想要编出可以蒙混过关的谎言，就越想要把一切都向她坦白。我知道没有真正被别人了解的人生是不真实的，而我希望我的人生是真实的。

如果说我已经适应了自己的人生，那么别人能够适应我吗？

如果她信任我，如果她和我一样能感受到这份强烈的爱，她会相信我说的话的。

如果她不相信我，没有感受到任何爱意，那么我就只是一个不知从哪个角落里冒出来的疯子。

这样对我来说也没什么损失。

当然，也会让我感觉失去了一切。

我撒谎说梅根要去看医生，于是四点钟的时候，我就开车去莱安娜住的小镇了。

路上有些堵车，我也不太认识路，所以到书店的时间晚了十分钟。我透过咖啡厅的窗户看见她坐在那里。她翻着一本杂志，不时地抬起头看看门口。我希望她能够一直保持这种状态，我希望能在此刻拥有她。

我知道一切都会改变，我害怕有一天我会无比怀念我向她坦白前的这个片刻，那时我可能想要回到这一刻，停止我接下来要做的事。

梅根当然不是莱安娜要等的人，因此当我走到她的桌旁坐下的时候她有些吃惊。

"对不起，这个位子有人了。"她说。

"没关系，"我对她说，"是内森让我来的。"

"他让你来的？他在哪儿？"莱安娜看了看四周，好像内森就躲在某个书架后面。

我也看看四周。我们附近还有其他人，但是他们应该都听不见我们说话。我知道我该叫莱安娜和我一道出去走走，这样一来当我向她坦白的时候周围就不会有别人。但是我想不到用什么理由让她跟我走，如果我直截了当地叫她走也许会吓到她。我只能在这里向她坦白。

"莱安娜。"我说。我看着她的双眼，再次感受其中的温存。我能感受到彼此间密不可分的关联，超越我们自身的情感，还有相互的认同。

我不知道她是否也能感受到这一切，不过她就坐在那儿，和我对视着，保持着我们之间的关联。

"怎么了？"她小声说。

"我要告诉你一些事情，这听起来非常非常离奇，但是我希望你听我说完整个故事。你或许会想要离开，或许想笑，但我希望你能够认真看待这件事。我知道这令人难以置信，但这是事实。你明白吗？"

这时她的眼中流露出一丝恐惧。我想要握住她的手，但我知道我不能这么做，至少现在还不行。

我尽量保持冷静，一五一十地向她坦白道：

"每个早晨,我都会在不同的身体里醒来,从我出生那天起就是这样。今天早晨醒来时,我是梅根·鲍威尔,就是出现在你面前的这个人。三天前,也就是上周六,我是内森·戴德利。五天前,我是艾米·特伦,就是去你的学校参观并和你共处一天的那个人。而上周一,我是贾斯汀,你的男朋友。你以为你是和他一起去了海边,但事实上你是和我一起去的。那是我们第一次见面,从那天起我就再也无法忘记你了。"

我不再往下说了。

"你在和我开玩笑,对吗?"莱安娜说,"你一定是在开玩笑。"

我继续说:"我们在海边的时候,你跟我说了你和你妈妈参加母女时装秀的事情,那可能是你最后一次看见她化妆。当艾米让你告诉她一件你不为人知的事情时,你告诉她你十岁那年尝试给自己穿耳洞,而她告诉你的是关于她读朱迪·布鲁姆写的那本《永远》的事情。内森是在你翻看 CD 的时候来到你身边的,他哼了一首歌,那是你和贾斯汀开车去海边时听过的。他告诉你他是史蒂夫的表弟,但他去那儿实际上是为了见你。他对你说一段感情很难维持一年以上,你告诉他贾斯汀在内心深处很在意你,而他说不能寄希望于内心深处的情感。我要说的是……这些人其实都是我,我只作为他们存在一天。而现在我是梅根·鲍威尔,我想在我变成别人之前告诉你事情的真相。因为我认为你是无可取代的,因为我不想每次都以不同的面目见你,我想以我自己的身份面对你。"

我看到她的脸上充满了疑惑,我搜寻着哪怕一丝一毫信任的曙光,但是搜寻不到。

"是贾斯汀叫你这么说的吗?"她用厌恶的口吻说道,"你真的认为这很好玩吗?"

"不，这一点都不好玩。"我说，"这是事实。我不指望你能够立刻明白这一切，我知道这听起来很疯狂，但这是事实。我发誓，这就是事实。"

"我不明白你为什么要这么做，我都不认识你！"

"请听我说。你应该知道那天和你在一起的不是贾斯汀，你心里应该能感觉到。他的行为举止一点都不像贾斯汀，他所做的事情也不是贾斯汀能够做到的，因为那个人是我。我原本并没有想要那么做，我也并没有想要爱上你，但一切就这么发生了。我无法将它抹去，我也无法忽视它的存在，是你使我想要留住这一切。"

她的脸上、身上仍然显露出恐惧。"为什么是我？这说不通。"

"因为你太与众不同了；因为你对学校里无意中碰到的陌生女孩都那么友善；因为你也想要冲破那扇窗户的阻隔，体验真实的人生，而不是活在想象之中；因为你的美丽；因为周六晚上我和你在史蒂夫家的地下室跳舞时，我感觉身边仿佛有无数烟花绽放；因为在海边，当我躺在你身边的时候，我感到无比平静。我知道你认为贾斯汀的内心深处是爱你的，但是我对你的爱是彻头彻尾的。"

"够了！"莱安娜大声叫了起来，她的声音甚至有些沙哑，"别再说了，好吗？我想我已经明白你对我说的这些话了，尽管这听起来毫不可信。"

"你知道那天和你在一起的不是贾斯汀，对吗？"

"我什么都不知道！"她的声音很大，有几个人向我们这边看了过来，莱安娜注意到了，又压低了声音说，"我不知道。我真的不知道。"

她几乎要落泪了。我伸出手，握住了她的手。她似乎不太适应，但是也没有把我的手推开。

"我知道我说的太多了。"我对她说，"请相信我，我知道。"

"这不可能。"她小声说。

"这是有可能的，我本人就是最好的证明。"

当我事先在脑海中想象这次交谈的时候，我能想到的结果有两种：恍然大悟并接受我或是无比厌恶地离我而去。但是我们面临的情况介于二者之间。她并不认为我说的是真的——我的话还不足以说服她。同时，她也没有愤然离开，她不再认为是有人在跟她开恶毒的玩笑。

我意识到我不能继续设法说服她，这种方式行不通，这样的环境也不行。

"你看，"我说，"我们明天还在同一时间在这里见面怎么样？我不会再以这副身体出现，但是我还是我。那样你会不会更容易接受一点？"

她疑惑地说："但你不是可以指使其他人来这里吗？"

"是的，但我为什么要那么做呢？这并不是恶作剧，也不是什么玩笑，这就是我的人生。"

"你真是疯了。"

"你只是嘴上这么说而已，你知道我没有疯，你应该能够感觉得到。"

现在轮到她注视着我的双眼了。她仔细地看着我，想要发现一些线索。

"你叫什么名字？"她问道。

"今天我是梅根·鲍威尔。"

"不，我是问你真正的名字。"

我紧张得无法呼吸。过去从没有人这样问过我，当然我也从没告诉过任何人。

"A。"我回答。

"就叫 A？"

"就叫 A。这是我年纪很小的时候想出来的名字。这样即便我的身体和人生不断地转变，我还能保持自身的完整。我需要一些纯粹的东西，因此我选择了字母 A 作为我的名字。"

"你认为我的名字怎么样？"

"那天晚上我对你说过，我觉得它很美，尽管你曾经觉得它太难拼了。"

她从椅子上站了起来，我也站了起来。

她一动不动。我知道她现在一定思绪万千，但我不知道她究竟想的是什么。爱上某个人并不意味着你就能更多地了解对方的感受，这只意味着你对自己的感受一清二楚。

"莱安娜。"我先开了口。

她伸出手让我不要再说了。

"到此为止吧。"她对我说，"现在什么也别说了。明天吧，明天我再听你说。如果你说的事情真的会发生，那明天我就会知道，不是吗？我是说，我需要多一天的时间冷静下来。"

"谢谢你。"我对她说。

"直到明天见面之前你都不要谢我。"她说，"这一切太匪夷所思了。"

"我知道。"

她穿上她的夹克朝门口走去，然后又转身看了我最后一眼。

"是这样，"她说，"我确实感觉到那天那个人不是他，不完全是他。从那天之后，他表现得好像没有去过海边一样，他完全不记得了。产生这种情况可以有上百万种解释，当然你的解释也是其中一种。"

"是的。"我表示赞同。

她摇了摇头。

"明天见。"我说。

"明天见。"她说，这听起来不像是一个约定，倒更像是一个机会。

第 6003 天

第二天早晨我醒来时不是独自一人。

我和另外两个男孩睡在一个房间，他们是我的兄弟保罗和汤姆。保罗比我大一岁，而汤姆和我是双胞胎。我的名字叫詹姆斯。

詹姆斯身材高大，是个橄榄球运动员。汤姆和他个头差不多，而保罗个头更高一些。

房间里很干净，尽管我还不知道我在哪个镇上，但我知道我们住的地方位于小镇的偏僻角落。这里连电脑都没有，而且詹姆斯也没有汽车。

保罗的任务是叫大家起床，再领着大家出门，不知道他是自愿这么做的还是另有原因。我们的爸爸还没有下夜班回家，而我们的妈妈已经在上班的路上了。我们的两个姐妹就快用完卫生间了，然后就轮到我们用了。

我通过获取的记忆发现，我所在的小镇紧挨着内森家，而距离莱安娜家超过一个小时的车程。

这又将是难以应付的一天。

乘公共汽车到学校用了四十五分钟。到了学校之后，我们就直奔自助餐厅吃免费的早餐。詹姆斯的食量之大让我吃惊——我吃了一片又一片薄饼，可还是觉得饿。汤姆也大口大口地吃着，跟詹姆斯不相上下。

很幸运，我的第一节课是自习。然而不幸的是，詹姆斯还有一些功课要做。我尽快做完了功课，还剩下大约十分钟时间可以用一下电脑。

有一封来自莱安娜的邮件，是凌晨一点写的。

A：

我想要相信你，可我不知道该怎么做。

莱安娜

我回复道：

莱安娜：

你不必知道该怎么做，你只要做出决断，一切就都迎刃而解了。

现在我在劳雷尔镇，距离你有一个多小时的车程。我在一个叫詹姆斯的橄榄球运动员的身体里。我知道这听起来很离谱，但是就像我对你说的所有事情一样，这是事实。

爱你的 A

还有些时间，我可以查看一下我的另一个邮箱。内森又给我发了一封邮件。

你不能永远对我的问题避而不答。我想知道你是谁，我想知道你为什么会那么做。

回答我。

我还是没有回复。我不知道我是否欠他一个解释。我或许亏欠他某些东西，但我不确定是不是一个解释。

我一直熬到了吃午饭的时间。我想立刻去图书馆再查看一下邮箱，但是詹姆斯饿极了，而且汤姆和他在一起，如果现在不吃午饭，我担心直到晚饭前他都没有任何东西可以吃。我看了一下，算上零钱，他的钱包里只有三美元。

我弄了份免费午餐，迅速地吃完了。然后我说要去图书馆，为此招来了汤姆的一番奚落，他说："图书馆是为女孩服务的。"

作为亲兄弟，我回击道："好吧，这就是你一直找不到女朋友的原因。"接着我们互相推搡起来，这一举动耽误了我的时间，我要做的事情差点泡汤了。

我到图书馆的时候，所有的电脑都被人占用了。我在一个新生旁边好说歹说了两分钟，他才把位子让给了我。我迅速查看了公交路线，发现要去莱安娜所在的小镇，我得转三趟车。我已经准备出发了，但是当我查看邮箱时，又收到了莱安娜发来的一封邮件，是两分钟前发的。

A：

你有车吗？如果没有，我可以去找你。劳雷尔镇有一家星巴克，有人告诉过我，在星巴克绝不会发生不愉快的事情。你愿意在那里见面吗？

莱安娜

我回复道：

莱安娜：

要是你能来我这儿那真是再好不过了，谢谢你。

A

两分钟后，她又发来一封邮件：

A：

我会在五点钟到那儿。我等不及想看看你今天是什么样子。

（我还是不能相信这一切。）

莱安娜

各种存在的可能性让我的神经紧绷起来。她还有考虑的时间，她还没有否定我说的一切。这远远超过了我的预期，我尽量让自己不要过分激动，唯恐这份希望稍纵即逝。

在学校的其他时间都一如往常，只是在第七节课的时候出了些意外状况。当时教生物的弗兰彻太太正在训斥一个没有完成功课的学生，原因是她布置的一项实验任务，那个学生一点都没做。

"我也不知道自己是怎么回事。"这个懒鬼说，"我一定是被魔鬼附体了。"

班里的其他同学都大笑起来，而弗兰彻太太则无奈地摇头。

"是的，我也被魔鬼附体了。"另一个家伙说，"这事就发生在我喝了七瓶啤酒之后。"

"好了，各位同学，"弗兰彻太太说，"不要再说了。"

听到他们这么说，我知道内森的故事已经传开了。

"嘿，"在去练球的路上我对汤姆说，"你听说过那个住在门罗维尔的孩子的事吗？他说自己被魔鬼附体了。"

"哥们儿，"他答道，"我们昨天还在谈论这件事呢，所有新闻都在报道。"

"是的，我是想问你今天有没有听到什么新的消息？"

"这还有什么可说的？那孩子撒了一个离奇的谎，而那些极端的宗教徒想把他树立成一个典范。我都替他感到羞愧。"

我想，这确实不是什么好事。

我们的教练要去参加他妻子的助产课，因此训练可以提前结束，不过他对我们的训练要求严格得近乎变态。我告诉汤姆我要去一趟星巴克，他看我的眼神好像我已经完全彻底地变成了一个女孩。我知道他讨厌我这样，不过我并不在意。

我到那儿的时候莱安娜还没来，于是我点了一小杯黑咖啡——我身上的钱只够买这个——然后，我就坐在那儿等她。这里人很多，所以我只能装作一副恶狠狠的样子，以免我旁边的位子被人占了。

大概五点二十分的时候，她终于出现了。她朝人群张望，我冲她挥了挥手。尽管我已经告诉过她我是一名橄榄球运动员，但她还是有些惊讶。不过她还是走了过来。

"好吧。"她说着，坐了下来，"在我们谈话之前，我想先看看你的手机。"她一定是看出了我的疑惑，于是又说，"我要看看过去这一周你打给别人的每一个电话，还有你接的每一个电话。这样你就不能隐藏什么了。"

我把詹姆斯的手机递了过去，她比我更熟悉这款手机怎么操作。

几分钟后，她露出了满意的神色。

"现在我要问你几个问题。"她一边说，一边把手机递还给我，"第一个问题，贾斯汀带我去海边那天我穿着什么衣服？"

我试图回忆当天的画面，试图捕捉每一个细节，但是我的记忆已经模糊了。我只记得她，但不记得她穿的衣服了。

"我不知道。"我说，"你还记得贾斯汀穿的什么衣服吗？"

她想了一会儿，说："你问得好。我们做爱了吗？"

我摇了摇头，说道："我们是拿了做爱用的那条毛毯，但我们并没有做爱。我们接吻了，这就足够了。"

"我下车前对你说了什么？"

"今天真叫人难忘。"

"没错。下面加快回答速度，史蒂夫的女朋友叫什么名字？"

"史蒂芬妮。"

"那天的派对什么时候结束的？"

"十一点一刻。"

"当你在那个跟着我一起上课的女孩身体里时，你传给我的字条上写着什么？"

"大概的内容是：'这里的课和我上的那所学校的课一样无聊。'"

"那天你背包上的纽扣是什么样的？"

"是卡通猫形状的。"

"好吧。你要不就是个非常厉害的骗子，要不就是真的每天都在转换身体，我不知道哪个才是真的。"

"后一个。"

我看见在莱安娜身后有一个女人疑惑地看着我们。她无意中听见我们的谈话了吗？

"我们出去吧。"我小声说，"我感觉有人无意间听到了我们的谈话。"

莱安娜看起来有些迟疑。"如果你还是昨天那个小个子的啦啦队女孩倒还好说，可是——我不知道你有没有意识到——今天你是个令人害怕的大个子。我记得妈妈对我说过：'不要去黑暗的角落。'"

我指了指窗外路边的一条长凳。

"这是一个完全公开的场所，只要没有人听我们说话就行。"

"好的。"

当我们往外走的时候，那个偷听的女人显得有些失望。我发现我们周围坐了许多人，他们拿着笔记本电脑和记事簿，希望我们的谈话不会被他们记录下来。

我们走到长凳边，莱安娜让我先坐下，这样她就可以决定坐在一起的时候我们之间的距离，这非常重要。

"你说你一生下来就是这样的？"

"是的。在我的记忆中这种情况从未改变。"

"怎么会这样呢？你没有感到过困惑吗？"

"我想我已经习惯这样了。起初，我以为每个人的生命都是这样的。我的意思是，当你还是个婴儿的时候，你根本不在意是谁在你身边照顾你，只要有人照顾就行了。后来到了童年时期，我以为这是一个游戏，我的大脑也学会了如何获取——简单地说，就是看别人的记忆，我这么说你应该能明白。因此我总是知道自己叫什么名字，住在哪里。直到四五岁的时候我才意识到自己跟别人不一样，到了九岁或是十岁的时候，我才真正开始希望这一切能够停止。"

"你真的这么想吗？"

"当然。你想象一下，那种思念家却没有家的感觉，就是这样的。我想要有朋友，有妈妈，有爸爸，有一条狗，但是拥有他们的时间绝不可能超过一天。这太残忍了。我记得曾经有很多个夜晚，我哭喊着恳求我的父母别让我上床睡觉。他们永远不会知道我当时害怕的是什么。他们以为我害怕床底下有怪兽，或者我想多听一会儿睡前故事。我永远不能向他们解释，不能用一种让他们理解的方式解释。我告诉过他们，我不想永别。他们安慰我说这不是永别，迎接我的只是一个美好的夜晚。我告诉他们，这两者没有什么不同。但是他们觉得我很傻。

"最后我终于可以平静地接受这样的现实了，我也只能这样。我明白了这就是我的人生，我无力去改变它。我无法逆流而上，注定只能随波逐流。"

"这个故事你说过几次了？"

"一次也没有，我发誓。你是第一个听我说起这些的人。"

这应该会让莱安娜感受到她对我来说是独一无二的，我这么说就是为了让她感受到这一点，可是她似乎变得有些慌乱。

"你一定有你的父母，不是吗？我是说，我们都有各自的父母。"

我耸耸肩。"我不知道。我也这么想过，但是没人能告诉我答案。我从没遇到过和我一样的人。不过对于这一切，我也不是非知道不可。"

她的表情清晰地显露出她觉得我告诉她的是一个悲伤的故事，而且是一个特别悲伤的故事。我不知道该如何让她相信这其中并不都是悲伤。

"我也有一些收获。"我说。然后我沉默了，我不知道接下来该说什么。

"继续说吧。"她对我说。

"我知道这听起来像是一种可怕的生活，但我也看到了许多事情。因为如果你只待在同一副身体当中，是很难对生活产生最真实的感受的，你只能在自己的世界里徘徊不前。但如果你的人生每一天都在改变，你就能更多地接触整个世界，即便那只是一些世俗的琐事。你会发现不同的人口中的樱桃是不一样的，不同的人眼中的蓝色也大不相同。你会看见在各种奇怪的场合，那些男孩需要假装赞同，而实际上内心并不认可。你会意识到，如果家长在睡前讲故事给你听，很可能这是一个好家长，因为你见过太多家长不讲睡前故事。你会觉得每一天都充满价值，因为每一天都不同。如果大多数人被问到星期一和星期二有什么不同，他们可能会说每晚吃的东西不一样。而我不会这么说。通过从不同的角度来看这个世界，我对它的维度有了更深刻的理解。"

"但是你从没看见过事物随着时间的流逝而逐渐改变，不是吗？"

莱安娜问道，"我不是要否定你所说的那些事，我想我能够理解。但是，你从没有过这样一个朋友，你们的友情逐日累计，直到十年之久。你从没看过你养的宠物慢慢老去。你从没看到过父母之间的爱被岁月冲淡。你也从来没有维持超过一天的感情，更不用说超过一年的了。"

我早该知道会回到这个话题。

"但是我也有我所看见的事情。"我告诉她，"我观察过，我也知道那些事情发生的过程。"

"作为一个旁观者吗？我不认为从旁观者的角度可以真正地了解一切。"

"我想你低估了一些事情在情感当中的可预见性。"

"我爱贾斯汀。"她说，"我知道你无法理解，但是我知道我的感受。"

"你不该这么认为。我在他的身体里观察过他，我清楚他是什么样的人。"

"仅仅一天而已。你仅仅观察了他一天。"

"只需要一天，就足以知道他是什么样的人。当我作为他存在的时候，你爱得更深。"

我想再次握住她的手，但是这一次她说："不，不要这样。"

我整个人僵在了那里。

"我有男朋友了。"她说，"我知道你不喜欢他，我很清楚我有时候也不喜欢他，可这就是现实。现在我必须承认，你让我相信我所遇到过的五个不同的身体都是同一个人，这一切都意味着或许我现在和你一样疯狂了。我知道你爱我，但是你并不真正了解我。你才认识我一个星期，而我们需要更长的时间来互相了解。"

"难道你一点感觉都没有吗？在海滩上，一切都很好，不是吗？"

我们又回到了起点——那片充满魅力的大海，还有整个宇宙带给我们的欢歌。如果是擅长撒谎的人，会给出否定的答案。不过在我们之中有一些人不愿意活在谎言中。她咬着嘴唇点点头。

"是的，但是我不确定我究竟是对谁有了感觉。即使我相信那个人是你，但你要知道，这其中也包含了我和贾斯汀的过往的感情。我不会对一个陌生人产生那种感觉，一切也不可能变得那么完美。"

"可是你又怎么能清楚地知道你所说的一切呢？"

"我说的就是这个意思，我也不确定。"

她看了看手机，不管她是不是真的有事需要离开，但我知道这是分别的信号。

"我得回家吃晚饭了。"她说。

"谢谢你开车过来。"我对她说。

场面变得有些尴尬，太尴尬了。

"我还能再见到你吗？"我问。

她点点头。

"我会向你证明的。"我对她说，"我要向你证明这一切究竟意味着什么。"

"意味着什么？"

"我们之间的爱。"

她被我的话吓到了吗？是不安？还是心怀希望？

我不知道。我还不能得到答案。

回家以后，汤姆给我带来了不小的麻烦，一方面是因为我去了星巴克，另一方面是因为和莱安娜见面后我只能走两英里的路回家，没赶得上吃晚饭，因此爸爸狠狠地训了我一通。

"不管她是谁，我希望她值得你做这些事。"汤姆嘲讽地说。

我一言不发地看着他。

"兄弟，别告诉我你只是为了去喝咖啡，或是听那里播放的民谣。我知道你肯定另有原因。"

我仍然保持沉默。

洗碗的差事落到了我头上。洗的时候，我打开了收音机，里面正在播当地新闻，内森·戴德利出现在了采访中。

"内森，请告诉我们，上周六你经历了什么？"记者问。

"我被魔鬼附体了。没有其他词可以用来形容我的经历了。我无法掌控我自己的身体，我觉得我能活着真幸运。如果任何人也像我一样被魔鬼附体过，被附体过仅仅一天，请联系我。查克，老实跟你说，很多人都认为我疯了。学校里的其他孩子常常取笑我。可是我知道发生了什么事，我知道我不是唯一的一个。"

我知道我不是唯一的一个。

这句话击中了我。我希望我也有相同的感觉。

我希望我不是唯一的一个。

02 别样相遇

第 二 部 分

第 6004 天

第二天早晨，我在昨天的房间里醒来。

我还在昨天那副身体里。

我简直不敢相信，也根本想不明白，这么多年从未发生过这样的事。

我看了看周围的墙壁，又看了看我的双手和床上的床单。

接着我又把头转向旁边，看见詹姆斯正睡在他的床上。

詹姆斯！

我一下明白过来，我并不是在昨天的那副身体里，我在房间里的位置也和昨天不一样。

没错，今天早上我是詹姆斯的双胞胎兄弟——汤姆。

以前我从未经历过这种情况。我看着詹姆斯渐渐地从睡梦中醒来，回到他离开了一天的身体。我想看看他是否会显露出失去记忆的痕迹，还有清醒后的那种困惑。但我只看到了一幕熟悉的场景——一个橄榄球运动员舒展了一下身体，开始了新的一天。即便是他感觉到了任何的奇怪或异样，他也没有显露出来。

"兄弟，你在看什么呢？"

这话不是詹姆斯说的，而是我们的另一个兄弟——保罗。

"我正要起床。"我小声说。

不过老实说，我并没有将视线从詹姆斯身上移开。去学校的路上、吃早餐时我都暗暗注视着他。他看上去有点无精打采，但这说明不了什么，只能解释为他昨晚没睡好。

"你感觉怎么样？"我问他。

他嘟哝着说："很好，谢谢关心。"

我决定装作什么都没察觉，事实上他也希望如此，于是我们就结束了这个话题。

"昨天训练以后你干什么了？"我问。

"我去了星巴克。"

"和谁一起？"

他看着我，好像我的问题有些不怀好意。

"我只是自己想喝咖啡罢了，没有和谁一起去。"

我盯着他，想要知道他是不是想掩饰和莱安娜之间的交谈。我想他如果口是心非的话，一定会露出一些蛛丝马迹。

不过他好像真的不记得自己见过莱安娜，还和她有过交谈以及独处。

"那你怎么去了那么久？"我问他。

"什么？你还替我计着时间，真让我感动。"

"好吧，午饭的时候你给谁发邮件呢？"

"我只是查看一下我自己的邮件。"

"你自己的邮件？"

"不然我查看的邮件还能是谁的？兄弟，你的问题真奇怪。保罗，你说是不是？"

保罗嘴里嚼着培根说："我发誓，不管什么时候，只要你们一开口说话，我就会把你们自动屏蔽。我根本不知道你们在说什么。"

我心里很纠结，我希望自己还留在詹姆斯的身体里，这样对于他昨天的记忆，我就能够一览无余。在我看来，他应该是想起了昨天去的地方，但不知为什么他把昨天的事捏造成了另一个版本，一个更符合他的生活的版本。是他的内心捏造了这个事实吗？又或者是我这么做的，我在离开他的身体之前，留下了这样的故事情节。

詹姆斯并没有感觉自己像是被魔鬼附体了。

他觉得昨天就和往日一样寻常。

早上，我又找机会花了几分钟查收邮件。

我本应该告诉她我的电话号码，我想。

随后我停下了脚步，惊诧地站在过道中间。这样一个稀松平常的念头却令我停下了脚步。在我的人生中，这样的念头显得如此荒谬。我无法给她我的电话号码，我很清楚这一点。然而这个寻常的想法浮现在我脑海中，让我短暂地欺骗自己说我也是个寻常人。

我不知道这意味着什么，但是我觉得这很危险。

吃午饭的时候，我告诉詹姆斯我要去图书馆。

"兄弟，图书馆是女孩去的地方。"他说。

莱安娜没有发来新的消息，于是我给她写了一封邮件。

莱安娜：

今天你一定能够认出我来。我醒来的时候发现自己在詹姆斯的孪生兄弟的身体里。我想这或许能让我弄清一些事情，但是目前我还没什么收获。

我想再见你一面。

A

内森也没有给我发邮件。我又一次在搜索引擎里输入了他的名字，看是不是能搜到更多关于他的言论的文章。

我看到了两千条搜索结果，全都是近三天的。

一时间谣言四起，大部分言论来自福音基督教网站，他们相信内森声称自己被魔鬼附体是事实。他们认为，内森的经历很好地证明了这个世界会变得像电影《地狱》（H-E Double Hockey Sticks）里描述的那样。

我回想起从小就听过许多"狼来了"的故事，没有人留意过那个孩子心里是怎么想的，尤其是狼最终真的来了。假如内森真的相信他自己说的那些话，我希望能够知道他是怎么想的。不过网上的那些文章和博客对我毫无帮助，他们都是千篇一律地重复着内森的话，也有人把内森描述成怪物或是圣人。没有人会坐在他跟前，把他当成一个十六岁的男孩来对待。人们只会问他那些会引起轰动的问题，而对实质性的问题则避而不谈。

我打开了他发给我的最后一封邮件。

你不能永远对我的问题避而不答。我想知道你是谁，我想知道你为什么会那么做。

回答我。

但如果没有确认他说的那些事是不是有捏造的成分，我又怎么能回复他呢？从某种程度上来说，我觉得他是对的，我不可能永远回避他的问题。这些问题会深入我心底，在我每次醒来时萦绕着我。可是一旦我对他做出任何回应，他必然会更加激进，我知道我不能这么做，那会使他继续纠缠不休。

我唯一能做的就是当他彻底疯了。希望一个人疯掉是一件非常可怕的事情，尤其是实际上他并没有疯。

我想问问莱安娜我该怎么做，但是我能够想到她会怎么说。或许我展现在她面前的只是我好的一面，因为我知道答案：如果你不能接受自我，那也没有必要做什么自我保护。

我应当对他的境况负责，他变成了我的责任。

我很清楚这一点，尽管我厌恶这样的现实。

我并不打算立刻回复他，我得考虑一下。我在帮助他的同时，不能承认任何事情。

终于，在最后一节课的时候，我想我知道该怎么写了。

我知道你是谁。我从新闻上看到过你的故事。
但这和我没有任何关系，你一定搞错了。

而且，我觉得你并没有考虑到所有的可能性。我确信发生在你身上的事让你承受了很大压力，但是你不能捏造什么魔鬼来推脱。

在橄榄球训练前，我迅速地把邮件发了出去。
我还查看了一下有没有莱安娜的邮件。
然而我一无所获。

今天其他的时间也都一如往常。当我开始想到我的生活里也会包含一些真实事件时，我再次开始思考。到目前为止，我的生活风平浪静，在过去的经历中也获得过一些满足。我厌恶现在这些看似无聊空虚的时光。我有大量的时间可以审视过去的那些经历。我过去认为这很有趣。但现在，这些经历沾染了毫无意义的污点。

训练橄榄球，乘车回家，做功课，吃晚饭，和家人一起看电视。
这就是平淡生活的陷阱。
一切看起来都死气沉沉。

我和詹姆斯先上床睡觉了，保罗在厨房和妈妈谈论他周末的计划。
我和詹姆斯换上睡衣，去卫生间洗漱，再回到房间，这期间我们什么话都没说。

我上床后，他关了灯。我本以为接着会听见他爬上床的声音，但是他却傻站在房间中央。

"汤姆？"

"嗯？"

"你为什么会问我昨天做了什么？"

我坐了起来："我也不知道。你只是看起来有点……无精打采的。"

"我就是觉得有点奇怪。我是说，你为什么会这么问我？"

这时他朝自己的床走了过去。我听见他一头倒在床上的声音。

"你没什么事吧？"我问，我希望从他身上发现一些、哪怕只是一丁点的蛛丝马迹。

"我想我一点事都没有。想到斯奈德要在训练结束后去学习怎么帮他孩子的妈妈呼吸，我就觉得这太有趣了。我觉得这才是最有意思的。嗯……我今天看起来也没有精神吗？"

事实上早饭之后我就没有再注意他了。

"你为什么这么问？"

"不为什么。我感觉很好。要知道，我只是不想被误以为出了什么状况。"

"你看起来很好。"我语气肯定地对他说。

"那就好。"他说着，翻了个身，用最舒服的姿势靠在枕头上。

我还想再多说几句，但不知道该说些什么了。我感觉到了在黑暗的夜晚交谈时的一丝温情，言语在空气中呈现出不同的形状。我想到那几个罕见的美妙夜晚，或者我在别人家过夜，或者我和喜欢的兄弟姐妹或朋友睡在一个房间里，他们的谈话让我相信我可以畅所欲言，即便有很多话我不能说出来。最终，夜幕笼罩了一切。我总觉得我并不是在渐渐沉睡，而是在睡眠的过程中逐渐消逝。

"晚安。"我对詹姆斯说。但是我的真实感觉是在告别。我就要离开这里、离开这个家庭了。虽然只有两天，但是我却有了两次同样的经历。这给了我一点启发，虽然只是最微不足道的启发，但却让我知道了每天早晨在同一个地方醒来是怎样的感受。

我必须让这一切就此结束了。

第 6005 天

有人认为精神病是情绪和性格方面的问题。他们认为抑郁症只是一种悲伤的状态，而强迫症只是一种过度紧张的状态。他们认为这些都是心理疾病，而不是生理上的问题。也就是说，他们相信这些都是你潜意识里做出的选择。

我知道这实在是大错特错。

当我还是个孩子的时候，我对此并不理解。我在一个新的身体里醒来，不明白为什么周围的一切让人感到阴郁、暗淡。或者恰恰与之相反——我感到精力充沛，无法专心致志，就像一个被开到最大音量的收音机在不同的频道间不断地跳转。因为我没有体会到这副身体的情感，我误以为这些都是我自己的感受。最后，我终于意识到这些偏好、这些冲动都是这副身体的一部分，就像它眼睛的颜色、它的声音一样。是的，这些感受本身是无声无息、不可触及的，但是它们的产生是一种化学或生理反应。

这是一个难以克服的循环过程，你的身体在与你抗争。正因为如此，你甚至会感到更加绝望，这只会让你内心的感受更加失衡。只有拥有超乎寻常的能力，才可以平衡这种感受，但是我不止一次看到过这种能力。当我被某些人的生活所纠缠时，只有照搬他们的力量，有时甚至要超越这种力量，因为我本身并没有做好准备。

现在我已经了解了这些征兆。我知道什么时候该去吃药，什么时候要让身体顺其自然。我需要不断地提醒自己——这并不是我。这是一种化学反应，也是一种生理反应。这不是我本人，也不是其他任何人。

凯尔茜·库克的内心世界一片黑暗。还没睁开眼睛，我就知道了。他的内心并不安宁，语言、思想和各种冲动不断地互相碰撞。我自己的思维力图在这嘈杂的环境中维护自己的立场，却把身体累得大汗淋漓。我尽量保持冷静，但身体却不受控制，几乎要把我淹没在这扭曲的境地。

通常情况下，早晨的第一感受都不会这么糟糕。像现在感觉这么糟糕，预示着接下来这一整天都会糟糕至极。

在这扭曲的表象之下是一股对于痛苦的渴望。我睁开眼睛，就看见了一道道伤疤。尽管我的皮肤表面布满了发丝般的细痕，为自己布下了一张死亡之网，但是我身边的伤痕远远不止这些。房间里到处都是，这些伤痕在墙壁上、地板上蔓延着。住在这里的人已经对任何事都毫不在意了。挂在墙上的海报被撕成了两半，镜子也破了，衣服被乱扔在一旁，而窗帘则紧闭着。书架上的书横七竖八，就像是一排排残缺不全的牙齿。她一定是弄断了钢笔，然后胡乱地挥舞，因为如果仔细看，就可以看到周围的墙壁和天花板上尽是些墨水风干后的斑点。

我进入了她的记忆，惊讶地发现她沦落到现在这种状态，竟然没有任何人在意，她也没有接受过任何治疗。她一个人自生自灭，而她生命中的一切早已如风中残烛。

现在是清晨五点，闹钟没响，我就醒了。我之所以醒来，是因为那些思绪太过激烈，而且它们对我毫无益处。

我尽力想要继续睡去，但是身体却不听使唤。

又过了两个小时，我从床上爬了起来。

抑郁的情绪已经幻化成了一团乌云和一条黑狗。对凯尔茜这样的人来说，乌云是最确切的比喻。她被乌云所笼罩，完全身陷其中，找不到任何出路。她所要做的就是控制这种抑郁的情绪，将它转变成一条黑狗的形态。无论她走到哪里，这条黑狗都如影随形，始终纠缠着她。但至少这条黑狗是和她相分离的，它只会跟在她身后。

我跟跟跄跄地走进浴室，开始洗澡。

"你在干什么？"传来了一个男人的声音，"你昨晚没有洗澡吗？"

我并不在意。我需要水冲洗身体的感觉，我需要这样的刺激来开始我的一天。

当我走出浴室时，凯尔茜的爸爸站在走廊里，瞪着我。

"快穿上衣服。"他皱着眉头说。我把浴巾紧紧地裹在身上。

穿好衣服后，我马上开始准备上课要用的书。凯尔茜的背包里有一本日记，但我没有时间读它，我也没有时间查看自己的邮箱。尽管凯尔茜的爸爸在另一个房间，但我还是能感觉到他正在等我。

家里只有他们两个人。我进入了凯尔茜的记忆，发现她为了让她爸爸开车送她去学校而撒了谎。她说道路正在重新规划，但实际上是她不想和其他孩子一起坐校车。她并没有被其他孩子欺负，事实上，她一直忙于糟蹋自己而根本未去注意自己是否受到欺负。困扰她的是一种封闭感，一种无法逃离的无力感。

她爸爸的车也没多好，但至少在这车上她只需要面对一个人。尽管这一路上，他都显得很不耐烦。有些人明明知道某些事情出了问题，但是仍然故意视而不见，好像这样就能够消除那些问题，对此我很不解。他们置身于种种矛盾之外，但终究还是会被愤恨所激怒。

她需要你的帮助，我想这样说。但这不是我该说的，尤其是我也不确定他会不会以恰当的方式回应我。

于是这一路上凯尔茜都保持着沉默。从她爸爸对待这沉默的反应，我能想象在通常情况下，早晨他们都是这样一种状态。

凯尔茜的手机可以查收邮件，但是我还是担心会留下什么痕迹，内森的事情让我心有余悸。

于是我穿过门厅，走进教室，等待着机会。我需要很努力地让凯尔茜熬过这一天。只要我稍有松懈，生活的重负就会悄悄蔓延，令她沉沦。我想说我感觉自己是隐形的，但却没那么容易。我痛苦地感觉到自己是活生生地存在的，然而却完全被忽视了。大家和凯尔茜交谈，但我感觉他们好像都站在屋子外面，隔着墙壁在说话。她有一些朋友，但他们只是一起消磨时间的人，而不是共同分享时光。我的身边仿佛有一头隐形的野兽在喋喋不休地叫嚷着这一切都是毫无意义的。

唯一一个试图接纳我的人是凯尔茜的实验搭档蕾娜。我们一起上物理课，需要完成一个滑轮系统。这我之前做过，因此对我来说这并不是很难。然而，蕾娜却对凯尔茜的投入感到很惊讶。我意识到我越界了——

这不是凯尔茜会感兴趣的那一类事情。但是蕾娜并不打算让我就此作罢。当我含混不清地道歉，并想停下来时，她坚持让我继续下去。

"你很擅长做这个。"她说，"比我强多了。"

当我安放工具、调整斜度、计算各种情况下的摩擦力时，蕾娜告诉我最近有一个舞会，问我周末有没有什么安排，她还告诉我她也许会跟她的父母去华盛顿。她似乎对我的反应太过敏感，我猜通常情况下，她们在聊到这些之前，就会结束交谈。但是我让她一直说着，让她的言语来回击我破损的内心那些坚定而未曾吐露的声音。

然后这节课结束了，我们也分开了。这一天的其余时间我都没再见到她。

午饭的时候，我在图书馆里用电脑。我想没有人会在午饭时想到我——但或许这只是凯尔茜的想法。认识到自己的真实感受并不完全源于内心，这也是成长的一部分。我觉得凯尔茜的内心不愿意正视内心的想法，而我也想知道我自己有多少思绪被困在那里。

登录我的邮箱是一个很好的契机，可以提醒我自己，我不是凯尔茜，我就是我。更令我欣慰的是，莱安娜发来了邮件——这立刻让我振奋起来，直到我查阅了邮件的内容后才平复了心情。

A：

今天你是谁？

这么问真是奇怪，但我想如果发生的任何一件事都有意义的话，那么我这么问就是有意义的。

昨天我过得很不好。贾斯汀的外婆病了，但是他不承认他是因为这件事而不开心，他几乎站在了整个世界的对立面。我试图帮助他，但这太难了。

我不知道你是不是想听这些。我知道在你眼中贾斯汀是怎样的人。如果你想让我对你绝口不提我人生中的这一部分，我可以做到，但我并不觉得这是你所希望的。

告诉我你过得好吗？

莱安娜

我回复了她的邮件，向她说了一些凯尔茜的情况。我在结尾处写道：

即便会带来伤害，我也还是希望你能够对我坦诚。不过我当然更希望你不会伤害我。

爱你的 A

接着，我又切换到另一个邮箱，发现有一封内森的回信。

我知道我没有搞错。我很清楚你是什么东西，我也会查清楚你是谁。有个牧师说他正在调查这件事。

你想让我质疑自己的判断，但我可不是那么容易动摇的人，我会证明给你看的。

在我们找到你之前，你最好现在就坦白一切。

我盯着电脑屏幕看了一会儿，试图将这封邮件的语气和那一天我所认识的内森联系起来。我觉得这简直就是两个完全不相干的人。我想是否可能有其他人盗用了内森的账号。我想知道那个"牧师"是谁。

铃声响了，意味着午饭时间结束了。我回到教室，又被乌云所笼罩。我无法集中精力听课。我觉得这一切都毫无意义。我在这里学的任何东西都不会减少我生活中的痛苦。这间教室里也没有一个人能够减少我生活中的痛苦。我残忍地划破生活的表皮，只有这样我才能感受到真实。

放学后，凯尔茜的爸爸不会来接她，他还在工作。为了避免坐公交车，她总是走路回家。我想打破这样的惯例，但是她太久不坐公交车了，根本不知道要坐哪一辆公交车。所以我只好走路回家。

我再次萌生了一个普通人的愿望，就是给莱安娜打一个电话，我想用她的声音填补接下来几个小时的空虚。

然而，我拥有的只有凯尔茜这副身体和她残缺不全的认知能力。回家的路困难重重，我不知道这是不是她惩罚自己的另一种方式。走了大约半个小时，我发现还要再走半个小时，于是我决定在我正要经过的游乐场边休息一会儿。那里的家长们警敏地看着我，因为我既不是家长也不是小孩子，所以我只好远离攀缘架、秋千和沙坑，在游乐场外围停下了脚步，我站在一个看上去受到破坏而废弃的跷跷板旁边。

我可以在这里完成作业，但我突然想起了凯尔茜的日记。我对日记的内容有点担心，但更多的是好奇。即便不能获知她的感受，至少我也能读到她留下的只字片语。

这并不是一本传统意义上的日记。如果只翻上一两页，根本就看不出个所以然来。日记里没有那些男孩女孩的空想，没有她和她父亲或老师发生冲突的重现，也没有分享任何秘密或是发泄任何不满。

这里记录着各种自杀的方式，列举得十分详细。

用刀直刺心脏，用刀割腕，用皮带勒紧脖子，用塑料袋套在头上，高空坠落，火烧致死。这些凯尔茜都仔细研究过，并列举了实例。她还画了一些简图，图画得很潦草，但很明显试验对象就是她本人，这些都是她关于死亡的自画像。

我略过关于药物使用和特殊说明的那几页，翻到了最后，还有几页是空白，但在空白页之前有一页上写着"最后期限"四个字，后面写着的日期是六天后。

我翻遍了这本笔记的其他各页，想要看看是否有其他过往的最后期限。

但是只有这么一个。

我从跷跷板旁走开，离开了公园。因为现在我感到我是那些家长害怕的那种人，我是他们避之不及的那种现实。不，不只是避之不及，甚至可以说是深恶痛绝。他们不想让我靠近他们的孩子，但我并不怨他们。我觉得似乎自己碰到任何东西都会对其造成伤害。

我不知道该怎么做。到目前为止，还没有任何威胁，我能够控制这副身体，并且只要我控制着这副身体，我就不会允许它有任何自残的行为。但我却无法控制今天过后的六天。

我知道我不该做出任何干涉，这是凯尔茜的人生，并不是我的。我做出任何事情来限制她的选择或是替她做出任何决定都是不公平的。

我天真地希望我根本没有打开过这本日记。

但我打开了。

　　我试图搜索一切有关凯尔茜寻求帮助的记忆。然而寻求帮助是需要有人在一旁听取她的诉求才行，我根本无法在凯尔茜的生命中找到这一刻。她的爸爸只看得见他想看见的东西，而凯尔茜并不想让现实驱散这虚幻的假象。她的妈妈已经离开他们很多年了，其他的亲戚都在远方。而她的朋友都远在笼罩她的那团乌云之外。蕾娜只是在物理课上对她表示了友好，但这并不意味着她应当被牵涉进来，也不意味着她会知道该怎么做。

　　我回到了凯尔茜空空荡荡的家，已经是满身大汗、筋疲力尽。我打开了她的电脑，一切我所要知道的事情都在她的历史记录里——她为了制订那些方案搜索的网站，她获取那些信息的各种途径，这些都在电脑里。点击一下，任何人都能看到，只是没人看而已。

　　我们都需要有人倾诉。

　　我给莱安娜发了邮件。

　　我真的需要立刻跟你对话。我现在在一个女孩的身体里，她想要自杀。这不是开玩笑。

　　我把凯尔茜家的电话号码发给了她，我想这不会留下什么明显的记录，这完全会像一个拨错的电话那样被忽视。

　　十分钟后，莱安娜打来了电话。

　　"喂？"我接了电话。

　　"是你吗？"她问。

　　"是的。"我忘了她并不熟悉我现在的声音，"是我。"

　　"我收到了你的邮件，天哪！"

"是啊，我的天！"

"你是怎么知道的？"

我简略地告诉了她有关凯尔茜的日记的内容。

"可怜的女孩。"莱安娜说，"你想怎么做？"

"我不知道。"

"你必须告诉别人，不是吗？"

"我没有受过这方面的训练，莱安娜。我真的不知道该怎么做。"

我只知道我需要她，但是我不敢说。因为这样会吓到她。

"你在哪里？"她问。

我告诉了她我所在的小镇。

"不算太远，我过一会儿就能赶去。你一个人在家吗？"

"是的，她爸爸七点左右才会回家。"

"把地址给我。"

我照做了。

"我很快就来。"她说。

我根本不用问，让莱安娜知道这件事意味着太多太多了。

我不知道如果我把凯尔茜的房间收拾干净了会怎么样，我也不知道如果明天早晨凯尔茜醒来发现每件物品都物归原处了会怎么样。这会给她带来些许意外的平静吗？这会让她感到自己的人生并不是非得那么糟糕吗？或许她只会简单地看上一眼随后又弄得一团糟？因为这是她自身的化学反应和生理反应决定的。

门铃响了。在过去的十分钟里，我一直盯着墙上的墨渍看，希望它们能够重新排列出一个答案，尽管我知道这绝不会成为现实。

现在那团乌云如此浓厚，就连莱安娜的到来也无法将它驱散。我很高兴能见到她出现在我的门前，不过这幸福的感觉更像是一种自然而然产生的感激之情，而不是喜悦。

她眨着眼睛，看着我。我忘了她还不习惯每天都面对一个不一样的人。从理论上接受这样的现实是一回事，而真正面对一个瘦弱的、处于崩溃边缘的女孩又是另外一回事。

"谢谢你能来。"我说。

现在是五点多，所以在凯尔茜的爸爸回来前我们没有多少时间了。

我们走进凯尔茜的房间，莱安娜看见凯尔茜的日记本放在床上，就拿了起来。我在一旁看着，等她读完日记。

"这太严重了。"她说，"我也有过一些……消极的想法，但是没有这么严重。"

她在床边坐了下来，我坐在她身旁。

"你必须阻止她。"她说。

"可是我该怎么做呢？我真的有权利这么做吗？难道她不应该自己做决定吗？"

"否则呢？你就让她去死吗？就因为你不想介入？"

我握住了她的手。

"我们还不知道这个最后期限的真正含义，这或许就是她试图摆脱这些想法的一种方式。她把这些想法写在纸上，就不必真的那么做了。"

她看着我说："但是你并不相信你刚才那些话，对吗？假如你相信的话，就不会想跟我通电话了。"

她低头看着我们紧握的手。

"这太不可思议了。"她说。

"什么？"

她身体缩了一下，把手抽了出来，说："这种感觉。"

"你是什么意思？"

"这感觉和那天不一样。我是说，这是另一只手，而你现在是另一个人。"

"可我不是。"

"你不能这么说。是的，你的内心还是那个人，但是外表也不可忽视。"

"你看起来还和之前一样，无论我用谁的眼睛看你，我的感觉都是一样的。"

这是事实，但这并不能消除她所说的问题。

"你从来没有介入过别人的生活吗？我指的是那些你所寄居的人。"

我摇了摇头。

"你想让他们的生活和以前一样？"

"是的。"

"但是关于贾斯汀的生活呢？是什么让你改变了？"

"你。"我说。

就一个字，她终于明白了。就一个字，隔绝我强烈的情感的大门终于被打开了。

"这完全没有道理。"她说。

而向她证明这一切完全合乎情理的唯一方法，让这股强烈的情感转变为现实的唯一方法，对我来说就是弯下腰去亲吻她。和上一次既相似，又不完全相同。这既不是我们第一次接吻，却又是我们的第一吻。我的嘴唇触碰她的嘴唇时有了不一样的感觉，我们的身体也感到不同于以前。还有一些东西围绕在我们周围——那团乌云以及我强烈的情感。我吻她不是因为我想这么做，我吻她也不是因为我需要这么做，我吻她的理由超越了欲望和需求，这个吻让我感受到了我们最基本的生存意义，它也是形成我们之间的宇宙的一个分子。这不是我们第一次接吻，但却是她知道我身份后的第一个吻，而且这比我们第一次接吻更有意义。

我发现我希望凯尔茜也能感受到这一切。或许她能感受到，但这还不够。这并不能解决问题，但至少能片刻缓解她心头的压力。

当我们分别时，莱安娜没有笑，也没有因为之前的那个吻而目眩神迷。

"这真的太不可思议了。"她说。

"为什么？"

"因为你是一个女孩，因为我还有一个男朋友，因为我们正在谈论另一个人可能要自杀。"

"在你心里，这些事重要吗？"在我心里，这一切都无关紧要。

"是的，重要。"

"哪部分重要？"

"都重要。当我吻你的时候，我实际上并不是在吻你本人，这你知道。你存在于这副身体内的某个地方，但我亲吻的却是这副身体的外部，现在虽然我能感受到你，但我所得到的都是悲伤。我亲吻了这个女孩，可这让我想哭。"

"这不是我所希望的。"我对她说。

"我知道，可这是事实。"

她站起来看看房间四周，搜寻着一桩即将发生的血案可能留下的蛛丝马迹。

"如果凯尔茜满身是血地倒在街头，你会怎么做？"她问。

"这不一样。"

"如果她要杀别人呢？"

"那我会告发她。"

"那又有什么不一样呢？"

"这是她自己的人生，不属于其他任何人。"

"但这还是谋杀。"

"如果她真的想这么做，我根本没有任何办法阻止她。"

尽管我嘴上这么说，我还是感到自己错了。

"好吧。"在莱安娜纠正我之前，我继续说，"清除掉障碍会对她有帮助，让别人介入会对她有帮助，给她找个合适的医生也对她有帮助。"

"就好像她得了癌症，或是流血街头那样帮助她。"

这就是我所需要的。听到我自己的声音说出这一切是不够的，我需要听到我信任的人说出这些话。

"那我该告诉谁呢？"

"也许该告诉心理辅导老师。"

我看了看表，说："学校已经关门了。记住，我们只有午夜前的时间了。"

"谁是她最好的朋友？"

我摇了摇头。

"男女朋友呢？"

"没有。"

"打自杀求助热线吧？"

"如果我们打电话，他们只会给我一些建议，而不是给她。我们不知道明天她是否还记得，或者这些建议有没有用。相信我，这些方法我都想过了。"

"那么，只能靠她爸爸了。对吗？"

"我想他早就对凯尔茜不管不顾了。"

"好吧，你必须让他重新负起责任。"

这话听起来容易，但我们都很清楚事实并不是如此。

"我该怎么说？"

"你就说：'爸爸，我想自杀。'就这么直截了当地说出来。"

"如果他问我为什么呢？"

"你告诉他你也不知道为什么，其他什么都别说。到了明天凯尔茜自己就会知道原因了。"

"你已经仔细考虑过了，对吗？"

"我开车来的一路上都在想。"

"如果他根本不在意该怎么办？如果他不相信凯尔茜的话又该怎么办？"

"那你就拿她爸爸的车钥匙，开车去最近的医院。带上那本日记。"

听完莱安娜的话，我觉得很有道理。

她又坐回了床边。

"过来。"她说。不过这次我们没有接吻，她抱住了我虚弱的身体。

"我不知道我可不可以这么做。"我小声说。

"你可以的。"她告诉我，"你当然可以。"

凯尔茜的爸爸回家时，我独自待在她的房间里。我听见他把钥匙扔在一旁，从冰箱里拿了什么东西。我听见他走进自己的房间，接着又走了出来。他没有过问我，我甚至不知道他有没有意识到我的存在。

就这样过了五分钟、十分钟。最后，他终于喊道："出来吃晚饭！"

我并没有听见厨房里有什么动静，因此当我看见餐桌上放着肯德基全家桶的时候并没有感到意外。他已经在吃鸡腿了。

我能猜到通常他们的晚餐都是这样的情形。他拿着他的那份晚餐，走到电视机前坐下。凯尔茜则拿着自己的晚餐回到房间。晚上其余的时间，他们都是这么度过的。

但是今晚不一样了。今晚凯尔茜说："我想自杀。"

一开始我以为他没听见我说的话。

"我知道你不想听到这些。"我说，"但这是事实。"

他把手放了下来，手里还握着那只鸡腿。

"你说什么？"他问。

"我想去死。"我对他说。

"别瞎扯。"他说，"你是说真的吗？"

如果我是凯尔茜，我或许会厌恶地离开这间屋子，我会就此打住。

"你得帮帮我。"我说，"这件事我已经想了很长时间。"

我把那本日记放在桌子上，让他看。这也许是我对凯尔茜做出的最大程度的背叛。我感觉糟糕透了，但是我感到莱安娜的声音回响在我耳边，告诉我我正在做一件正确的事情。

凯尔茜的爸爸放下了鸡腿，拿起那本日记，开始读。我试着解读他的表情，他并不想看到这些，他感到不满，甚至是愤恨。但他并不是针对凯尔茜。他继续读着，尽管他对这样的事实感到愤恨，但是他并不恨凯尔茜。

"凯尔茜……"他几乎说不出话来。

我真希望凯尔茜能看到这件事对她爸爸有多大的打击。从他脸上的表情就能看出来，他彻底崩溃了。尽管只有短短的几秒钟，但这会让凯尔茜意识到虽然她认为自己和这个世界毫不相干，但是在她爸爸眼中，她的存在是非常重要的。

"这不是……闹着玩的吧？"他问。

我摇了摇头。这个问题太愚蠢了，可我并不想明说。

"那我们该怎么办？"

好吧，居然要我来告诉他该怎么办。

"我们必须寻求帮助。"我对他说，"明天早上我们需要找一个周六也工作的心理咨询师，然后我们再看看该怎么做。我也许需要吃一些药，当然我也需要跟医生谈谈，我处于这样的生活状态已经很久了。"

"可你为什么不告诉我？"

你又为什么没有发现呢？我想这样反问他，但现在不是纠缠这些的时候。他自己会明白过来的。

"那不重要了，我们要把注意力放在当前。我正在寻求帮助，你得帮助我。"

"你确定可以等到明天早上吗？"

"我今晚什么都不会做的，但明天你必须盯着我。假如到时候我有什么异样，你必须强行制止我。我可能会有异样，我可能会假装我们之间的所有对话完全没有发生过。保管好这本笔记本，这些都是真的。如果我反抗你，你要回击我，再叫一辆救护车。"

"救护车？"

"确实会这么严重，爸爸。"

最后一个词让他真正感觉到家庭的存在，我想凯尔茜很少会叫他爸爸的。

这时他哭了。我们待在那里，互相看着对方。

最后他说："吃点东西吧。"

我从桶里拿了几块鸡肉，带回自己的房间。我已经把我要说的都说完了。

剩下的将由凯尔茜来告诉他。

我听见他在屋子里走来走去，我听见他在给别人打电话，我希望那个人能像莱安娜帮助我一样帮助他。我听见他来到我的门前，不敢开门，只站在那儿听房间里的动静。我发出了一些轻微的声音，让他知道我还醒着，还活着。

我在他关怀的声音中入睡了。

第 6006 天

电话铃响了。

我伸手去拿电话，心里希望是莱安娜打来的。

尽管这是不可能的。

我看了看屏幕上显示的名字——奥斯汀。

是我的男朋友。

"喂？"我说。

"雨果！现在是上午九点了，我打电话叫你起床。我一个小时内到，你快起床准备一下。"

"好吧。"我喃喃地说。

这一个小时可够我忙的了。

首先，我像往常一样起床、洗澡、穿好衣服。在厨房，我听见我父母用我听不懂的语言大声地说话。听上去像是西班牙语，但又不是西班牙语，因此我猜是葡萄牙语。外语是我的弱项，我虽然粗略地学过一些，但我无法快速地进入某个人的记忆，然后装作可以流利地说任何一门语言。我进入了雨果的记忆，发现他的父母来自巴西。但这并不能让我听懂他们的谈话，于是我离开了厨房。

奥斯汀要来接雨果参加在安纳波利斯举行的一个同性恋光荣日游行。他们的两个朋友威廉和尼古拉斯也会一起去。雨果在日历上和心里都标记了这个日子。

很幸运，雨果的房间里有一台电脑——现在是周末，所以我没办法用学校的电脑，只能冒险用这台电脑查收邮件。我快速地打开自己的邮箱，发现莱安娜在十分钟前给我发了邮件。

A:

我希望昨天一切都顺利。我刚刚给她家打了电话，但是没人在家，你觉得他们是去寻求帮助了吗？我想这是一个好的预兆。

还有，这里有一个链接你得看看。事情已经失控了。

今天你在哪里？

莱安娜

我打开了她名字下方的链接，进入了巴尔的摩一家很大的八卦网站首页。头条新闻赫然出现在眼前：

魔鬼就在我们当中！

说的是内森的故事，但不仅仅是内森一个人的故事。这一次在这个地区有五六个人都声称被魔鬼附体了。让我感到庆幸的是，他们当中除了内森，其余我一个都不认识。他们都比我年纪大，而且大都声称被附体的时间超过了一天。

我本以为报道者会对此持怀疑的态度，但是他们不加鉴别地将这些故事照单全收，甚至还提供了其他恶魔附体的故事的链接——死囚声称是受了撒旦的驱使；政要和牧师陷入与女性的丑闻中，他们则说是受到了某种不寻常的事物的影响。这些借口听起来真是天衣无缝。

我赶紧把内森的名字输入了搜索引擎，结果发现了更多的报道。看来这个故事正在被传播得越来越广。

有一个人的话被许多报道引用了。事实上，他反反复复说的都是同一件事：

"我并不怀疑存在魔鬼附体这种事。"安德森·普尔神父说，他给戴德利做过心理咨询，"这些都是书上的案例，如果不加以推测，就不会有人意识到是魔鬼在作祟。"

"魔鬼附体这样的事情并不足为奇。"普尔说，"我们这个社会的大门完全敞开着，为什么魔鬼就不能走进来呢？"

人们相信他这番话。这些文章和帖子有大量的评论，全都来自那些认为魔鬼操控着一切的人。

尽管我还应该多了解一些情况再做决策，但我还是立即发了一封邮件给内森。

我不是魔鬼。

我点了发送，但丝毫没有觉得好受一些。

我又给莱安娜发了邮件，告诉她我和凯尔茜的爸爸交谈的经过。我还告诉她今天我要去安纳波利斯，以及我穿的 T 恤、我的样子。

外面响起了汽车喇叭声，我看见一辆车，一定是奥斯汀来了。我穿过厨房，匆忙地和雨果的父母说了声再见。接着我挤进车里，坐在副驾驶位置的威廉挪到了后面，和尼古拉斯坐在了一起，这样我就能坐在我男朋友身边了。奥斯汀看了看我的这身行头，然后咂咂嘴说："你就穿成这样去参加光荣日游行？"不过我想他是在开玩笑。

一路上，他们都在说话，但我并没有参与，我的思绪完全飘到了别的地方。

我不该给内森发那封邮件。

虽然只有简单的一行字，但却承认了太多事情。

我们一到安纳波利斯，奥斯汀就变得神气活现起来。

"这真有趣，对吧？"他不停地说。

威廉、尼古拉斯和我点头表示同意。这个安纳波利斯光荣日活动筹备得并不算很好，从方方面面来看，好像是那些海军为了这一天而变成了同性恋，各色人等混杂在一起欢呼雀跃。

今天天气晴朗而凉爽，让每个人都兴致高涨。奥斯汀喜欢牵着我的手不停挥舞，好像我们正漫步在充满幸福的大道上。在通常情况下，我应该为此而癫狂。他完全有权利感到骄傲，并好好享受这一天。我这么心烦意乱并不是他的错。

我在人群中寻找莱安娜，我完全无法控制自己。奥斯汀时不时地会注意到我。

"你看见熟人了？"他问。

"没有。"我如实回答。

她不在这儿，她没有来。我觉得自己像个傻瓜一样期待她的出现。她不可能在我每次需要的时候都把自己的生活抛到一边，她的每一天和我的同样重要。

我们走到一个街角，那里有一些人在抗议这场活动。我完全不能理解，这就像是抗议某些人长着红色的头发一样。

在我看来，欲望是欲望，爱是爱。我从来没有因为性别爱上谁，我爱的是这个人本身。我知道这是普通人很难做到的，但我不明白这么明显的事情，为什么对他们来说这么困难。

我还记得当我是凯尔茜的时候，莱安娜犹豫过要不要继续吻我。我希望当时她并不是由于这个原因，心里产生了隔阂。在那一刻，有太多别的因素会对她造成影响。

一个抗议者举着的标语吸引了我的目光。内容是："同性恋是魔鬼的行为。"我又一次意识到，人们是如何给自己害怕的事物加上魔鬼的罪名的，他们完全颠倒了因果关系。因为魔鬼是不会驱使任何人做任何事的，相反人们在做了坏事之后却会归咎于魔鬼。

不出所料，奥斯汀在抗议者面前停下脚步，和我接吻，我尽量让自己配合他。从哲学上来说，我和他站在同一边。但我并没有太投入，我无法让自己倾注感情。

他注意到了。虽然他什么都没说，但他注意到了。

我想用雨果的手机查看一下邮箱，但是奥斯汀不让我离开他的视线。当威廉和尼古拉斯要离开这里去吃午饭的时候，奥斯汀说他要单独和我走走。

我以为我们也要去吃饭，但他却拉着我进了一家时尚服装店，然后花了一个小时的时间让我试穿各种衣服，他就在试衣间外面等我出来，给我各种建议。他一度把我拉进试衣间偷吻我，我也很配合他。但与此同时，我也意识到，如果我们留在这里，莱安娜就无法找到我了。

当奥斯汀为了牛仔裤够不够紧而纠缠不休的时候，我发现自己正惦记着凯尔茜此时在做什么。她已经卸下了心头的重负吗？或者她还是那么孤僻，根本不承认自己寻求过帮助？我想象着汤姆和詹姆斯在他们的娱乐室里玩电子游戏，一点都没有感觉到自己的这一周受到了任何影响。我又想到罗杰·威尔森今晚迟些时候要准备明天早晨去教堂穿的衣服了。

"你在想什么？"奥斯汀问。

"这条裤子很好。"我说。

"你根本看都没看。"

我不知道该怎么说了。他说得对，我根本没看。

现在我在看着他了。我要多注意他。

"我喜欢这条裤子。"我告诉他。

"好吧，但我不喜欢。"他说。然后他冲进了试衣间。

对雨果的人生来说，我并不是一个好的访客。我进入了他的记忆，发现他和奥斯汀就是一年前的这个周末在这个庆典活动上成为情侣的。他们之前已经认识了一段时间，但从没告诉过对方自己的感受。他们都害怕会毁掉这段友谊，而不敢更进一步，他们的小心翼翼让每一件事情都变得很尴尬。后来，当一对二十多岁的男人牵着手从他们身边走过时，奥斯汀说："嘿，十年之后，我们也许也可以这样。"

然后雨果说："或者十个月之后。"

然后奥斯汀说："或者十天之后。"

然后雨果说："或者十分钟之后。"

然后奥斯汀说："或者十秒钟之后。"

接着他们一起数到十，然后那一天剩下的时间里他们的手都是牵在一起的。

这就是他们感情的起点。

雨果应该会记得这些。

但我却做不到。

奥斯汀感觉到不对劲了。他从试衣间里走了出来，手里什么衣服都没拿，看着我，做出了一个决定。

"我们出去吧。"他说，"我不想在这个特别的商店里谈这个特别的话题。"

他带着我走到河边，远离了庆典活动、远离了人群。他找到一张很隐蔽的长凳，我跟着他走了过去。我们一坐下，他就开始宣泄他的不满。

"这一整天你对我都心不在焉。"他说，"我说的话你根本没听。你一直在东张西望地寻找某个人。和你接吻的时候我就像在吻一块木头。在这个具有特殊意义的日子，我以为你说你会给我们彼此一个机会，我以为你说你在尽力摆脱过去几个星期困扰你的问题。我确定我记得，你说过你没有喜欢上别人。可是也许我错了。我愿意全心全意付出，雨果。我不想在全心全意付出的同时三心二意，我不想在全心全意付出后提出分手。我不是那种可以坦然说出各自珍重的人，我想我不是那种人。"

"奥斯汀，对不起。"我说。

"你还爱我吗？"

我不知道雨果还爱不爱他。如果我试着去回忆，我当然可以知道雨果什么时候爱他，什么时候不爱他。但是现在我无法认真严肃地回答他。

"我对你的感觉没变。"我说，"我只是今天有点恍惚，但这与你无关。"

奥斯汀笑着说："我们的周年纪念日与我无关？"

"我不是这个意思，我是在说我的心情。"

这时奥斯汀摇了摇头。

"我不想这样。雨果，你知道，我不想这样。"

"你是要和我分手吗？"我问，我的声音中流露出难以掩饰的恐惧。我不敢想象我对他们竟然造成了这么大的影响。

奥斯汀听出了我的恐惧，他看着我，或许他看到了某些值得留恋的东西。

"我不想今天就这样过去。"他说，"但是我要确定你是不是也不想让今天就这样过去。"

我无法猜测雨果是不是打算今天和奥斯汀分手。如果他是这么想的，那他明天也可以这么做。

"过来。"我说。奥斯汀靠了过来，我倚在他的肩膀上。我们就这样坐了一会儿，看着河边停靠的船。我握住了他的手，当我转过头看他时，他的眼中闪着泪光。

这一次当我吻他时，我知道我是带着一些情感的。他也感受到了，这份情感或许可以被视为爱。这是我对他没有和我分手表现出的感激，这是我对他多给了我至少一天时间表现出的感激。

我们在那里待了很久，这段时间我一直表现得像一个很好的男朋友。最后，我在雨果的生活中有点迷失自己了。当游行组织者大声播放村民组合①的《海军生涯》时，我和奥斯汀、威廉、尼古拉斯以及几百个同

---

① 村民组合：Village People，创建于 1977 年的美国男子演唱组合。

性恋者伴随着音乐跳起了舞。

我继续寻找着莱安娜，不过只是趁着奥斯汀不注意的时候才这么做。过了一段时间之后，我终于放弃了。

当我回到家，看到了一封她发来的邮件：

A：

很抱歉我没有去安纳波利斯，我有些事情要做。

或许明天我们可以见面。

莱安娜

我想知道她说的"有些事情要做"具体是做了什么，我必须设想这些事情与贾斯汀有关，不然她为什么不告诉我她做了什么呢？

当我被这个问题所困扰的时候，奥斯汀发来短信告诉我今天他过得很开心。我回短信告诉他今天我也过得很开心。我只希望能够用这种方式让雨果记住今天，因为奥斯汀现在有了证据，这是雨果无法否认的。

雨果的妈妈走进房间，用葡萄牙语对我说了些什么。我只听懂了一半。

"我累了。"我用英语对她说，"我想我该睡觉了。"

我想我并没有回答她的问题，不过她只是摇了摇头——我是一个典型的叛逆少年——接着她回到了自己的房间。

睡觉之前，我想看看内森有没有回复我的邮件。

他回复了。

只有三个字：

证明它。

第 6007 天

第二天早晨醒来时，我在"碧昂丝"的身体里。

不是真正的大明星碧昂丝，但是这副身体和她太像了，各个部位的曲线都完美至极。

我睁开眼睛，只看到一片模糊的景象。我把手伸到床头柜上拿眼镜，却没找到。于是我跌跌撞撞地走进卫生间，戴上了隐形眼镜。

然后我照了照镜子。

我的外表简直不是用漂亮或美丽就可以形容的。

我从头到脚都光彩照人。

当我具有足够的吸引力的时候，我总是感到无比欣喜。这意味着没有人会觉得我缺少魅力，这意味着我会留给别人一个好印象，然而我的生活并不能完全依赖于我的吸引力，因为它在给我带来好处的同时，也会带来危险。

阿什莉·阿什顿的魅力决定了她的生活。美丽可以是与生俱来的，但却很难从偶然的机会中得到。她的脸和身体接受过许多次整形手术。我很确定接下来我要花一早上的时间来打扮自己，然后再开始新的一天。

可是我对这种事情一点兴趣都没有。对于像阿什莉这样的女孩，我只想摇醒她们，告诉她们无论怎样抗争，年轻的容颜都不可能永存，相比起吸引人的外表，还有更多更好的基石可以构建你的人生。可是我无法传递这个信息。我能做出的唯一抗争就是一整天都不修剪她的眉毛。

我从阿什莉的记忆中知道了我现在所在的地点，也发现我距离莱安娜家只有十五分钟车程。

这是一个很好的预兆。

我登录我的邮箱，发现她给我发了一封邮件：

A：

我今天有时间，也可以开车。我告诉我妈妈我要出门办点事。

你愿意成为我出门的理由吗？

莱安娜

我告诉她我愿意，一百万个愿意。

阿什莉的父母周末外出了，她的哥哥克莱顿照看家里。我害怕他会找我的碴儿，不过他一再对我说，他有自己的事情要做。我告诉他我不会妨碍他的。

"你打算就穿成这样出门吗？"他问。

通常情况下，如果一个哥哥这么问，就说明这条裙子太短了，或者太过暴露了。不过现在，我想他是说我的穿着好像还是要待在家里，而不是要出门。

我根本不在乎，但是我必须尊重一个事实——阿什莉会在乎，而且估计她会非常在乎。于是我回到房间换衣服，还化了妆。我被阿什莉的生活深深吸引了，她是如此引人注目。如果身高过高或者过矮，一定会改变你对世界的看法。如果其他人用不同的眼光看你，你最终也会用不同的眼光看他们。

我敢肯定只要阿什莉像平时一样打扮，她哥哥是不会阻止她出门的。果然，当我告诉他我要和我的朋友莱安娜出去一天的时候，他的眼睛眨都没眨就答应了。

如果你的美貌毋庸置疑，那么你的一切都毋庸置疑。

我一上车，莱安娜就大笑起来。

"你在跟我开玩笑吧？"她说。

"怎么了？"我说，说完我就恍然大悟了。

"怎么了？"她学我说话。我很高兴她在我面前能这么自在，但这改变不了我被嘲笑的事实。

"你得明白，你是第一个知道我是以不同的身体存在的人。对此我还不太适应，因为我不知道你会有怎样的反应。"

我的话让她变得严肃了一些。

"对不起。只是因为你变成了一个超级火辣的黑人女孩，这完全背离了你留给我的印象。我对你的印象需要不断地改变。"

"随便你把我想象成什么样子吧。因为你印象中的我有可能比你见到的任何一副身体中的我更加真实。"

"我觉得我的想象需要更多的时间来适应现实，可以吗？"

"可以。现在我们去哪儿？"

"既然我们已经去过海边了，我想我们今天该去森林。"

于是我们就出发了，开车去往森林。

这次和上一次不一样。收音机虽然开着，但我没有跟着哼唱。我们虽然待在同一个空间，但是我们的思绪却各自飘散了。

我想握着她的手，但又不敢这么做。我知道她也不会主动握住我的手，除非我需要她这么做。这就是长得太过美丽造成的困扰——这会让你变得遥不可及。这也是每天存在于一个新的身体里所带来的困扰——拥有过去，却无法看见。这也和我们上次见面的情形不一样了，因为我变了。

我们聊了一些关于凯尔茜的事情。莱安娜昨天又给她家里打了个电话，就是想知道情况怎么样了。是凯尔茜的爸爸接的电话，当莱安娜介绍说自己是凯尔茜的朋友时，他说凯尔茜有事外出了，其他什么都没说。莱安娜和我都认为这是一个好的预兆。

我们又聊了些别的话题，但都是些无关紧要的事情。我想打破这样尴尬的气氛，让莱安娜再次像对待男女朋友那样对我。但是我做不到，我也没有这么做。

我们到了公园，然后避开了周末来旅行的其他人。莱安娜找了一个僻静的野餐区域，然后从汽车的后备厢里拿出了各种食物，这太让我吃惊了。

我看着她从野餐篮里拿出一样又一样食物，有芝士、法国面包、鹰嘴豆泥、橄榄、沙拉、薯条和番茄酱。

"你是素食者？"我看着面前的这些食物问道。

她点了点头。

"为什么？"

"因为我相信这样一个理论：当我们死后，所有我们吃过的动物都有机会来吃我们。因此如果你是个肉食者，吃了那么多动物，你的灵魂将会遭受很漫长的炼狱，你会被咬成碎片。"

"真的吗？"

她笑了起来，说道："当然不是。我只是因为一直被追问，所以有些厌烦了。我想说，我是素食者，是因为我觉得吃别的有知觉的生物是不对的，而且也会破坏环境。"

"你说得对。"我没有告诉她当我在一个素食者的身体中时，有多少次不经意地吃了肉食，只是因为我忘了事先查看一下他的过往。通常朋友的反应会提醒我。有一次，我让一个素食者再也不敢吃麦当劳了。

吃完午饭，我们又聊了一会儿。直到我们把食物收拾好，穿过树林，才开始说真心话。

"我想知道你是怎么想的。"她说。

"我希望我们能在一起。"我脱口而出。

她继续走着，我就跟在她身边。

"但是我们不可能在一起。这你知道，对吗？"

这时她停下了脚步，把手放在我的肩头。

"你必须弄清楚，我可以喜欢你，你也可以喜欢我，但我们不能在一起。"她说道。

我知道这太荒谬了，但是我还是问道："为什么？"

"为什么？因为到了早上你可能就会在这个国家的另一端醒来。因为我觉得每次见到你就像见到了一个陌生人。因为你不能一直陪伴我。因为我觉得我不可能不顾一切地去喜欢你。现在我就做不到。"

"为什么你不能喜欢现在的我？"

"这太让人无法接受了。你现在太完美了，我无法想象自己和像你一样的人……在一起。"

"可是你不要太关注她呀，关注我，好吗？"

"我无法越过她的身体去关注你，知道吗？而且还有贾斯汀，我不能不去想贾斯汀。"

"不，你不需要想他。"

"你并不了解我们，知道吗？你在他身体里有几个小时是清醒着的？十四个小时？还是十五个小时？当你在他的身体里时，你了解他的一切吗？你了解我的一切吗？"

"你喜欢他，只因为他是一个失足少年。相信我，我以前也见到过这样的事情。但是你知道喜欢失足少年的女孩结果会怎么样吗？她们也会迷失自我。绝对是这样。"

"你并不了解我……"

"但是我知道我的感受！我知道他是怎样的人，他不在乎你到了极点，就像你在乎他到了极点一样。他不在乎你到了极点，也像我在乎你到了极点一样。"

"别说了，别再说了。"

但是我控制不住自己。"如果贾斯汀遇到现在的我，你想会发生什么事？如果我们三个人一起外出呢？他还会把多少注意力放在你的身上？因为他根本不在乎你是谁。我觉得你比阿什莉漂亮一千倍。但如果他有机会的话，你真以为他能管得住自己吗？"

"他不是那种人。"

"你确定？你真的确定吗？"

"好吧。"莱安娜说，"我给他打电话。"

尽管我立刻提出了反对，但她还是拨了贾斯汀的电话，当贾斯汀接通电话，莱安娜说她在镇上有个朋友，她想要贾斯汀过来见个面，或许我们可以一起吃晚饭。他答应了，不过是在莱安娜说她请客之后答应的。

她一挂电话，我们都觉得气氛变得尴尬了。

"这下你高兴了。"她说。

"我不知道。"我如实地对她说。

"我也一样。"

"我们什么时候和他见面？"

"六点。"

"好。"我说，"在此期间，我想告诉你关于我的一切，我也希望你能告诉我关于你的一切。"

当我们聊起那些真实存在的事情时，我们都很放松。我们不需要提醒自己这些事有什么意义，我们说起它，这就是它的意义。

她问我第一次意识到自己不同于普通人是什么时候。

"是我四五岁的时候。显然，在我不断地改变身体，拥有不同的爸爸、妈妈、奶奶、女佣或是其他什么人之前我就意识到了。一直有人在照顾我，我以为那就是生活的本质——每个早晨都拥有全新的人生。如果我说错了某个名字、地点或是规矩，就会有人纠正我，所以我从来没有出过什么大的差错。我没有想过自己是男孩还是女孩，从没想过。我只知道在每一天我是男是女。这就好像是穿了不同的衣服。

"但最终难倒我的是'明天'这个概念。因为过了一段时间之后，我注意到人们总是在谈论明天要一起做什么。如果我和他们争论，就会招来异样的眼光。身边的每一个人，好像他们都共同拥有一个明天，但我却没有。我会说：'你明天不会出现在那里。'而他们会说：'我明天当然会在那里。'后来当我醒来时，他们并不在我身边。而我的新父母并不知道我为什么会如此失落。

"只有两种可能，要么是其他人有问题，要么就是我有问题。因为如果不是他们捏造了一个共同的明天来欺骗自己，那就是——我是唯一一个离开他们的人。"

莱安娜问："你有没有试过坚持到第二天不睡觉？"

我告诉她："我确实试过，但是我现在也不记得了。我只记得我哭着、挣扎着，我告诉过你这些。但其他的，我也记不清了。我想问问，你五岁的时候能记住很多事情吗？"

她摇了摇头，说："我也不记得多少事情了。我记得幼儿园开学之前，妈妈带着我和姐姐去鞋店买新鞋子。还记得学习红灯停、绿灯行，还有我给交通灯填色，老师不知道该怎么给我解释黄灯的作用，我想她大概告诉我黄灯就像红灯一样。"

"我学字母学得很快。"我告诉她，"我记得老师十分惊讶于我认识那些字母。我想象得到第二天他们也会同样惊讶，因为我全忘了。"

"一个五岁的孩子可能不会注意到生命中有一天是空白的。"

"或许吧，我也不知道。"

"知道吗，我一直在问贾斯汀，关于你变成他的那一天。而奇怪的是，他那些虚假的记忆又显得很清晰。当我提起我们一起去海边时他并不否认，但是他也好像真的什么都不记得了。"

"詹姆斯，那对双胞胎中的一个，他也是一样，他没有发现任何不对劲。但是当我问起在咖啡馆和你见面时，他也什么都不记得了。他只记得自己在星巴克，能说出具体时间，但却说不出做了什么。"

"或许他们只记得你想让他们记住的事情。"

"我也这么想过，但我希望我真的能弄清这一切。"

我们走远了一些，用手指绕着一棵树画圈。

"关于感情方面呢？"她问，"你爱过别人吗？"

"我并不知道你所说的爱意味着什么。"我说，"我当然对别人有过好感。之后几天我都会因为离开了那个人而感到非常懊恼。我甚至试图寻找过其中的一两个人，结果都失败了。和我最亲密的是一个叫布伦南的人。"

"给我说说他吧。"

"大概是在一年前。当时我在一家电影院工作，他来镇上拜访他的表亲们，他来买爆米花的时候，和我有了接触，就这样产生了……火花。那是一家只有一个放映厅的小电影院。当电影开始时，我的工作基本就结束了。我想他错过了电影的后半场，因为他出来继续和我聊天了。最后我只好告诉他电影的剧情，这样他就能装作大部分时间都在看电影了。

最后他向我要电子邮箱，我编造了一个邮箱地址给他。"

"就像你对我做的一样。"

"确实就像我对你做的一样。后来他当晚给我发了邮件，第二天他就回缅因州的家了。这样太好了，因为从那以后我们就通过网络维持关系。我需要设置一个名字，因此我告诉了他我的名字，不过我编造了一个姓氏。我还用了一个真人的照片当作自己的头像。那个被我借用头像的人叫伊恩。"

"哦……这样看来，你是一个男孩？"

"是的。"我说，"这重要吗？"

"不。"她告诉我，"我想这并不重要。"

但我看得出，这或多或少还是对她有一些影响的。

她又一次需要对我的印象进行调整了。

"于是我们每天都互发邮件。我们甚至还在网上聊天。我会在一些非常奇怪的地方给布伦南发邮件，虽然我不能告诉他在我身上发生了什么，但我仍然感觉到在这个世界上有一些东西是始终属于我的，这是一种全新的感觉。唯一的问题就在于，他想要的越来越多。先是我的照片，然后他想通过网络电话和我聊天。这样热情的交流持续了大概一个月之后，他提出要再次和我见面。夏天就要到了，他的叔叔婶婶已经邀请过他了。"

"啊……哦。"

"是的，啊……哦。我完全不知道该怎么办，我越是回避，他就越容易察觉。我们所有的谈话内容都是围绕我们彼此的。不管什么时候，即便跑题了，他也能重新说回正题。所以我不得不结束这段感情，因为我们之间不会有明天的。"

"为什么你不告诉他事实呢？"

"因为我觉得他无法接受这一切，因为我觉得我对他没有足够的信心。"

"所以你就和他分手了？"

"我告诉他我喜欢上了别人。我把我当天的照片发给了他，我还改了我个人信息中的情感状态，布伦南再也不愿意跟我说话了。"

"可怜的家伙。"

"我知道。从那以后，我再也不让自己陷入那些虚假的情感纠葛中，不管它们看起来多么容易摆脱。因为那些虚假的感情既然不能成为现实，那有什么意义呢？或许我永远无法给别人真的感情，我给他们的只有欺骗。"

"这样就好像是在扮演她们的男朋友。"莱安娜说。

"是的。但是你必须明白，你完全是个例外。我不想让一切建立在欺骗的基础上。正是由于这个原因，你成了第一个知道真相的人。"

"有趣的是，你说你只对我说出了真相，这是非同寻常的。但我敢肯定，很多人在生活中不愿意吐露真相，不愿意完整地说出真相。他们每天早上在同一个身体里醒来，过着同样的生活。"

"为什么这么说？你对我隐瞒了什么吗？"

莱安娜看着我的眼睛说："如果我对你隐瞒了什么，那一定是有原因的。因为你相信我，并不意味着我也要不假思索地去相信你。信任不是这样的。"

"可彼此间要公平。"

"我知道，但我受够了这些大道理。说些别的吧……嗯……就说说你三年级时候的事情吧。"

我们继续交谈。她知道了现在我吃任何东西之前都要先通过记忆判断自己会不会过敏（九岁那年，我差点因为一颗草莓而送命），我也知道了她为什么会害怕小兔子（一种叫斯威泽的恶毒小动物，喜欢从笼子里跑出来，趴在人脸上睡觉）。她知道了我拥有过的最好的妈妈（涉及水上乐园），我也知道了一生与同一个妈妈生活在一起的酸甜苦辣，没有人比她更能让你生气，而你却更加爱她。她知道了我并非总是待在马里兰州，不过只有当我寄居的身体转移到很远的地方时，我才会跟随着去很远的地方。我知道了她从未坐过飞机。

她仍然和我保持着一定的距离，我们之间还没有出现头靠着肩膀或是手拉着手的情形。不过身体有距离，并没有阻碍我们交谈，对此我也不在意。

我们回到车上，收拾好之前野餐剩下的食物。然后我们又边走边聊了一会儿。当我告诉莱安娜我所记得的经历过的人生数量时，我大吃一惊。而她则惊奇她唯一的人生承载的故事竟然与我的多重人生一样多。她的正常生活对我而言是如此陌生，如此有趣，这让她自己也开始觉得自己的人生更加有趣了。

我可以这样一直说到半夜。但是五点一刻的时候，莱安娜看了看手机说："我们最好出发吧，贾斯汀该等我们了。"

不知道为什么，我完全忘了这件事。

事情应该在我的预料之中。我是个非常有吸引力的女孩，而贾斯汀是个十足的色狼。

我希望莱安娜说的理论是对的，阿什莉只会记住我想让她记住的事情，或者她自己想要记住的事情。我不用做得太出格，只需要稍稍考验一下贾斯汀的意志，并不需要有什么实质性的接触。

下了高速公路，莱安娜挑了一家专做蛤蜊的餐厅。像以往一样，我先确认了阿什莉对任何贝类都不过敏。事实上，阿什莉一直在欺骗自己，让自己觉得对许多食物过敏，用这样的方法来控制饮食。但是贝类从来没有被纳入她的禁食列表。

当阿什莉走进餐厅时，许多人转头看了过来。大部分是比她年长三十岁的男性，我确信她早就习惯了这样的场面，但这着实吓了我一跳。

尽管莱安娜担心会让贾斯汀等我们，但结果却是他在我们到了十分钟之后才赶来。他一看见我，脸上就露出了前所未有的表情——当莱安娜说她在镇上有一个叫阿什莉的朋友的时候，他并没有想到会是这样的美女。他跟莱安娜打了个招呼，不过他的眼睛却盯着我。

我们坐了下来。一开始，我只关注贾斯汀的反应，以至于忽略了莱安娜。她有些退缩，突然间变得安静下来，甚至有些怯懦。我不知道她变成这样是由于贾斯汀的出现，还是由于贾斯汀和我的共同出现。

此前我和莱安娜完全沉浸于这属于我们的一天，完全没有准备好这场碰面。因此当贾斯汀问起一些很平常的问题时，比如说我和莱安娜是怎么认识的，他以前怎么没有听莱安娜提起过我，我都抢着回答。对莱安娜来说，撒谎是一个需要慎重考虑的行为，然而对我来说，谎言是我本性中必不可少的一部分。

我告诉他我妈妈和莱安娜的妈妈在高中时是最好的朋友。我现在住在洛杉矶（有何不可呢），为了参加一些电视节目（因为我的外在条件完全可以），妈妈和我来东海岸一个星期，她想见见自己的老朋友。这些年莱安娜和我时不时地会见面，但这是我们第一次有机会一起待上一段时间。

贾斯汀表面上在仔细听我说每一句话，但他根本什么都没听进去。我"无意"地在桌子底下碰了碰他的腿。他装作没有注意，而莱安娜也装作没有注意。

我表现得无所顾忌，但也小心地控制着我的无所顾忌。当我说话时，有好几次触碰到了莱安娜的手，在贾斯汀的面前，这一切看上去很正常。我提到我曾经在一次聚会上吻过一个好莱坞明星，并且明确表示这没有什么大不了的。

我期待贾斯汀回应我，但他表现得无动于衷，尤其是当有食物摆在他的面前时。他关注的顺序是：食物、阿什莉、莱安娜。我拿着蟹饼蘸了点塔塔酱，想象着阿什莉因为我的行为而朝我大喊大叫。

吃完东西后，贾斯汀的注意力又转回我的身上。莱安娜变得活跃了一点，尝试模仿我的动作，她首先拉着贾斯汀的手。贾斯汀没有躲开，但看上去也没有完全投入其中，他表现得就像莱安娜令他很难堪。我觉得这是一个好的预兆。

终于，莱安娜说她要去洗手间。这样我就有机会让贾斯汀做一些无法挽回的事情，让莱安娜看看贾斯汀的真面目。

我首先从磨蹭他的腿开始。这一次因为莱安娜不在，他没有移开他的腿。

"嘿。"我说。

"嘿。"他回答，然后微笑着。

"待会儿你打算做什么？"我问。

"吃过晚饭后吗？"

"对，晚饭后。"

"我不知道。"

"或许我们可以一起做点什么。"我提议道。

"是的，没错。"

"或许只有我们两个。"

成功。他终于明白了。

我继续执行我的计划。我摸着他的手说："我觉得那会非常有趣的。"

我希望他往我这边靠近，我希望他服从自己的欲望，我希望他朝前迈出一步。他只需要说一句"是的"。

他环顾四周，看看莱安娜是否在附近，看看这里的其他人有没有在看着我们。

"哇哦。"他说。

"放松点，"我说，"我真的很喜欢你。"

他往后坐去，摇了摇头说："嗯……不行。"

我太主动了。他需要占据主导权。

"为什么不行？"我问。

他看着我，仿佛我是个十足的傻瓜。

"为什么不行？"他说，"我的天哪，那莱安娜怎么办？"

我在试图思考反驳的话，但是我想不出来。不过也没关系，因为这个时候莱安娜回到了座位上。

"我不想这样。"莱安娜说,"停止吧。"

贾斯汀像个傻瓜一样以为她在对他说。

"我什么都没做!"贾斯汀抗议道,他立刻把腿收回去,"你朋友有点失控了。"

"我不想这样。"莱安娜重复说道。

"好的。"我说,"对不起。"

"你确实应该感到抱歉!"贾斯汀叫喊道,"天哪,我不知道人们在加利福尼亚的行事方式是什么样的,但在这里,你不能这么做。"他站起来。我偷偷瞥了一眼他的腹股沟,发现尽管他拒绝了我,但是我的调情至少对他产生了作用。可是我不能指给莱安娜看。

"我要走了。"他说。

接着,似乎是为了证明什么,他在我面前吻了莱安娜。

"谢谢你,宝贝。"他说,"明天见。"

他没有对我说"再见"。

莱安娜和我坐了回去。

"对不起。"我再次对她说。

"不,是我的错。我早该知道的。"

我等着那句"我告诉过你……",接着她就说出来了。

"我告诉过你你不会明白的,你不会明白我们之间的感情的。"她说。

到了埋单的时间。我原本想结账,但是她挥手阻止了我。

"你用的不是你的钱。"她说。这句话比任何话都使我痛心。

我知道莱安娜想让今晚就此结束,我知道她想把我送回家,这样她就能打电话向贾斯汀道歉,和他重归于好了。

第 6008 天

早晨我一醒来就打开了电脑，但是没有莱安娜发来的邮件。我又发了一封邮件向她道歉，邮件内容更多的是感谢她昨天能够出来陪我。有时候当你点击发送的时候，你会想象这封邮件直接发送到了对方的心里。然而有的时候，你会感觉自己要说的话全都坠入了深井里，比如这一次。

我又登录了社交网站，搜索了一些信息。我看到奥斯汀和雨果的情感状态列表显示他们还是在一起的，这是一个很好的预兆。凯尔茜的主页对陌生人关闭了，这证明我成功地挽救了一件事情，我有可能还挽救了另一件事情。

我必须提醒自己这一切并不是那么糟糕。

最后我得关注一下内森。关于他的新闻还是铺天盖地。截至今天，普尔神父已经找到了更多的证据，各个新闻网站都在大肆渲染。甚至连《洋葱新闻》都参与了报道，标题是：*威廉·卡洛斯·威廉姆斯对普尔神父说："是魔鬼让我吃了李子。"* 如果说聪明人都在效仿这样的新闻，就表示没那么聪明的人会相信这样的新闻。

但是我能做些什么呢？内森要我证明，但是我不确定我可以做出任何证明。我只有我的一面之词，这又能证明什么呢？

今天我是一个叫 AJ 的男孩。他有糖尿病，所以和平常相比，我有另一个问题必须尤其注意。我进入过糖尿病患者的身体几次，第一次的经历让我非常痛苦。并不是因为糖尿病无法控制，而是因为我必须依靠身体的记忆来让自己知道要注意什么，该怎么应对。最后我假装身体不舒服，这样妈妈就会留在家里，和我一起关注我的健康状况了。现在我感觉自己已经能够应付一切，不过我比平时更加注意身体对我发出的信号了。

AJ 是一个很有个性的人，他和普通人完全不一样。他是一个体育爱好者，在校队踢足球，但他真正爱的是棒球。他的脑子里装满了各种技术统计、比赛实况和数据，可以演算出上千种组合和对比。同时，他的房间则成了甲壳虫乐队圣殿，到目前为止，他最喜欢的似乎是乔治。想弄清楚他要穿什么衣服并不难，因为他的整个衣柜里都放满了蓝色牛仔裤和各种系扣领衬衫。还有数量远远超出我想象的棒球帽，但是我想学校不会允许他穿这些衣服去上学的。

从很多方面来看，这样做人是一种解脱，他并不介意乘坐公共汽车，上车的时候有朋友在等着他，遇到的最麻烦的事也就是吃过早饭后还感觉到饿。

这是平常的一天，我试图让自己融入其中。

但是第三节课和第四节课之间，我被拉回了现实。因为就在学校的大厅里，我见到了内森·戴德利。

一开始，我还以为我认错人了，因为长得像内森的孩子可以有很多。

但是后来我看到大厅里其他孩子看到他时的反应，好像他就是一个活生生的笑话。他尽量对那些嘲笑、窃笑和刺耳的讽刺表现得毫不在乎，但是他无法掩饰自己有多不自在。

我想：他这是自作自受，他什么都不该说，他完全可以不管那些事。

我又觉得：这是我的错，我才是这件事的罪魁祸首。

我进入了 AJ 的记忆，发现他和内森从小学开始就是好朋友，直到现在仍然很要好。所以当他从我身边走过的时候，我向他问好，他也向我问好，这再正常不过了。

我和我的朋友一起吃午饭。有几个人问我昨晚的比赛情况，我含糊地回答了两句，然后通过 AJ 的记忆来寻找答案。

我用眼角的余光看见内森坐在自己的餐桌前，一个人吃饭。我记忆中的他只是有点木讷，并不是一个朋友都没有，但是现在看来，他确实一个朋友也没有。

"我要去和内森聊几句。"我对我的朋友们说。

其中一个不满地说："真的吗？我很讨厌他。"

"我听说他现在参加脱口秀了。"另一个人也插话了。

"与在星期六晚上开一辆斯巴鲁兜风相比，你会觉得魔鬼有更重要的事情要做。"

"这话不假。"

在话题被扯远之前，我端着餐盘对他们说："待会儿见。"

内森看着我走到他跟前，不过当我坐下时，他还是表现出了惊讶。

"你不介意吧？"我问。

"不，"他说，"一点都不介意。"

我不知道我在干什么。我想起他发的最后一封邮件——**证明它**——我倒有些希望能从他眼睛里看到这几个字闪现出来，这样我就无法回避一些挑战了。我就是证据，我就在他面前，但是他毫不知情。

"你近来怎么样？"我问，我拿起一根薯条，尽量表现得像是朋友间午餐时的正常谈话。

"我觉得还好。"我知道所有人都在关注他，但没几个人问过他的感受。

"有什么新鲜事吗？"

他的目光从我的肩头越过，他说："你的朋友正看着我们。"

我转过身，我之前坐的那张桌子旁的所有人都一下子把视线转向了别的地方。

"无所谓。"我说，"别在意他们，谁都不用在意。"

"我不在意。他们什么都不明白。"

"我明白。我是说，我知道他们什么都不明白。"

"嗯。"

"这件事一定产生了相当大的影响吧，每个人对这件事都很感兴趣。所有博客什么的都在写这件事，还有那个牧师。"

我不知道自己是不是说得太多了，但是内森似乎很乐意和我交谈。AJ 是他的好朋友。

"是啊，他真的能理解我。他知道别人也许会中伤我，但是他告诉我要变得更加坚强。我的意思是，和劫后余生相比，人们的嘲讽根本算不了什么。"

劫后余生。我从没想过我的所作所为会引起这样的说辞，我也从没想过我的出现会让别人成为幸存者。

内森看见我若有所思。他问："你怎么了？"

"我只是感到好奇，那天的事情你还记得些什么？"

这时他流露出十分谨慎的神情。

"你为什么这么问？"

"我想是因为好奇。我并不是怀疑你，完全没有这个意思。我只是觉得所有事情我都是从报道中读到的或者是听别人说的，我一直没有真正听你说过。所有的信息都是二手的、三手的，甚至七手、八手的，所以我想来向你获取第一手资料。"

我知道我正处于很危险的境地。我不能让 AJ 表现得过于自信，因为到了明天他就会忘掉他说过的所有话，这会让内森起疑心。但与此同时，我想知道内森到底记得些什么。

我看得出，内森想要和我谈谈。他知道他已经越过了自己的界限，尽管他并不愿意挽回，但他还是有些后悔。我觉得他从没想过要让这件事完全占据他的生活。

"那是普普通通的一天。"他告诉我，"没什么不寻常的。我和爸爸妈妈在家，我做了些家务，大概就是这样。后来……我就不知道了。一定是发生了什么事，因为我编造了学校音乐剧的事情，晚上还借了家里的车。我不记得编造音乐剧的事了，这是他们后来告诉我的。但是我就这样，开着车出去了。我那么做了……我好像是受驱使去了某个地方。"

他不再往下说了。

"你去了哪儿？"我问道。

他摇了摇头，说："我不知道，这点最奇怪。有几个小时的时间完全是空白的，我感觉自己的身体完全不受控制，但也只是这样。我脑海中闪过一些派对的画面，但我不知道是在哪里，或者周围还有谁。然后我突然就被警察叫醒了。我一口酒都没喝，也没有服用药物。他们做了测试，你应该知道。"

"你会不会是癫痫发作了？"

"可我为什么要借用我父母的车，又为什么会在车里癫痫发作呢？不，一定有什么东西控制着我。那个神父告诉我，我一定是像雅各布那样同魔鬼抗争了，我当时一定意识到自己被某种邪恶的东西所控制，于是开始了抗争，最后我赢了，魔鬼将我丢在了马路边。"

他相信这样的说辞，完完全全相信这一切。

我不能告诉他这些都不是真的，我不能告诉他到底发生了什么。因为如果我这么做了，AJ 就会有危险，我也会有危险。

"那不一定就是魔鬼。"我说。

内森辩驳说："我知道就是魔鬼，懂了吗？而且我并不是唯一的受害者，很多有过相同经历的人站了出来，我和他们中的一些人聊过，我们经历的事情有很多相似之处，这太可怕了。"

"你害怕这种事情再次发生吗？"

"不，我已经准备好了。假如魔鬼再靠近我，我知道该怎么应付。"

我就坐在他面前，听他说着。

他却没有认出我来。

我不是魔鬼。

这个想法在接下来的一整天都萦绕在我的脑海中。

我不是魔鬼，但或许我就是。

站在旁观者的角度，像内森那样看这件事，我能想象这件事有多可怕。因为有什么可以阻止我做出伤害他人的事情呢？如果我用手中的铅笔把化学课上坐在我旁边的女孩的眼珠挖出来，我会受到什么样的惩罚呢？或者还有更糟糕的情况。我可以轻而易举地从一个完美的犯罪中逃脱，犯下罪行的那个身体将不可避免地受到逮捕，而真正的谋杀者则逃之夭夭。为何我从前没有想到这些呢？

我有可能真的是魔鬼。

可是接下来我想，打消这样的念头吧，这不是真的。老实说，这让我跟普通人不一样吗？是的，我确实可以逃脱法律的制裁，但我们所有人都有犯罪的可能，可我们并没有选择那样做。每一天我都选择不那样做，我没什么不一样的。

我不是魔鬼。

莱安娜还是没有任何回音。她的沉默是因为内心的困惑，还是因为她想摆脱我，我不得而知。

我给她写了一封邮件，只有简单的一行字：

我必须再见你一面。

A

第二天早晨还是没有莱安娜的回信。

我开车出门了。

这辆车属于亚当·卡西迪。他现在本该在上学，但我冒充他爸爸给学校打了电话，说他要看医生。

而且需要花一整天的时间。

现在距离莱安娜有两个小时的车程。我知道我应该利用这段时间去了解一下亚当·卡西迪，但是现在的他对我来说并没有什么特殊的意义。我曾经一度这样生活——测试自己度过一天所需的最小信息量。这方面我很擅长，甚至有几天我没有进入别人的记忆都安然地度过了。我确定我所寄居的那些身体都过着无比空虚的生活，因为那些日子对我来说都是一片空白。

在开车途中的大部分时间，我都在想莱安娜。怎样让她回心转意、怎样博得她的好感、怎样才能和她相处下去。

最后这一条最难做到。

我到了她的学校，把车停在艾米·特伦上次停车的地方。学校所有的课都开始了，因此我一推开门，就感受到一阵紧张的气氛。在课间的时候，我只有两分钟时间去找她。

我不知道她在哪儿，我甚至不知道下面要开始的是哪门课，我只是穿过大厅去找她。被我撞到的人提醒我走路要看着点，我根本不在乎。别人都无关紧要，只有她例外，我只在乎她。

我让上天告诉我该往哪里走，我完全依靠本能，我知道这种本能远不是我本人或者这副身体所拥有的。

她正转身要走进教室，但是她停住了脚步，抬起头，然后看见了我。

我不知道该如何解释，我像一座孤岛立在大厅里，任由身边的人挤来挤去，而她则是另一座孤岛。我看着她，她完全知道我是谁。其实她并没有任何理由知道，但她就是知道。

她离开教室，向我走了过来。上课铃又响了一遍，其他人都离开了大厅，只剩下我们两人留在那里。

"嘿。"她说。

"嘿。"我说。

"我想到你可能会来。"

"你生气了吗？"

"不，我没有生气。"她回头看了看教室，"虽然你的出现会影响我的考勤记录，但我并不生气。"

"我对任何人的考勤记录都会有影响。"

"你今天叫什么名字?"

"A。"我告诉她,"对你来说,我永远叫 A。"

她下节课有一个测验,所以不能逃课,于是我们一起待在学校的操场上。当我们碰到其他孩子(那些现在没课的孩子)时,莱安娜变得有些紧张。

"贾斯汀在上课吗?"我问道,我提起了一个令她害怕的名字。

"是的,如果他想去的话。"

我们发现了一间空教室,然后走了进去。从墙上挂着的莎士比亚戏剧装备来看,这是一个英语教室,或者是戏剧教室。

我们坐在后排,外面的人是无法透过门上的窗户看见我们的。

"你是怎么认出我来的?"这个问题我不得不问。

"从你看我的眼神。"她说,"别人不可能这么看我。"

这就是爱:它让你想要改变世界。它让你想要选择角色、构建场景、引导情节。你爱的人就坐在你对面,你想用尽全部力量让一切具有可能,无穷无尽的可能。当你们两个人在一个房间独处的时候,你就能实现这样的憧憬,这就是爱。

我拉着她的手,她并没有拒绝。这是因为我们的关系发生了某些变化,还是只因为我的身体发生了变化?对她来说,比较容易接受和亚当·卡西迪牵手吗?

悄无声息的电流在空气中蔓延,此时,来一场真诚的交流最好不过。

"那天晚上的事情我很抱歉。"我再次向她道歉。

"我也有责任，我不该叫贾斯汀来的。"

"后来他怎么说？"

"他不停地说你是个'黑婊子'。"

"真有他的。"

"我想他发现这是一个陷阱了。我也不知道，他就是发现有些不对劲。"

"或许这就是为什么他通过了考验。"

莱安娜把手缩了回去，说："这不公平。"

"对不起。"

我想知道为什么她有足够的勇气拒绝我，却没有勇气拒绝贾斯汀。

"你想怎么做？"我问她。

她刚好和我四目相对。她说："你想让我怎么做？"

"只要你觉得对你有好处，你怎么做都可以。"

"这不是标准答案。"她对我说。

"为什么不是标准答案？"

"因为这是个谎言。"

你离我这么近，我心想。你离我这么近，但我却无法触及。

"回到我原来的问题吧。"我说，"你想怎么做？"

"我不想因为不确定的东西而抛弃一切。"

"我有什么是让你感到不确定的吗？"

她笑道："什么？你要我向你解释吗？"

"除此之外，你应该知道你是我生命中最重要的人，这一点确定无疑。"

"只有两周而已，这并不是确定的。"

"你比任何人都更加了解我。"

"但是我无法像你那样坦诚，至少现在还不行。"

"不可否认，我们之间确实有一些隔阂。"

"是的，确实有。直到今天你出现，我看到你时，我才意识到我一直在等你。然后所有的等待都在那一刻从我眼前闪过。我确实被触动了……但我不知道这是不是确定的。"

我知道我对你有什么诉求，我想告诉她。但是我忍住了，因为我意识到这会是另一个谎言，也会再次被她戳穿。

她看了看表，说："我要准备我的测验了，你也该回到另一种生活中去了。"

我无法控制自己。我问道："你不想再见我了吗？"

她停了一会儿，说："我想，但我不会再见你。你觉得见面会让事情变得简单，但实际上却让事情变复杂了。"

"这么说我不应该出现在这里吗？"

"现在开始我们只通过电子邮件联系，好吗？"

就这样，我的宇宙出错了。就这样，所有的情感都缩进了一个小球，然后飘到了我无法触及的地方。

我感觉得到，但是莱安娜感觉不到。

或者说我感觉得到，但是莱安娜永远感觉不到。

第 6010 天

我现在距离莱安娜有四个小时的车程。

我是一个叫希维尔的女孩，今天我不想去学校。所以我装病，请假待在家里。我试着读书、打游戏、上网，做一切我通常会做的事来打发时间。

可这些都没用，我还是感到无比空虚。

我不断地查看我的邮箱。

没有她的来信。

什么都没有。

什么都没有。

第 6011 天

我现在距离莱安娜只有三十分钟的车程。

黎明时分，我被我的姐姐摇醒了，她叫着我的名字——瓦莱里娅。

我以为上学要迟到了。

但却不是，是我上班要迟到了。

我是一个女佣，一个未成年的非法女佣。

瓦莱里娅不会说英语，所以我获取的记忆都是用西班牙语描述的。我几乎不知道发生了什么事情，我花了很多时间来翻译，才知道是怎么一回事。

公寓里住着四个人。我们四个穿好制服后，一辆货车就来接我们了。我是年纪最小、最不受尊重的那个，姐姐对我说了几句话，我点了点头。我觉得我身体内部好像搅成一团了，一开始我还以为自己是被这场面吓坏了，后来我才意识到它们真的搅成一团了，我痉挛了。

我从记忆中找到了这个词，告诉了姐姐。她是知道了，可我还是要去工作。

又有几个妇女上了这辆货车，其中有一个和我年纪差不多大。一些人在聊天，但是姐姐和我没有跟她们中的任何人说一句话。

货车把我们一个个地丢在各家各户。通常是每家安排两个人，有时候会有三到四个。我和姐姐被分在了一起。

我负责打扫卫生间，我得擦洗马桶，清理莲蓬头上面的毛发，把镜子擦得透亮。

我们都在各自要打扫的房间里，我们不说话、不哼歌，我们只是工作。

我流的汗湿透了制服，痉挛却一点没好。药柜里放满了药，但我知道我到这儿来是打扫卫生的，不是来拿药的。没有人会在意两粒米多尔药片，但这不值得我冒险。

当我走进主卧的卫生间时，这家的女主人还在卧室里打电话，她以为她说的一个字我都听不懂。要是瓦莱里娅这时候走过去，用英语和她谈论热力学定律或是托马斯·杰弗逊的生平，这该多让人震惊啊。

两个小时以后，我们把房子打扫完了。我以为这就结束了，谁知道后面还有四套房子要打扫。最后，我几乎都不能动了，姐姐看到后，就帮我一起打扫卫生间。我们是一家人，这份亲情是今天唯一值得保存的记忆。

我们到家的时候，我几乎说不出话了。我强迫自己吃了晚饭，但是吃饭时我一句话都没说。然后我就上床了，我在旁边留了位置给姐姐睡觉。

今天不能查看邮箱了。

第6012天

我现在距离莱安娜有一个小时的车程。

我睁开莎莉·斯温的眼睛，看见她的房间里有一台电脑。没等自己完全清醒，我就登录了我的邮箱。

A：

　　对不起，我昨天没给你写信。我原本打算写的，但是后来发生了一些别的事情（都不太重要，只是一些耗时的琐事）。尽管和你见面让我很局促，但我还是很高兴的，我是认真的。但我们还是有必要暂时分开，去考虑一些事情。

　　你今天怎么样？做了些什么？

莱安娜

我真的想知道？还是出于礼貌才这么问的？我觉得她对任何人都可以这么说。我曾希望她用平常的语气对我说话，现在她这么做了，但这种平常的状态又让我感到失望。

　　我给她回信，告诉了她这两天我的经历。然后我告诉她我得出门了——今天我不能旷课，因为莎莉·斯温要参加一场盛大的越野比赛，让她错过比赛是不公平的。

　　我奔跑起来。我不顾一切地飞奔。因为当你奔跑的时候，你可以是任何人。你把自己打磨成一副躯壳，不多不少，就只是一副躯壳。你作为这副躯壳去回应世界，并对这副躯壳做出回应。如果你是为了胜利而奔跑，那么你拥有的并不是你自己的想法，而是这副躯壳的想法，你拥有的也不是你自己的目标，而是这副躯壳的目标。你自身被速度所抹杀。为了冲过终点，你完全忽视了自己。

第6013天

　　我现在距离莱安娜有一个半小时的车程，我是一个幸福家庭的成员。

　　史蒂文斯一家不会浪费周末的时间。是的，史蒂文斯太太会在九点钟准时叫醒丹尼尔，并让他准备好乘车外出。他刚洗漱完，史蒂文斯太太已经把东西都装上车了，丹尼尔的两个妹妹也已经迫不及待了。

　　第一站是去巴尔的摩的艺术博物馆看温斯洛·荷马的作品展。接着走很长一段路去水族馆，然后到内港吃午饭。吃完饭带女孩们去看IMAX版的迪士尼电影。晚饭是在一家海鲜餐厅，这家餐厅很有名，这一点众所周知。

　　也有一些不开心的片刻，比如妹妹觉得看海豚太无聊了，爸爸因为找不到停车的地方而不快。不过大部分时候，他们每个人都很快乐。他们都沉浸在自己的快乐当中，完全没有察觉到其实我并不是他们中的一分子。我游离在边缘地带，就像温斯洛·荷马画中的人物，看似和他们共处在同一个空间，而事实却并非如此。我也像水族馆里的鱼，用不同的语言思考，适应自然栖息地以外的生活。我坐在别人的车里，他们每个人都有自己的故事，但这一切都一闪而过，没有引起我的注意或使我想去了解。

　　这是很不错的一天，对我来说，这一天比那些糟糕的日子更有益。有些时候，我没有去想莱安娜，或者说我甚至没有去想我自己。我只是坐在自己的位置上，在我的池子里漂浮，乘车的时候什么都不说，一切与我相关的都不去想。

03 心安之所

第 三 部 分

第6014天

我现在距离莱安娜有四十分钟的车程。

今天是周日,我想看看普尔神父有没有什么新动作。

我现在寄居的身体的主人叫奥兰多,周日的时候,他很少在中午之前醒来。所以只要我轻一点敲击键盘,是不会被他的父母发现的。

普尔神父建了一个网站,人们可以在上面讲述自己被魔鬼附体的经历。上面已经有几百个帖子和视频了。

内森发的帖子显得很敷衍,只是总结了一下他之前的言论。他没有做视频。我也没有什么新的收获。

其他的故事都描述得更为详细。有的明显是那些偏执狂编出来的——这些妄想成疾的人需要的是接受治疗,而不是一个让他们发泄阴谋论的竞技场。不过,其他那些受害者似乎都非常痛苦。有一个女人说她在超市排队结账时,真真切切地感觉到撒旦操控了她,让她产生了偷东西的冲动。还有一个人的儿子自杀了,他确信自己的儿子是被真正的魔鬼所缠身了，而不是被心理疾病击溃导致丧生。

由于我只寄居在同龄人体内，所以我只看有关青少年的帖子。普尔一定对网站上出现的所有内容进行过筛选，因为这其中既没有拙劣的模仿，也没有嘲讽，所以很难看到有关青少年的此类经历。不过，还是有一个蒙大拿州的人，他的经历让我胆战。他说自己被魔鬼附体了，但只有一天，没有什么特别的事情发生，但是他感觉到自己的身体不受控制。

我从没在蒙大拿州出现过，对此我确信。

但是他所描述的和我的行为太相似了。

普尔的网站上有一条链接：

如果你确信魔鬼正纠缠着你，

点击这里或者拨打以下号码：

⋯⋯⋯⋯

可是如果魔鬼真的纠缠着某人，他又怎么会点击网页或是拨打电话呢？

我登录了我之前的邮箱，发现内森又试图跟我联系了。

你没有证明。接下来你还能怎么做呢？

快去寻求帮助吧。

他甚至留下了普尔网站的链接。我想回信告诉他，就在前几天我还跟他有过交谈。我想让他问问他的朋友 AJ 周一那天过得怎么样。我可以在任何时候作为任何人出现在他面前，我想借此让他害怕。

不，我想，我不能有这样的想法。

什么都不想的时候我要轻松许多。

想要而得不到才会让你感到残酷。

我查看了我的另一个邮箱，发现又有一封莱安娜的来信。她简单地跟我说了她周末的安排，也简单地问我周末打算怎么过。

我打算剩下的时间都用来睡觉。

第 6015 天

我醒来了。现在我距离莱安娜的车程，不到四个小时，也不到一个小时，甚至连十五分钟都不到。

天哪，我就在莱安娜的房间里醒来了。

在她的房间里。

在她的身体里。

起初我以为我还在睡觉、在做梦。我睁开眼睛，这可以是任何一个女孩的房间——这个女孩已经在这里住了很久，屋里放着亚历山大女士娃娃、眼线笔和时尚杂志。当我从记忆中知道我的身份是莱安娜时，我确信自己是在做梦。我以前做过这样的梦吗？没有。但从某种程度上来说，这是合乎情理的。如果我清醒时的每分每秒她都是我所想的、所希望的、所关心的，那她为什么不会出现在我的梦中呢？

然而我不是在做梦，我能感觉到枕头压在我的脸上，我能感觉到我的腿上裹着被子，我正在呼吸。在梦里，我们绝不会留意自己的呼吸。

我顿时觉得世界变成了玻璃做的，每时每刻都是易碎的，一举一动都是一场冒险。我知道她不会希望我出现在这里，我能立刻感受到她将会面临的恐惧，这一切完全失控了。

我做的每一件事都可能破坏某些事物。我说的每一句话、做的每一个动作都是如此。

我又看了看四周。随着年龄的增长，一些男孩女孩会试图改变他们的房间，因为他们想要消除年少时留下的痕迹，从而让自己相信自己住进了一个全新的房间。不过莱安娜却对自己的过去淡然处之。我看到了她三岁、八岁、十岁、十四岁时与家人一起拍的照片，一只毛绒企鹅仍然对着她的床，书架上杰罗姆·大卫·塞林格的书和苏斯博士的书挨在一起。

我拿起其中的一张照片。如果我愿意，我可以试着回忆拍照那天的情景。从照片上来看，她和她姐姐是在某个乡村集市上，她的姐姐戴着类似于比赛绶带的彩带。对我来说，想要知道答案是很容易的，但那样就不是莱安娜亲口告诉我的了。

我希望她就在我身边，跟我说说她的那次出游。现在我感觉自己就像是强行进入了她的生活。

我只能像莱安娜所希望的那样度过这一天。假如她知道我在这里——我预感她会知道的——我希望她相信我没有利用这个机会越界。我本能地知道这不是我想要获知事情的方式，这不是我想要获取任何东西的方式。

正因如此，我觉得我所能做的只有失去。

这就是她抬手的感觉。

这就是她眨眼的感觉。

这就是她转头的感觉。

这就是她用舌头舔嘴唇的感觉，这就是她的脚放在地板上的感觉。

这就是她的重量，这就是她的高度，她看这个世界的角度。

我可以获取她关于我的所有记忆，也可以获取她关于丁贾斯汀的所有记忆，我可以听见当我不在她身边的时候她说了些什么。

"你好。"

这是从她体内发出的声音。

这是她一个人的时候发出的声音。

在过道里，她的妈妈晃晃悠悠地经过我的身边，她还没睡醒。她睡得晚，起得也晚。她说她要回房间再睡一会儿，接着又说估计睡不着了。

莱安娜的爸爸在厨房，正要出门去上班。他说了句"早上好"，接着抱怨了几句。不过他很匆忙，我感觉莱安娜也只听见了"早上好"这三个字。他找钥匙的时候，我拿了些麦片。然后他匆忙地说了声"再见"，我也对他说了"再见"。

我决定不洗澡了，甚至连昨晚穿的内衣都不换。上厕所的时候，我都把眼睛闭着。能从镜子里看到莱安娜的脸，我感觉已经足够了。我不能再有什么越界的行为，给她梳头已经是非常亲密的举动了。我化好妆，穿上鞋，来体验她的身体在这个世界上的平衡感，从内部感受她的肌肤，在触摸她的脸的同时体验被触摸的感觉，这让我感到了既无法抗拒又难以置信的激动。我试图告诉自己我只是我，但我无法停止想象自己是莱安娜。

我需要通过她的记忆来找到我的钥匙，找到我去学校的路。也许我应该待在家里，但我不知道自己能不能像她一样独自待那么久，而不受任何干扰。我打开收音机，默认的是新闻频道，这真是出乎我的意料。她姐姐毕业帽的流苏挂在车子的后视镜上。

我看了看副驾驶的位置，希望莱安娜就在这里，看着我，告诉我该走哪条路。

我要尽量躲开贾斯汀。我早早地来到我的储物柜前，拿了书，然后直接去上第一节课了。当朋友们纷纷走进教室，我尽量多和他们说话。没有人察觉到有任何异常，不是因为他们对我不在意，而是因为现在是大清早，他们还没有打起精神来。我一直对贾斯汀的存在耿耿于怀，以至于没有意识到还有很多朋友也是莱安娜生活的一部分。直到现在我才发现，那一天当我作为艾米·特伦来到学校时，才真正地看到莱安娜的全部生活。因为她不是独自度过一整天的时间，当她想逃离这里的时候，这些朋友的存在会让她打消这样的念头。

"你的生物作业做完了吗？"她的朋友瑞贝卡问。一开始我还以为她要抄我的作业，但随后我意识到她是要把她的给我抄。果然，莱安娜还有几道题目没做。我向瑞贝卡说了声"谢谢"，然后开始抄起来。

上课时间一到，老师就开始讲课了，我要做的就是听课和做笔记。

记住这一刻，我对莱安娜说，*记住这一刻是多么寻常。*

对于那些从没见过的东西，我总是忍不住会瞥两眼。比如莱安娜笔记本上画着的树林和山脉；由于阳光的照射，留在她脚踝上的袜子印迹；她左手拇指下面的一个小小的红色胎记。可能她永远不会注意这些，但是我刚刚进入她的身体，我注意到了这一切。

这就是她的手握着铅笔的感觉。

这就是她的肺吸满了空气的感觉。

这就是她的脊背靠在椅子上的感觉。

这就是触摸她耳朵的感觉。

这就是她所听见的世界，这就是她每天听见的声音。

我让自己留存下这份记忆。我没有进行筛选。它浮现了，而我没有去消除它。

瑞贝卡就坐在我旁边，嘴里嚼着口香糖。有一段时间，她感到无聊，就把嘴里的口香糖拿出来，在指间拨弄。我记得六年级时，她也这么干过。当时被老师发现了，瑞贝卡很惊讶，她被吓坏了，一下把手里的口香糖扔了出去，结果扔到了汉娜·沃克的头发上。刚开始汉娜不知道发生了什么，后来所有的孩子都笑话她，于是老师更加恼火了。我就是那个弯腰告诉汉娜她头发上粘着口香糖的人，我也是那个用手指小心翼翼地把口香糖拿下来，不让它粘上更多头发的人。我把口香糖全部拿下来了，我记得我全部拿下来了。

午饭时，我尽量躲着贾斯汀，但我还是失败了。

当时我在走廊上，离我们的储物柜和餐厅都不算近，结果他也在那里出现了。他看见我既没有显得很高兴，也没有不高兴。他把我的存在当成了一种既定事实，与课间的铃声没什么区别。

"想到外面待一会儿吗？"他问。

"好啊。"我嘴上这么说，事实上却不知道自己答应了什么。

原来"外面"指的是和学校隔了两条街的一个比萨店。我们要了几块比萨和可乐，他付了自己的那份钱，但是没有替我付，不过这也没关系。

此时的他非常健谈，说着我猜想是他最喜欢的话题——所有人给予他的不公正的对待。这个话题涉及的范围很广泛，从他的汽车点火故障到他爸爸关于大学的唠唠叨叨，到他英语老师的"同性恋般的说话方式"。我仅仅是在跟随他的谈话，"跟随"真是再恰当不过的词语，因为在这场谈话中，我的节奏至少落后了五步。他不想听我的意见，每当我发表意见时，他都置之不理，不做任何回应。

当他说到史蒂芬妮对史蒂夫而言就是一个婊子，他的比萨常常碰到他的脸，他的目光注视桌子的时间远远超过注视我的时间时，我压抑着内心想做某件事情的强烈冲动。尽管他没有意识到，但这份权利在我手中。只需几分钟，甚至更短的时间，我就能跟他分手。我只需要说一些合适的词语就能切断与他的关系。他可能会以泪水或愤怒或承诺来回应，而我可以承受任何一种方式。

我太想这么做了，但是我没有开口。我没有这样的权利。因为我知道，这样的结束不会带来我想要的开始。假如我用这样的方式结束他们的关系，莱安娜永远不会原谅我。明天她就能挽回一切，而且只要我存在于她的生命中，她就会视我为背叛她的人，我们的关系也不会长久。

我希望她明白这一点：从头至尾，贾斯汀从来没有在意过她。无论我在谁的身体里，莱安娜都能认出我来，但是贾斯汀却看不出眼前的莱安娜不是她本人。他根本没有用心看过莱安娜。

后来贾斯汀叫莱安娜"白银"。当我们结束了交谈，贾斯汀简单地说了一句："我们走吧，白银。"我以为我听错了。于是我进入了莱安娜的记忆，从那里找到了答案。那是他们在一起的某个时刻。为了准备英语课，他们一直在读《局外人》，当时他们肩并肩躺在贾斯汀的床上，看同一本书，莱安娜看得稍快一些。她认为这本书对那些热爱《乱世佳人》的忧郁男孩来说简直可以奉若神物，不过当她看见贾斯汀对这本书的反应时，她什么话都没说。当她看完整本书后，她没有说话，又从头开始看起，直到贾斯汀看完。贾斯汀合上书后说："哇，黄金般的事物难以久存，这句话是真的吗？"她不想破坏这个时刻，不想去质疑这句话是什么意思。当贾斯汀微笑着说"我猜这句话的意思是，我们要做白银"时，她备感欣喜。那晚当她离开时，他喊道："再见，白银！"自此以后，这个称呼沿用至今。

回学校的时候，我们没有牵手，甚至连话都不说。分开时，他并没有祝我度过一个美好的下午，也没有谢谢我刚才陪他出去。他甚至没有说待会儿见。他满以为我们很快就会再见面。

我时刻保持警惕。当贾斯汀和我分开后，当我的周围是其他人的时候，我时刻警惕着我所尝试的东西的危险性质，以防发生环环相扣的蝴蝶效应。如果你认为这已经足够艰难，如果你跟踪潜在的余波已经足够长的时间，那么每一步都可能是陷阱，每一步都可能导致意料之外的后果。

我有没有忽视我本不应该忽视的人？有没有哪些话是我本该说的但我没有说？有没有什么东西我没有注意到，但莱安娜肯定会注意到？当我在公共走廊时，有没有什么私密的话我没有听见？

当我们面向人群时，我们的眼睛很自然地会看着某些人，无论我们是否认识他们。但现在我的眼前一片空白。我知道我看见的是什么，但不是莱安娜看见的东西。

世界仍然是玻璃制品。

这就是她用眼睛阅读的感觉。

这就是她用手翻过书页的感觉。

这就是她把脚踝交叉放在一起的感觉。

这就是她低下头让头发遮住视线的感觉。

这就是她写的字，这就是她写字的感觉，这就是她签名的感觉。

英语课上有一个测验，关于《德伯家的苔丝》，我读过这本书。我觉得我考得不错。

我通过进入莱安娜的记忆了解到她放学后没有任何安排。最后一节课前贾斯汀来找她，问她是否想做点什么。我很清楚他所指的是什么，我不觉得那是什么好事。

"你想让我做什么？"我问。

他看着我，仿佛我是一只愚笨的小狗。

"你觉得呢？"

"做作业？"

他哼了一声："可以，如果你想这么称呼，我们可以这么称呼它。"

我需要撒一个谎。我真正想做的是，先答应他，然后对他置之不理。不过这样做会对明天产生影响。所以我告诉他，我的妈妈睡眠有问题，我要带我妈妈去看医生。这是真事，医生会给她开药，这样她可能就不能自己开车回家了。

"好，他们会给你妈妈开很多药的。"他说，"我喜欢你妈妈的药。"

他靠过来向我索吻，我不得不回应他。真奇怪，三个星期前也是这两副身体，但是这个吻的感觉完全不同了。之前那次，当我们的舌头想触碰，当我在另外一边时，那个吻像是另一种形式的亲密交流。可现在，这感觉像是贾斯汀把某个奇怪的东西塞进了我的嘴巴。

"去拿些药吧。"当我们分开时他说。

我希望我妈妈还有一些避孕药，我可以偷偷拿给他。

我们已经一起去过海洋和森林，所以我决定今天我们要一起去爬山。

我快速搜索到最近的可以爬山的地方。我不知道莱安娜是否去过那里，我也不确定这一点是否重要。

她的穿着看上去并不适合远足，她的匡威鞋底没有凹凸不平的花纹。不过我还是执意要去，带上一瓶水和手机，把其他东西都留在了车里。

今天又是星期一，山径上渺无人迹。偶尔有下山的徒步旅行者擦肩而过，我们相互点头示意或者打个招呼，就像被寂静完全包围的人那样。路上的各种标识杂乱无章，又或许是因为我注意力不够集中才会这么觉得。我可以通过莱安娜腿部的肌肉判断出路面的斜度，我可以感觉到她开始喘气，我继续往前走。

对于今天下午，我决定试图让莱安娜体验一下完全独处的满足感。不是躺在沙发上昏昏欲睡，不是在无聊的数学课上发呆，也不是午夜在睡房中徘徊，更不是在门被砰的一声关上后，痛苦地待在房间里。这种独处不同于以上任何一种，这种独处是一种特有的形式。感受这个身体，但不运用这种感受分散注意力；带有目的地行走，但不急于求成；不和身边的人交流，但与周围所有的元素共存；出汗、身体酸疼、向上攀登，同时确保不会滑倒、不会摔跟头，既不完全失去自我，又在一定程度上忘记自我。

最终我停了下来，到达山顶，风景一览无余。登上最后一个陡坡、拐过最后一个弯，我发现自己战胜了一切。并不是说这里的风景有多么壮丽，也不是说我们已经登上了珠穆朗玛峰。只是我们站在了这里，除了白云、空气和慵懒的阳光以外，我们所站的地方就是最高点。我又回到了十一岁，我们爬到树的顶端。世界在我们脚下，空气也变得更加清新，我们尽情地呼吸。周围没有其他人，我们尽情地感受着那股强烈的感情给内心带来的冲击。

记住这一切。当我俯瞰树木、呼吸着她的呼吸时，我恳求莱安娜记住这一切。记住这种感觉，记住我们来过这里。

我在一块石头上坐下来，喝了几口水。我知道我寄居在她的身体里面，但我感觉非常像是她陪伴着我。仿佛我们是两个独立的人，在一起共享这一切。

我和她的父母一起吃了晚餐。他们问我今天做了什么，我如实地告诉了他们。我确信我对他们说的话要比莱安娜的多，比平时她说的话要多。

"听起来很不错。"她妈妈说。

"不过在外面要小心点。"她爸爸补充道。然后他把话题转移到工作中发生的某件事上。这样在我的一天简单交代完毕后，我再次回到独处的状态。

我尽我所能做好莱安娜的作业。我没有查看她的邮箱，害怕会看到她不希望我看到的东西。我也没有查看我自己的邮箱，因为她是我唯一希望给我写信的人。她的床头柜上放着一本书，但是我没有读它，我害怕她会不记得我读过的内容，之后还得再读一遍。我迅速地翻阅了几本杂志。

最终，我决定给莱安娜留一张字条，这是能够让她确信我来过这里的唯一方法。我还有一个念头，就是假装这一切没有发生过，否认她基于残存记忆做出的任何指控。但是我想对她坦诚。如果我们要完全坦诚相待，这将是唯一的方法。

于是我告诉了莱安娜。在信的一开头，我就让她在继续往下读之前，试图回忆这一天所发生的事情，以免我写的内容对留在她记忆中的东西产生影响。我解释道，我从未选择寄居在她的身体内，但这不在我的控制范围内。我告诉她，我试图尽我所能地尊重她这一天的生活，我不希望给她的生活造成任何干扰。接着我用她的字体向她描述这一天。这是我第一次给我寄居的人写信，想到莱安娜将会读到这封信，我感觉既陌生又舒服。有很多的解释我可以不说出来。我写这封信实际上是在表达一种信念，既是对她的信任，又是相信信任衍生信任、真实衍生真实的信念。

　　这就是她闭上眼睛的感觉。

　　这就是睡眠带给她的感觉。

　　这就是夜晚触摸她皮肤的感觉。

　　这就是她伴随房屋里的声音入睡的感觉。

　　这就是她跟每个夜晚告别的感觉，这就是她的一天结束时的感觉。

　　我蜷缩在床上，仍然穿着我的衣服。这一天几乎就要结束，玻璃世界正在衰退，蝴蝶效应正在减弱。我想象着我们一起躺在这张床上，我无形的身体依偎在她的身旁；我们用相同的频率呼吸着，我们的胸腔同时上下起伏。我们无须窃窃私语，因为在这个距离内，我们需要的只有思考。我们的双眼同时闭上。我们在同一个夜晚盖着同一条被子。我们的呼吸同时减慢，我们做着不同版本的相同主题的梦，我们在同一个时刻进入睡眠。

第 6016 天

A：

　　我想我记得每一件事。今天你在哪里？

　　我不想在邮件里写得太多，我想跟你谈谈。

莱安娜

　　当我读到这封邮件时，我距离她大约有两个小时的车程，我在一个叫狄伦·库博的男孩的身体里。他是一个彻头彻尾的电脑迷，他的房间就是一个苹果产品的展览馆。通过他的记忆，我了解到如果他真的喜欢上一个女孩，他就会创造一种字体，并用这个女孩的名字来命名。

　　我给莱安娜回信，告诉她我的地址。她立刻给我回信了——她一定就守在电脑前——她问我放学后能不能和她见面，我们约好在三叶草书店见面。

　　狄伦很招人喜欢。据我所知，同时有三个女孩迷上了他。今天我不会让他对任何一个女孩有任何亲近的举动。他要自己决定他更偏爱哪一种字体。

我提前半个小时到了书店，可是我太紧张了，根本看不进去任何书，只好望着周围人的面孔。

她走了进来，她也提前到了。我根本不需要站起来或者挥手，她在屋子里扫视了一圈，看见我看着她的眼神，就认出我了。

"嘿。"她说。

"嘿。"我说。

"那感觉像是经历了一场宿醉。"她对我说。

"我知道。"我说。

她给我们点了咖啡，我们就坐在桌子旁，手里捧着杯子作为掩饰。

我看着我昨天留意到的一些细节——她的胎记，她前额的星星点点的粉刺。但是这并没有影响莱安娜给我的整体印象。

她看起来并没有受到惊扰，也没有生气。即便有，对于发生的这一切她表面上也显得很平静。当惊扰消散之后，人们总是希望这背后隐藏着理解。对莱安娜来说，似乎她的理解已经浮出水面，所有的疑虑都被一扫而空了。

"我醒来的时候就发现有些不对劲。"她告诉我，"在我看你的信之前我就感觉到了。这并不是通常的那种迷失感，但我也不觉得自己好像是错过了一天。这就好像是我醒来了，某些事情已经被……塞进了我的记忆。然后我看到了你的信，就开始读，我立刻就知道这是真的，这确实发生了。读到你让我停下来的时候，我停了下来，尽量回忆与昨天有关的每一件事。除了起床、刷牙这些我平时也会遗忘的小事，其他所有事情我都记得。爬山、和贾斯汀一起吃午餐、和我父母一起吃晚餐，甚至连写信这件事我都记得。这有些说不通，为什么我会给第二天早晨醒来的自己写信呢？但是在我心里，我知道这其中的意义。"

"在你的记忆里，你能感觉到我的存在吗？"

她摇了摇头说："并不是像你想象的那样，我不觉得是你在控制着某些事情，或者说我不觉得你控制着我的身体或任何事情。我感觉好像你和我在一起，就好像是我能感觉到你的存在，但是在我的身体之外。"

她停了一会儿，然后继续说："我们现在谈论的这件事实在是太疯狂了。"

但我想要了解更多事情。

"我想让你记得每一件事情。"我告诉她，"听起来好像你的思维一直伴随着那些事情的发生，或许也是你的思维让你记住了这一切。"

"我不知道，但我很高兴我记住了。"

我们又谈论了一些关于昨天的事，谈论更多的是关于这一切是多么奇怪。最后她说："谢谢你没有搅乱我的生活，一直让我穿着我的衣服。除非你不希望我记得你偷窥过我。"

"我没有偷窥你。"

"我相信你。真是不可思议，我相信你做的一切。"

我感觉她还有些话要说。

"还有什么要说吗？"我问。

"就是——现在你想更了解我吗？奇怪的是……我觉得我想更了解

你。因为你做的那些事，还有你没有做的那些事。是不是很奇怪？我以为你会了解更多关于我的事情……但是我不知道那是不是真的。"

"我见了你的父母。"我说。

"你对他们印象如何？"

"我觉得他们都用属于他们的方式关心着你。"

她笑着说："说得真好。"

"嗯，我很高兴能见到他们。"

"当你真的见到他们时，我一定要记得说：'爸爸妈妈，这是 A。你们一定以为这是你们第一次见到他，但实际上，你们以前见过他，当时他在我的身体里。'"

"我敢肯定那会非常有趣。"

当然，我们都知道这根本不会有趣。我无法去见她的父母，至少无法作为我自己去。

我不再说话，她也不说话了。我不知道在接下来的沉默中她是不是在思考这件事，但至少我是。

"这种事不会再发生了，对吗？"最后她说，"你从没进入同一个人的身体两次。"

"是的。这不会再发生了。"

"这么说你别见怪，但我确实松了一口气，因为睡觉的时候我不用想我醒来后会不会被你控制着。这种事发生一次我还能应付，但要是习惯性地发生就不好了。"

"我保证不会了——虽然我想习惯性地陪在你身边，但不是以这种方式。"

我想我必须离开，我还要明确我们该何去何从。我们不再想过去，只享受现在，可是我意识到未来成了我们的羁绊。

"你看到了我的生活。"她说，"给我一个可行的建议吧。"

"我们会找到方法的。"我对她说。

"这可不是答案，这只是一种希望。"

"是希望带着我们走了这么远，而不是答案。"

她对我露出了一丝笑容。"说得好。"她抿了一口咖啡，我知道她要问另一个问题了，"我知道这个想法很奇怪，但是……我一直想要知道，你真的既不是男孩也不是女孩吗？我指的是，当你在我身体里时，你有没有感觉……比你在一个男孩的身体里更自在？"

她一直被这件事所困扰，这让我觉得很有趣。

"我就是我。"我对她说，"我总是感觉很自在，但又从没真正感觉自在过。就是这样的。"

"当你和别人接吻的时候呢？"

"都一样。"

"做爱的时候呢？"

"狄伦脸红了吗？"我问，"现在，他脸红了吗？"

"是的。"莱安娜说。

"好吧，因为我知道我脸红了。"

"你从没有……？"

"这对我不太公平……"

"从来没有！"

"很高兴你发现了这个有趣的秘密。"

"抱歉。"

"和一个女孩有过。"

"真的吗?"

"是的。就昨天,我在你的身体里,你不记得了吗?我想我可能会让她怀孕。"

"这并不好笑!"她说,但是她还是笑了。

"我眼中只有你。"我说。

短短的六个字,让我们的谈话再次变得严肃起来。我能感觉到这就像是骤变的天气,就像是云遮住了太阳。笑声停止了,在笑声停止后,我们就这么坐着。

"A……"她开口了。可我不想听,我不想听关于贾斯汀的事,或者我们不可能在一起,或者其他任何我们不能在一起的原因。

"现在先别说。"我说,"让我们停留在这个美好的时刻吧。"

"好吧。"她说,"我可以这么做。"

她问我当我在她身体里时还注意到了什么,我告诉她我注意到了那块胎记,还注意到了她班上形形色色的人,还有她父母对她的关心。我还和她分享了关于瑞贝卡的记忆,但是我没有告诉她我所观察到的贾斯汀,因为这些她已经知道了,无论她是否会对我或是对她自己承认这些。我没有提到她眼睛周围的细纹还有她的粉刺,因为我知道这会让她不开心,尽管我觉得这些让她的美丽更加真实。

我们都要回家吃晚饭了,但是我只想她在离开时给我一个承诺——我们很快可以再次共享美好的时光。明天,如果不行的话,那就后天。

"我怎么能拒绝呢?"她说,"我迫不及待想要看看下一次你会变成什么人。"

我知道这是个玩笑，但是我必须告诉她："我永远是 A。"

她站起来，吻了我的额头。

"我知道。"她说，"这就是我见你的原因。"

我们留下了一段美好的回忆。

第 6017 天

　　我已经两天没有去想与内森有关的事情了，但是显然内森这几天仍惦记着我。

　　周一，晚上 7:30

　　我还在等你的证据。

　　周一，晚上 8:14

　　你为什么不回话？

　　周一，晚上 11:43

　　你对我做了这些，应该给我一个解释。

　　周二，早上 6:13

　　我根本睡不着。我想知道你会不会再回来，我想知道你还会对我做些什么，你是不是疯了？

周二，下午 2:30
你一定是魔鬼，只有魔鬼才会这么对我。

周三，凌晨 2:12
你知道这一切对现在的我造成了什么影响吗？

我觉得我应该担负起责任，但这也让我很为难。这件事让我步履缓慢，而且每一步都很沉重。与此同时，它也阻止我介入任何毫无意义的事情。

现在是早晨六点，瓦妮莎·马丁内斯早早地起床了。读了内森的邮件之后，我思索着莱安娜说过的话，还有她所害怕发生的事情。我应当给内森一个回复。

这种事绝不会再发生了，绝对不会。我无法解释得更多，但有一点我是知道的：这种事只会发生一次，然后你会继续你的生活。

两分钟后他给我回信了。

你是谁？我怎么才能相信你？

我知道我做出的任何回复，都有几秒钟之内被贴在普尔网站上的风险。我并不想告诉他我的真实姓名，但是我觉得如果我告诉他一个名字，他就不会把我看得那么像魔鬼了，他会觉得我和他一样，是一个人。

我叫安德鲁。你必须相信我，因为我是唯一真正了解发生在你身上的事情的人。

毫无意外地，他回复道：

证明你说的。

我告诉他：

你去参加了一个派对，你没有喝酒。在那儿，你和一个女孩聊天。最后她问你想不想去地下室跳舞，你和她去了，你们大约跳了一个小时。你忘记了时间，忘记了自己。那是你生命中最妙不可言的时刻。我不知道你还记不记得，但是或许当你再次像这样跳舞的时候，你会对这样的场景感到熟悉，那时你就会知道你以前也有过这样的经历了。你忘记了那一天，但是又找回了一部分记忆。

这样的解释还不足以让他满足。他又追问道：

但我为什么要去那里？

我尽量简洁地回答：

你去那里是为了和那个女孩聊天。就那一天，你想要和那个女孩聊天。

他问：

她叫什么名字？

我不能让莱安娜卷进这件事，但我又无法解释这整个故事，所以我只好选择回避。

这并不重要，重要的是在那个片刻，一切都是值得的。你那么快乐，以至于忘记了时间。这就是后来你出现在路边的原因。你没有喝酒，没有撞车，你只是没有时间了。

我很清楚这听起来很可怕，我也知道这令人难以置信，但这种事情不会再发生了。

没有答案的问题只会让你崩溃。好好生活吧。

这是事实，但这并不足够。他又来信了：

这样你就轻松了，对吗？如果我不再纠缠你，好好生活的话。

我每一次给他机会，每一次告诉他真相，都减轻了我肩负的压力。我很理解他的疑惑，对于他的敌意我视而不见。

内森，我根本不关心你做什么或是不做什么，我只是试图帮助你。你是一个好人，我不是你的敌人，从来都不是。我们之前碰巧有过交集，现在我们已经毫无关系。

现在我要下线了。

我关闭了网页，然后打开了一个新的窗口，看看莱安娜有没有给我发邮件。我意识到我还没有计算现在我离她有多远，当我发现我距离她有近四个小时的车程时，我感到很沮丧。我通过邮件把这个消息告诉了她，一个小时后，她回信说无论如何今天很难见面了。所以我们寄希望于明天。

与此同时，我还要顾及瓦妮莎·马丁内斯的生活。她每天早晨至少要跑两英里，现在时间已经晚了。她只能跑一英里，我几乎能听见她在责备我。吃早餐时，谁也不说话——瓦妮莎的父母和姐姐似乎很怕她。

这是我对瓦妮莎的第一印象，随后在这一天里，我一次又一次地证实了瓦妮莎·马丁内斯并不是一个友善的人。

到了学校，当她见到她的那些朋友时，他们也都怕她。他们穿的衣服虽然并不相同，但都是同样的剪裁风格，要知道，是瓦妮莎命令他们这样的。

她是一个恶毒的人，我甚至觉得我也被她影响了。每次当有什么事情需要讨论的时候，所有人都看着她，希望她先发表意见，甚至连老师也不例外。然而我发现这一片沉默让我语塞了，那些恶言恶语堵在了我的嘴边。我看见所有没有按照我的要求穿衣服的女孩，我知道要整她们简直易如反掌。

劳伦居然背着个背包？我猜在她胸部发育之前，她看起来就像个三年级的小学生。哦，我的天哪，费莉希蒂怎么会穿这么一双袜子？上面是小猫的图案吗？我以为只有恋童癖才会穿这种东西。肯德尔的头上又是怎么了？我想不会有比一个毫不性感的女孩想要打扮得性感更可悲的事情了。我们应该为她募捐，这太可悲了。好像受到龙卷风侵害的灾民都会说："不，说真的，我们不需要这些钱，把钱给那个不幸的女孩吧。"

我不想让这些想法存在于我脑海中的任何角落。奇怪的是，当我遏制这些想法，不让瓦妮莎大声说出来的时候，我并没有从周围的人那里感到宽慰，相反我感觉到了失望。他们都很无聊，他们的无聊是人性中的卑劣所造成的。

瓦妮莎的男朋友是一个名叫杰夫的运动员，他以为瓦妮莎今天来例假了。她最好的朋友同时也是她的第一跟班辛西娅问她是不是家里有人去世了。他们知道瓦妮莎有些不对劲，但绝对猜不到真正的原因。他们当然不会想到她被魔鬼附体了。即便能往这方面想，他们也会怀疑今天瓦妮莎身上的魔鬼休假了。

我知道我想要改变瓦妮莎是很愚蠢的。我可以下午逃课，让她去报名参加流动厨房的志愿者活动，但是我确信当她明天到了那里，她只会嘲笑那些无家可归的人的穿着，以及他们施舍给别人的汤。我能做的最好的事情大概就是让瓦妮莎出丑，这样别人也可以嘲笑她了（你们都看过瓦妮莎·马丁内斯穿着丁字裤走过走廊的视频了吗？她嘴里还哼着《芝麻街》里的歌曲。然后她跑进了女厕所，把头放在马桶里冲）。这会有损她的威信，我确信这个以其人之道还治其人之身的方法也会令我作呕。

所以我不打算改变她。我只要在这一天遏制她的愤怒就可以了。

让一个恶人表现得友善真是让人筋疲力尽，这就是为什么对他们来说做恶人要容易得多。

我想把这一切告诉莱安娜。因为不管发生什么事，她都是我想要倾诉的对象。这是爱情最基本的标志。

我只能发邮件，但这是远远不够的。我开始对只依靠文字的交流感到厌倦，这样的交流的确是有意义的，但是缺乏感情。给她写信和看着她侧耳倾听是完全不一样的，看她的回信和听着她的声音也是完全不一样的。我一直对现代科技心存感激，但是此时此刻我要感慨任何通信互动都无法消除距离上的障碍。我想去莱安娜那里，这个想法让我害怕。所有我往常一个人时的那种自在感都荡然无存，现在我知道了存在所带来的更为强烈的自在感。

内森也给我发邮件了，我就知道他会这么做。

你现在还不能离开，我还有更多问题要问。

我没有心思去告诉他这样看待世界是不对的。这只会给他带来更多的疑问，每个答案都会引出更多的问题。

生存下去的唯一方法是抛开这些问题。

第 6018 天

今天我是一个叫乔治的男孩，我距离莱安娜只有四十五分钟的车程。她给我发来邮件说她午饭时就会离开学校。

然而，我的日子却不怎么好过，因为今天我要在家上学。

乔治的爸爸妈妈是全职在家的，乔治和他的两个兄弟每天也都待在家里。大多数家庭用来做娱乐室的房间成了乔治家的"教室"。父母在这个房间里给他们放置了三张书桌，这些书桌像是来自二十世纪学校的教室里。

在家里不能睡懒觉。七点钟我们都要起床，关于洗澡的顺序问题我们还制订了一个协议。我想方设法地挤出了几分钟，打开电脑去读莱安娜的邮件，然后给她回信，说我们要看看今天会发生什么事情。然后，到了八点钟，我们都坐到了书桌旁，我们的妈妈给我们上课，而我们的爸爸在房间的另一边工作。

通过乔治的记忆，我了解到除了这里，他从没进过其他教室，因为他父母关于教育方法的问题，和他哥哥幼儿园的老师吵了一架。我不敢想象什么样的幼儿园的教育方法那么可怕，会让一个家庭永远与学校隔绝，但我无法获得关于这件事的信息，因为乔治也不清楚。他只是这件事的附属品。

我以前也在家上过学，为了确保孩子们有探索和成长的空间，我的父母也参与了。但那些经历不同于这里。乔治的妈妈非常严格，而且固执至极，她也是我见过的说话最慢的人。

"孩子们……我们要谈谈……有关……导致……内战……爆发……的事件。"

我们兄弟几个都敷衍地听着。我们的眼睛一直盯着前方，完美地呈现了一出神情专注的哑剧。

"南方的……总统……是……一个……叫……杰弗逊……戴维斯……的人。"

我不愿意被人以这样的方式劫持，尤其是莱安娜很快就会等我去见她了。所以在一个小时后，我决定用内森的方法。

我开始提问。

杰弗逊·戴维斯的妻子叫什么名字？

哪些州当时属于美联邦？

葛底斯堡战役死了多少人？

葛底斯堡演说的演说词全是林肯一个人写的吗？

此外还有三十几个问题。

我的两个兄弟看着我，好像我吸了可卡因，我妈妈被这些问题搞得有些慌张，她说这些问题的答案她得一个个去查。

"杰弗逊·戴维斯……结过……两次婚。他的第一任妻子……萨拉……是……扎卡里·泰勒……总统……的女儿。但是萨拉……在他们……结婚……三个月后……死于……疟疾。他第二次结婚……"

就这样又过了一个小时。我问她我可不可以去图书馆借几本关于这方面的书。

她告诉我可以，还说要开车送我去。

现在正是学校上课的时间，所以我是图书馆里唯一的孩子。管理员认识我，还知道我来自哪里。她对我很和善，但是对我妈妈的态度却冷冰冰的，这使我相信那个幼儿园老师不是镇上唯一一个让我妈妈觉得工作方式不对的人。

我找到一台电脑，把我现在所在的位置发给莱安娜。然后我从书架上拿了一本《育婴》，然后试着回忆上次我读到哪里了，那次到现在我已经历了许多个身体。我坐在窗户边的一个卡座上，一直看着来来往往的车辆，尽管我知道，还要再过几个小时莱安娜才会出现。

我花了一个小时的时间，用借来的这副身体读这本书。莱安娜找到了正在看书的我，当时我完全沉浸在阅读中，忘记了一切。一开始，我甚至没注意到她站在那里。

"嗯哼。"她说，"我发现你是这栋楼里唯一的孩子，所以一定就是你。"

这太容易了，我不能这么快承认。

"抱歉，你找谁？"我装作有些意外地说。

"是你，对吗？"

我尽可能地让乔治装作疑惑的样子说："我认识你吗？"

这下她开始怀疑自己的判断了。她说："哦，对不起。我只是，呃，要找一个人。"

"他长什么样呢？"

"我，呃，不知道。就是一个网友。"

我嘀咕着说："你不是应该在上学吗？"

"你不是也应该在上学吗？"

"我不能。我要见眼前这个美丽动人的姑娘。"

她严厉地看着我说："你这个浑蛋！"

"对不起，我只是……"

"你这个浑蛋……浑蛋。"

她真的生气了，这下我真的搞砸了。

我从座位上站了起来。

"莱安娜，对不起。"

"你不能这么做，这不公平。"她转身要走。

"我不会再这么做了，我保证。"

"我真不敢相信你会这么做。看着我的眼睛，再说一遍，你保证。"

我看着她的眼睛说："我保证。"

我以为这样就行了，但并不是。"我相信你。"她说，"但你还是一个浑蛋，除非你做出证明。"

我们趁管理员不注意的时候溜了出去。我担心有法律要求必须对那些外逃的家庭学校的孩子进行举报。而且乔治的妈妈两个小时后就会回来，所以我们的时间并不多。

我们去了镇上的一家中餐厅。即便那里的人认为我们应该在上学，他们也不会声张。莱安娜告诉我她早晨过得平淡无奇，史蒂夫和史蒂芬妮又吵架了，但是没过多久又和好了。我对她说了我在瓦妮莎身体里的感觉。

"我认识很多这样的女孩。"当我说完后莱安娜告诉我，"真正擅长那么做的人最危险。"

"我想她就很擅长那么做。"

"好吧，我很庆幸没有见到她。"

但是你也没有见到我，我心想。不过我没有说出口。

我们的膝盖在桌子底下碰到了一起。我把手伸向她的手，然后我们就这样握着手。我们继续聊着天，好像这些都没有发生，好像我们根本感觉不到生命的脉搏。

"对不起，我刚才不该叫你浑蛋。"她说，"我只是……这太折磨人了。我当时很确定我是对的。"

"我就是个浑蛋。我理所当然地认为这没什么大不了的。"

"贾斯汀有时候也会这么做。假装没听见我告诉他的事情，或者捏造一个故事，然后在我上当的时候笑话我。我讨厌这样。"

"对不起……"

"不，不要紧。我的意思是，贾斯汀并不是第一个这么做的人。我觉得由于我自身的某些原因，导致别人都喜欢捉弄我。如果有机会的话，我也会这么做，去捉弄一下别人。"

我把筷筒里的所有筷子都拿了出来，放在桌子上。

"你在做什么？"莱安娜问。

我尽可能地用这些筷子拼成一个巨大的心形的轮廓。然后我用小包装的低脂糖把中间填满。低脂糖不够，我又从别的桌子上拿了一些过来。

弄好后，我用手指着桌子上的心。

"这个，"我说，"只代表我对你九千万分之一的爱。"

她笑了。

"我不会当真的。"她说。

"那还有什么能当真？"我说，"你应该相信这是真的。"

"其实你用的是人造甜味剂。"

我拿起一包低脂糖朝她扔了过去。

"并不是所有东西都有象征意义！"我大声说道。

她拿起一根筷子，像舞剑一样挥动起来。我也拿起一根筷子，跟她对抗。

当食物送来时，我们还在打斗着。我一不留神，她戳中了我的胸口。

"我死了！"我宣布。

"请问木须鸡肉是谁点的？"服务员问。

整顿饭的时间，服务员继续任由我们边笑边说。他显得很专业，当你杯子里的水只剩下一半时，他就会悄无声息地帮你加满。

当我们吃完后，他给我们拿来了幸运饼干。莱安娜把她的饼干掰成整齐的两半，她看了看里面的字条，皱起了眉头。

"这不算是好运气。"她说着，把字条给我看。

你有一脸迷人的笑容。

"你错了。你将会有一脸迷人的笑容——这就是好运气。"我告诉她。

"我想换一个。"

我扬起了眉毛……或者说我在尝试这么做。我很清楚我看起来就像是中风了一样。

"你经常调换幸运饼干吗？"

"不，这是第一次。我想，这是一家中餐厅……"

"所以他们不那么当真？"

"是的。"

莱安娜把服务员叫了过来，解释了一下她尴尬的状况，服务员答应帮她换一个。当再次回到我们的餐桌旁时，他给莱安娜拿来了半打幸运饼干。

"我只需要一个。"她对服务员说，"请等一秒钟。"

莱安娜掰开了她的第二块幸运饼干，服务员和我都盯着看。这一次，她露出了一脸迷人的微笑。

她把字条给我们看。

冒险即将到来。

"谢谢你，先生。"我对服务员说。

莱安娜用手戳了戳我，让我掰开我的幸运饼干。我照做了，结果发现里面的字条和她的完全一样。

我没有还回去。

我们大约用了半个小时的时间回到图书馆。我们走进去的时候被管理员看见了，但是她什么都没说。

"那么，"莱安娜问我，"接下来我们该看什么书呢？"

我把《育婴》给她看。我给她详细介绍了《偷书贼》这本书。我拉着她去找《摧毁所有的汽车》和《地球上的第一天》。我告诉她这些年来这几本书一直陪伴着我，不曾随时间而改变，尽管我一直在改变，但始终没有忘记这些故事。

"你有什么推荐呢？"我问她，"你觉得我接下来应该读什么书？"

她拉着我的手，把我带到了儿童读物区。她四处看了看，然后走到一个书架前。我看到那里放着一本绿皮书，不觉惊慌起来。

"不！不要那本书！"我说。

然而她并没有拿那本绿皮书。她是要去拿《哈罗德和紫色蜡笔》。

"你怎么会不喜欢《哈罗德和紫色蜡笔》呢？"她问道。

"抱歉。我还以为你是去拿《爱心树》呢。"

莱安娜像看着一只笨鸭子那样看着我，说："我最讨厌《爱心树》。"

我总算可以放心了。我说："谢天谢地。如果那是你最喜欢的书，我们也就没必要继续相处下去了。"

"给你——拿走我的胳膊！拿走我的腿！"

"拿走我的头！拿走我的肩膀！"

"因为这就是爱！"

"那个孩子，是百年难得一见的大浑蛋。"我说，我很清楚莱安娜知道我是什么意思。

"也是整个文学史上最大的浑蛋。"莱安娜厌恶地说。然后她放下手中的《哈罗德和紫色蜡笔》，走到我身边。

"爱绝不会意味着要你失去四肢。"我对她说，同时走过去亲她。

"说得对。"她小声说，她的嘴唇一下子贴到我的唇边。

这只是一个单纯的吻。我们并没有在儿童阅览室的充气沙发上做出过于亲热的举动，但是当乔治的妈妈叫他的名字时，她的声音中充满了难以遏制的震惊和恼怒。

"你知道自己在干什么吗？"她质问道。我以为她在对我说话，但是当她来到我们面前时，她不由分说地打了莱安娜。"我不知道你的父母是什么人，但是我不允许我的儿子和妓女鬼混。"

"妈妈！"我大声叫道，"不要怪她。"

"到车上去，乔治。现在就去！"

我知道这样只会让乔治的处境更加糟糕，但是我顾不得那么多了。我不能留下莱安娜独自面对她。

"冷静一点。"我用尽全身力气对乔治的妈妈嘶吼起来。然后我转身面向莱安娜，告诉她我过一会儿再找她谈。

"你绝对不许再和她说话！"乔治的妈妈发号施令道。当我想到我在她的监督之下也就只有八个小时左右了，我的内心才有了一丝愉悦。

莱安娜和我吻别，并小声说她会想办法在周末逃开。乔治的妈妈竟然揪住他的耳朵，把他往外面拉。

我笑了，而这只会让事情更加糟糕。

这像是反过来的灰姑娘的故事。我和王子跳了舞，现在我回到家，要打扫厕所了。我面临的惩罚是：打扫每一个马桶、每一个浴缸、每一个垃圾桶。原本这个惩罚已经够糟糕了，更糟糕的是，每隔几分钟，乔治的妈妈就会进来发表一个关于"肉体的罪恶"的演讲。我希望乔治没有屈服于他妈妈的威逼手段。我想和她争论，告诉她"肉体的罪恶"只是一种控制机制。如果你把一个人的快乐妖魔化，那么你就能控制他或她的生活。我说不清楚我有多少次以各种各样的形式被这个工具对付过了。但是我从未在吻中看到过罪恶，我只在谴责中看到过罪恶。

我没有对乔治的妈妈说这些话。假如她是我的全职妈妈，我会说这些。假如我是那个承担后果的人，我会说这些。可我不能这么对乔治，我已经扰乱了他的生活。我希望事情会变得更好，但是可能会变得更糟糕。

给莱安娜发邮件是不可能了，必须等到明天。

我完成了所有的打扫任务。乔治爸爸似乎受到了妻子的影响，也发表了一番言论。然后我早早地上了床，尽情享受独自一人的寂静时刻。如果我在作为莱安娜时留下过任何证据，那么我也可以在乔治的记忆中构建一些内容。于是我躺在床上，构想了一个备选的真相。乔治将会记得他去过图书馆，遇见了一个女孩。这个女孩在此处人生地不熟，她妈妈去看望一位老同事时把她送到了图书馆。女孩问乔治在看什么书，他们的交流就此开始。他们一起去吃了中餐，度过了美好的时光。他是真的喜欢她，她也是真的喜欢他。然后他们回到图书馆，谈论起《爱心树》，接着他们接了吻。这时候，乔治的妈妈来了。这就是乔治妈妈阻止的事情，意想不到却非常美妙的事情。

女孩消失了，他们未曾问过对方的名字。乔治不知道她住在哪里。所有的一切发生在片刻之间，然后便烟消云散。

我为乔治留下了向往，这也许是一件残忍的事情，但是我希望他带着这份向往离开这个小小的房子。

第 6019 天

第二天早晨我就幸运多了。我在苏瑞塔的身体里醒来，她的父母常年在外，她九十岁的老奶奶在家照看她，她奶奶似乎并不管苏瑞塔做些什么，只要苏瑞塔不妨碍她看竞赛表演网的节目就可以了。我距离莱安娜只有一个小时左右的车程，为了避免她多次缺席而被校长叫去谈话，我约她放学后在三叶草书店见面。

她制订好了一整套计划。

"我对所有人说周末我要去看望我奶奶，我又告诉爸爸妈妈我要去瑞贝卡家，所以我自由了。今晚我确实会待在瑞贝卡家里，但我想明晚我们可以……去某个地方。"

我告诉她我喜欢她的计划。

我们去了公园，在那里四处游荡，在攀缘架上玩耍，一起聊天。我注意到，当我在女孩的身体里时，她对我不那么热情，但我并不在意。她还是和我在一起，她还是很快乐，这就够了。

我们不去谈论有关贾斯汀的事情。我们不谈论我明天会在哪里，因为我也不知道答案。我们也不谈论我们到底该怎么办才好。

我们把这些都抛到脑后，只管尽情享受。

第 6020 天

泽维尔·亚当斯不会想到自己将会这样度过周六。中午他应该去排练戏剧，但是一离开家，他就给导演打电话，说自己得了严重的感冒，大概要休息二十四个小时。导演很通情达理，这出戏是《哈姆雷特》，泽维尔扮演的是雷欧提斯，因此许多场景没有他也可以排练。所以泽维尔自由了……他立刻去找莱安娜。

她只给我指明了一个方向，但没有告诉我最终的目的地是哪里。我开车走了大约两个小时，向西到达了马里兰州腹地。最终我被引到了隐藏在树林中的一间小屋。如果不是莱安娜的车停在小屋前，我肯定会认为自己迷路了。

我下车的时候，她就站在门前等我。她看上去既高兴又有些紧张，而我仍然不知道自己是在哪儿。

"今天的你真漂亮。"当我走近时，她对我说。

"我有法裔加拿大籍的爸爸和克里奥尔族的妈妈。"我说，"但是我一句法语都不会说。"

"这次你妈妈不会再出现了，对吧？"

"不会了。"

"很好。那么我这样做也不会被人打了。"

她深情地吻我，我也同样深情地吻她。一瞬间，我们开始用身体交流。我们走过门廊，进了小屋。但是我没有看屋内的环境，我只顾感受、品味着她的甜美，当她抱紧我的时候，我也抱紧她。她脱下我的外衣，我们踢掉脚上的鞋，然后她推着我向后退。床沿从后面顶住了我的腿，我们笨手笨脚但又非常快活地纠缠在一起，我躺下，她把手放在我的肩膀上，我们就这样一刻不停地亲吻着。我们的呼吸变得急促，身体发烫。我们紧贴着对方的同时，脱下了衣服，然后我们的肌肤贴在了一起，我们笑着、低语着，强烈的感情就在这最细微的动作和最微妙的感觉中迸发了。

一阵热吻之后，我把身体向后挪了挪，注视着她。她也静了下来，注视着我。

"嘿。"我说。

"嘿。"她说。

我用手触摸着她的脸和锁骨的伏线，她的手指顺着我的肩膀和后背游走。她吻着我的脖子和我的耳朵。

我开始第一次环顾周围。这是一所单间的小屋，卫生间一定在屋后。墙上挂着鹿头饰品，它的玻璃眼睛正盯着我们。

"我们这是在哪儿？"我问。

"这是我叔叔用来狩猎的小屋。现在他在加利福尼亚，所以我知道我们闯进这儿是安全的。"

我注意到了破碎的窗户还有强行进入的痕迹。"你是打破窗户进来的?"

"嗯,是用备用钥匙进来的。"

她的手挪到了我胸口中央的那片毛发上,然后又挪到我的心跳处。我把一只手安放在她身旁,轻轻地在她光滑的肌肤上游走。

"这可真是个不错的欢迎仪式。"我对她说。

"还没完呢。"她说。就这样,我们再次亲密地纠缠在了一起。

我让她主导着一切。任她解开我牛仔裤上的扣子,任她拉开我裤子的拉链,任她脱掉自己的胸罩。我完全跟随她的节奏,但是这每一步的发展,都让我备感压力。我们会发展到哪一步?我们又应该发展到哪一步呢?

我知道我们裸露的身体意味着什么。我知道这是一种信任、一种渴望。当我们相互间完全坦诚的时候,就该是这样。当我们不想再隐藏什么时,就该走到这一步。我希望得到她,我希望得到这一切,但是我又感到恐惧。

我们的身体像被欲望燃烧了一般翻滚着,然后我们放慢了节奏,如梦幻般地扭动着。这不是我的身体,但这却是她想要的身体。

我觉得自己像一个替代品。

这就是压力的来源,这就是我犹豫的诱因。现在我完全能够和她在一起,但明天或许不行。我能够享受今天,享受这一刻,但是明天,却不行。明天我就会离开。

我想和她一起入睡,我太想和她一起入睡了。

但是我也想第二天在她身边醒来。

我的身体已经准备好了，我感觉自己的身体就要爆炸了。当莱安娜问我要不要开始时，我知道我的身体做出的回答。

但是我告诉她不要，我告诉她我们不能那么做。不能，现在还不能。

尽管我们面对的是一个很现实的问题，但她还是对我的回答感到吃惊。她推开我的身体，看着我。

"你确定吗？我想要。如果你是担心我，那没必要。我想要。我……准备好了。"

"我想我们不该那么做。"

"好吧。"她说着，把身体挪得更远了。

"不是你的问题。"我对她说，"也不是我不想。"

"那是为什么？"她问。

"感觉有些不对。"

"贾斯汀的事情让我去考虑。"她说，"现在是你和我之间的事，是不一样的。"

"但这不仅仅是你和我之间的事。"我对她说，"这也关系到泽维尔。"

"泽维尔？"

我指着自己的身体说："泽维尔。"

"好吧。"

"他以前从来没有做过。"我告诉她，"感觉有些不自然……这是他的第一次，而他自己都不知道。如果我那么做了，我会觉得自己从他身上夺走了什么。这似乎有些不对。"

我不知道自己所说的是否正确，我并不打算进入他的记忆寻找答案。因为这个理由可以让莱安娜停下来，这个理由可以让人接受并且不会伤害她的自尊。

"好吧。"莱安娜再次说道。然后她把身体向我靠近,依偎在我的旁边,"你觉得他会介意这样吗?"

我的身体放松了下来,以不同的方式享受着。

"我定个闹钟,"莱安娜说,"这样我们就可以一起睡觉了。"

我们抱在一起,赤裸裸地躺在床上。我的心仍在加速跳动,当心跳减慢后,我的心跳与莱安娜的心跳速度一致了。我们钻进了彼此情感所编织的最安全的茧,我们就躺在那里,沉醉于这个美妙的时刻,我们轻轻地坠入对方的柔情,沉入了梦乡。

叫醒我们的不是闹钟,而是窗外的鸟叫声,是风吹打着屋檐的声音。

我不得不提醒我自己,正常人也会有这种感觉:欲望的产生只是一时的,但它却永远不会泯灭。欲望想要眼前的所有保持更长的时间,甚至超过欲望本身存在的时间。

"我知道我们不应该谈这个话题,"我说,"你为什么会和贾斯汀在一起?"

"我不知道。"她说,"我以前认为我知道答案,但是现在我不知道。"

"你曾经最喜欢的是谁?"她问。

"我最喜欢的?"

"你最喜欢的身体,你最喜欢的人生。"

"我曾经寄居在一个盲女孩的身体里面。"我告诉她，"当时我十一岁，或者十二岁。我不知道她是不是我最喜欢的，但是我在一天内从她身上学到的东西比我一年之内从大多数人身上学到的东西还要多。那次经历让我了解到，我们感知世界的方式是多么随意和固执。不仅仅因为她的其他感官更加敏锐，还因为我们正常人只根据我们的所见来判断世界。对我来说，那是一个巨大的挑战。但对她来说，那就是她的人生。"

"闭上你的眼睛。"莱安娜小声说。

我闭上眼睛，她也是。

我们用不同的方式感受各自的身体。

闹钟响了，我不希望时间过得如此快。

我们没有开灯，所以当夜幕降临时，房间也变得昏暗了。在黑暗和阴霾中，透着微弱的光。

"我要在这儿待一会儿。"她说。

"我明天再来。"我承诺道。

"我想终止这一切。"我告诉她，"如果我可以，我想终止每天的身体变化。我想和你待在这里。"

"但是你无法终止这一切。"她说，"我明白。"

时间就像无形的闹钟催促着我。在看闹钟之前，我根本不知道一个小时前我就该走了。戏剧彩排已经结束。虽然泽维尔在这之后会和朋友出去，但是他也应该马上回家了，并且在午夜前必须到家。

"我会等你。"莱安娜对我说。

我要走了，把她一个人留在床上。我穿上衣服，拿起钥匙，关上身后的门。我不断地回头，回头看她。即使我们之间隔着墙，即使我们之间隔着数英里，我依旧不断地回头，朝着她的方向望去。

第 6021 天

我醒来至少有一分钟了，但是我不知道我是谁。我唯一能感受到的就是这副身体，还有正不断袭来的疼痛感。我的思绪很模糊，像是有个老虎钳在挤压我的脑袋。我睁开眼睛，刺眼的灯光差点照瞎我的眼睛。

"达娜，"外面传来一个声音，"现在是中午了。"

我不在乎现在是不是中午，我根本不在乎任何事情。我只想消除身上的疼痛。

或者说这也不是我想要的。因为当疼痛暂时停止时，我就开始恶心。

"达娜，我不会让你就这么睡一整天。不许你出门并不表示你就可以睡一整天。"

我又试着睁开眼睛，并保持这样的状态，房间里的灯光就像阳光那么刺眼。

达娜的妈妈低头瞪着我，既悲伤又气恼。

"P医生再过半个小时就到了。"她对我说，"我想你必须见见他。"

我像疯了似的在记忆中搜索，但是我的神经系统好像都浸在了焦油里，什么也分辨不清。

"我们已经想尽了办法，昨天晚上你却玩这样的把戏……我真不知道该怎么说才好。我们全心全意地关心你，而你却做了些什么？你爸爸和我已经受够了，再不能这样纵容你了。"

昨天晚上我干什么了？我只记得我和莱安娜在一起，还记得身为泽维尔的我回到家，打电话和朋友聊天，听他们说戏剧排练的事情。但是我无法获取达娜的记忆，她喝了太多酒，什么都不记得了。

泽维尔今天早晨也是这样一种感觉吗？脑海中一片空白？

我希望不是，因为这实在太可怕了。

"你有半个小时的时间洗澡穿衣服，别指望我会帮你。"

达娜的妈妈摔门而去，猛烈的关门声几乎穿透了我整个身体。当我开始挪动身体时，我感觉自己好像被困在二十英里深的水底。当我要往上游的时候，又受不了浅水处的压力变化。事实上我只有抓住床柱才能稳住自己，而当我伸手去抓的时候，又差一点抓空。

我真的一点不在乎 P 医生或是达娜的父母。我所担心的是，达娜必须自己完成这些事。她的这些痛苦是自作自受，她一定是喝了很多酒才变成现在这样。我起床不是为了她，我起床是因为在这附近的某个地方，莱安娜正独自待在狩猎的小屋里等我。我不知道该怎么离开这里，但是我必须离开。

我吃力地穿过走廊，走进浴室。我打开了花洒，站在那里冲了至少一分钟，完全忘记了自己为什么站在这里。水流在我的身后奏起了一首令人压抑的乐曲，然后我回过神来，走到了花洒下面。水流让我稍微清醒了一些，但是有了一丝清醒的我还在挣扎着。我一不小心就会跌进浴缸，在一刻不停的水流中昏睡过去，我的脚还会把排水口给堵上。

当我回到达娜的房间后，我任由浴巾掉在地上，不去管它，然后就近随手拿了件衣服穿上。房间里没有电脑，没有电话，我无法和莱安娜取得联系。我知道我应该在家里找找，但是光是想想这件事就让我感到很吃力了。我需要坐下，躺下，闭上眼睛。

"快醒醒！"

这声命令就像之前猛烈的关门声一样突然，声音有之前的两倍大。我睁开眼睛，看见了达娜愤怒的爸爸。

"Ｐ医生来了。"达娜的妈妈从她爸爸身后插话道，语气中带有一点安抚。也许她对我感到抱歉，也许她只是不想看到她的丈夫在目击者面前杀了我。

我在想，既然医生上门来看病了，是不是我现在的感觉不完全是宿醉。但是当Ｐ医生坐在我身边时，我没有看到医用包，只看到了一个笔记本。

"达娜。"她语气温和地说。

我看着她，坐了起来，尽管我的脑袋里乱哄哄的。

她转过身面向我的父母。

"好了，你们可以离开了。"

于是他们就照医生说的做了。

我还是无法获取任何记忆。我只知道目前的情况，但这一切都隔着一堵黑暗的墙。

"你愿意跟我说说发生了什么吗？"Ｐ医生问。

"我不知道。"我说,"我不记得了。"

"那么糟糕?"

"是的,的确很糟糕。"

她问我父母有没有给我吃泰诺片,我说没有,从我醒来到现在还没有。接着她离开了一会儿,回来时带着两粒泰诺片和一杯水。

我第一次没能咽下去,这两粒石灰粉味儿的小药片让我很不适应。第二次好多了,我一口气喝完了剩下的水。P医生出去帮我把水倒满,给我时间让我思考,但是我的思绪还是一团乱麻。

当她回来时,她开口说道:"你能理解为什么你父母这么失落,对吗?"

我感觉一头雾水,但又无法掩饰。

"我真的不知道发生了什么。"我说,"我没撒谎,我希望我知道。"

"你当时正在参加卡梅隆的派对。"她看着我,想知道我有没有印象,但我对此还是一无所知,于是她继续说,"你是偷偷溜出去参加派对的。一到那儿,你就开始喝酒,喝了很多酒。你的朋友们有些担心,原因很明显。但是他们并没有劝阻你,只是当你要开车回家时,他们才开始劝阻你。"

我的思绪还是沉在水底,而有关这件事的记忆则浮在水面上。我知道是这样的,我知道她对我说的是事实,但是我想不起来。

"我开车了吗?"

"是的。尽管大家不让你开车,你还是把你爸爸的车钥匙抢了回来。"

"我抢回了我爸爸的车钥匙?"我大声地说出来,希望可以激发出一个画面。

"当你要开车回家的时候，有几个朋友想要阻止你。但你坚持要开车，他们也尽量劝阻。你冲着他们破口大骂，说他们是讨厌的浑蛋。当卡梅隆试图拿走你的钥匙时……"

"我怎么了？"

"你在他手腕上咬了一口，然后跑了。"

那个早晨内森醒来时，一定也是这种感觉。

P医生继续说："你的朋友丽萨给你的父母打了电话。他们很快赶来了。当你爸爸找到你时，你已经上车了。他让你停车，可你差点开车从他身上轧过去。"

我差点开车从他身上轧过去？

"不过你没这么大能耐。你醉得厉害，都无法把车开到车道上。最后你的车停在了邻居家的院子里。你撞了一根电线杆。幸运的是，没有人受伤。"

我松了口气。我在达娜的脑海里搜寻着，希望回忆起与此有关的事情。

"达娜，我们想要知道你为什么会这么做。发生了安东尼那件事之后，你怎么会变成这样？"

安东尼，这个名字确实很熟悉。但我的身体疼得厉害，疼痛是我全部的感觉。

安东尼，我的哥哥。

死在我身边的哥哥。

死在我身边，就在汽车后座上。

因为我撞车了。

因为我当时喝醉了。

都是因为我。

"哦，天哪。"我大叫起来，"哦，天哪。"

现在我想起他了。想起他血淋淋的身体，我大叫起来。

"已经过去了。"P医生说，"现在一切都过去了。"

可是并没有过去。

没有过去。

P医生给了我几片比泰诺药性更强的药。我想要拒绝，但是没用。

"我得告诉莱安娜。"我说。我没想这么说，但却脱口而出。

"莱安娜是谁？"P医生问。

我闭上双眼，不去回答她的问题。

当我睡着后，这件事浮现在我的脑海里，醒来后，我的记忆更加清晰了。但这并不是全部——我真的不记得我上了车，差点开车从我爸爸身上轧过去，最后撞上了电线杆。我的记忆一定是从那时候开始断片的。我还记得在那之前我参加派对的情形。不管是谁给了我什么酒，我都照喝不误。喝酒让我感觉舒服一些，整个人都飘飘然的。我一边和卡梅隆调情，一边继续喝酒，什么都不想。我先前想得太多了，现在要抛开一切。

像达娜的父母和P医生一样，我想要问达娜为什么要这么做。即便现在我占据着她的身体，也不知道这是为什么。因为这副身体是无法给出任何答案的。

我的手脚沉重、麻木，我支撑着坐起来。我慢慢爬下床，我需要找到一台电脑或是一部手机。

当我走到房门口时，我发现门被锁死了。屋里应该有一把钥匙可以让我出去，但是被人拿走了。

我被关在自己的房间里了。

现在他们知道我起码想起了一些事情，他们把我留在了自己的愧疚中。

然而最糟糕的是：这很奏效。

屋里没有水了，我大叫着我还要喝水。不到一分钟，我妈妈拿着一杯水来到门前。看得出来她一直在哭。她心碎了，是我让妈妈心碎的。

"给你。"她说。

"我可以出去吗？"我问，"我要去学校拿点东西。"

她摇了摇头："也许过些时候可以，吃过晚餐吧。现在，P 医生想要你记录下自己的所有感受。"

她关上门，转身走了。我找了一张纸和一支笔。

我能感受到的只有无助，我这样写道。

但是随后我就停了下来，因为我并不是作为达娜在记录，而是作为我自己。

头疼和恶心的感觉在渐渐消退。然而每想到莱安娜一个人待在小屋里，我就又觉得难受了。

我答应她了。尽管我知道这很冒险，但我答应她了。

而现在我证明的却是相信我的承诺是多么冒险。

我证明的却是我无法兑现承诺。

达娜的妈妈用托盘给我端来了晚饭，好像我是一个病号。我谢过了她，随后我就意识到这是我一直以来最该说的话。

"对不起。"我对她说，"我真的真的感到抱歉。"

她点了点头，但是我知道一句"抱歉"是远远不够的。

在这之前，我一定对她说了太多句"抱歉"。某些时刻——或许就是昨晚——她一定已经不再相信我说的话了。

我问她爸爸去哪儿了，她告诉我他去修车了。

他们决定明天让我去上学，到时候我必须向我的朋友们道歉。他们说我可以用电脑做作业，但是与此同时，他们会坐在我身后。

想给莱安娜发邮件是不可能了。

他们应该也不会把手机还给我。

看来我永远不会想起前一天晚上的事情了。晚上剩余的时间我都盯着记忆中的那片空白区域，我不禁觉得那些记忆又回来了。

第 6022 天

我计划早一点起床，大概六点时，给莱安娜发邮件好好地解释。我希望她没有一直在那里等我。

但是还没到五点我就被摇醒了，我的计划也就泡汤了。

"迈克尔，该起床了。"

是我的妈妈，准确地说，是迈克尔的妈妈。与达娜的妈妈不同的是，迈克尔的妈妈声音中充满了歉意。

我以为是我该去参加游泳训练了，或是上学前还有什么事情要做。但是当我起床后，我的脚碰到了一只行李箱。

我听见妈妈在隔壁的房间叫我的妹妹们起床。

"我们要去夏威夷了！"她兴高采烈地说。

夏威夷。

我通过记忆知道了是怎么一回事，没错，我们今天早晨要去夏威夷。迈克尔的姐姐要在那里举行婚礼。迈克尔一家决定要在那里度假一周。

只是对我来说不会是一周。因为为了能够回来，我在那一天不得不在一个家住马里兰州的十六岁男孩的身体里面醒来，而这可能需要数周甚至数月的时间。

这可能永远不会发生。

"还有四十五分钟车就到了！"迈克尔的爸爸大声说道。

我绝不能去那里。

迈克尔的衣柜里大多数是一些重金属乐队的T恤。我挑了一件穿上，又穿了一条牛仔裤。

"你穿这样的衣服国安部会对你做全身检查的。"当我走到大厅，经过一个妹妹的身边时，她说。

我还在想该怎么办。

迈克尔没有驾照，所以我想偷他父母的车开出去是行不通的。他姐姐的婚礼要到周五才会举行，所以我不会影响他的出席。可我想骗谁呢？即便婚礼是在今晚，我也不会登上那架飞机的。

我知道我会给迈克尔惹上大麻烦。我写了一张字条放在厨房的桌子上，向他的家人表示深深的歉意。

我今天不能去夏威夷了，很抱歉。今天晚些时候我才会回家。你们自己去吧，我会想办法在周四赶到那里的。

趁着所有人都在楼上，我从后门溜了。

我原本可以叫一辆出租车，但是我担心他父母会打电话给当地的出租车公司，去询问最近有没有搭载迷恋重金属音乐的青少年。我距离莱安娜有至少两个小时的车程，我乘坐了我能找到的最近的巴士，我问司机怎样才能到达莱安娜所在的那个小镇。他笑着说："乘轿车去。"我告诉他这不在我的选择范围，然后他告诉我，我可能得先坐车到巴尔的摩，然后再坐车往回走。

这大概需要七个小时。

我到那儿的时候，学校还没放学，我沿着镇中心走了大概一英里。尽管我是这么个毛发旺盛、大汗淋漓、穿着重金属乐队 T 恤、走路生风的大块头，一路上也没有人阻拦我。

我试图回忆当我占据莱安娜身体时记下的课表，我隐约记得这一节课是体育课。我去了体育馆，那里空空如也。下一站当然就是去学校后面的操场了。走到那儿时，我发现操场上正在进行一场垒球比赛，莱安娜正守着三垒。

她用眼角瞥了我一眼，我挥了挥手，我不清楚她有没有认出我来。我觉得自己站得太显眼了，就在体育老师的眼皮子底下。于是我又退回学校门口，就像一个正在休息的无业游民，只不过手里差了根香烟。

莱安娜走到一个老师面前，说了几句话。老师露出十分理解的神情，然后让另一个学生去了三垒，莱安娜开始向教学区走来。我又走回学校，在空无一人的体育馆等她。

"嘿。"她一走进来我就开口了。

"见鬼，你昨天去哪儿了？"她说。

我以前从没见过她这么生气。这种愤怒好像是一个人受了全宇宙的背叛，而不仅仅是受了某一个人的背叛。

"我被锁在自己的房间了。"我对她说，"太可怕了，那里连一台电脑都没有。"

"我一直在等你。"她对我说，"我起床后，叠好被子，吃完早餐，然后就一直在等你。我手机的信号断断续续的，我以为你是因为这个原因联系不上我。我就开始读往期的《田野溪流》①杂志，因为这是那里唯一可以阅读的东西。然后我听到了脚步声，我兴奋极了。当我听见有人来到门前时，我飞奔了过去。

"唉，来的人并不是你，而是个八十岁的老头。他带着一头死鹿。我不知道我和他谁更加惊讶。当我看到他时，我尖叫起来。他差点心脏病发作。我没有赤裸着，但也差不多了，我感到很羞愧。他一点都不亲切，他说我非法入侵。我告诉他阿蒂是我叔叔，但他不相信我。我想唯一能救我的是，阿蒂和我拥有相同的姓氏。当时我只穿着内衣站在那里，拿出我的身份证给他看。他的手上有血，他说还有其他人要来。他还以为我的车是他们当中某个人的。

"可问题是，我仍然以为你会来，因此我不能离开。我穿上衣服，当他们给那只可怜的小鹿开膛破肚时，我只能坐在一旁。我留在那里，一直等到他们离开。我又一直等到天黑。小屋里充满了血腥味，你知道吗，A？但是我还是留在那里，你却始终没有来。"

---

① 《田野溪流》：*Field & Stream*，美国的一本以钓鱼、打猎和其他户外活动为特色的杂志。

我把达娜的事情告诉莱安娜。然后我又给她讲了迈克尔的事情，还有他从家里跑出来这件事。

这让她感到了一些慰藉，但是还远远不够。

"我们究竟该怎么办呢？"她问我，"怎么办？"

我希望我能找到答案，我需要一个答案。

"到这儿来。"我说。然后我紧紧地抱住她，因为这是我唯一能给她的答案。

我们就这样站了一分钟左右，彼此都不知道接下来该怎么办。这时体育馆的门被打开了，我们推开对方，但是已经来不及了。我以为是某个体育老师或是莱安娜班里的某个女生，但被打开的门不是通往操场的，而是通往教学区的，走进来的那个人居然是贾斯汀。

"你们到底在搞什么鬼？"他说，"到底……在搞……什么鬼？"

莱安娜想要解释。"贾斯汀……"她刚开口，就被贾斯汀打断了。

"琳赛发短信说你不舒服，所以我来看看你要不要紧。好吧，我猜你现在好得不得了，可别让我扫了你们的兴。"

"别说了。"莱安娜说。

"别说什么？你这个婊子！"贾斯汀说道，此刻他正瞪着我们。

"贾斯汀。"我说。

他对着我说："还没轮到你说话呢，兄弟。"

我正要说话，但是他已经冲到我跟前。他一拳正打在我的鼻梁上，我被打翻在地。

莱安娜尖叫起来，跑过来扶我。贾斯汀一把拽住了她的胳膊。

"我就知道你是个荡妇。"贾斯汀说。

"闭嘴！"莱安娜叫道。

贾斯汀松开莱安娜，然后走回我身旁，开始对着我的身体拳打脚踢。

"这就是你的新欢？"贾斯汀叫喊着，"你爱他，是吗？"

"我不爱他！"莱安娜也冲他叫喊着，"但是我也不爱你！"

贾斯汀对着我又是一脚，我抓住他的腿，拽倒了他。他的身体撞在了地板上。我以为这样就能让他消停，但是他把腿蹬了过来，踢到了我的下巴，我的牙齿被踢得"咯咯"响。

这时候，外面响起了哨音，过了不到三十秒，女孩们就从垒球场拥进了体育馆。当她们看见这场斗殴，都被惊得大呼小叫。一个女孩跑到莱安娜的身边，看她有没有事。

贾斯汀站起来继续踢我，只是为了让所有人都看见。这对我来说算不了什么，我躲开他的攻击站了起来。我想回击他，让他吃点苦头，但是老实说我不知道该怎么下手。

此时，我必须离开了，因为很明显我不是这个学校的学生。尽管我很清楚我是这场斗殴中的失败者，他们还是可以因为我先闯入学校、引起斗殴而报警。

我一瘸一拐地走到莱安娜身边，她的那个朋友走到她身前挡住了我，但是莱安娜示意她离开。

"我必须离开了。"我对她说，"我会在我们第一次见面的星巴克等你，你什么时候来都可以。"

我感到有一只手搭在了我的肩上，是贾斯汀，他拉着我，想让我转过身去再打我。

我知道我应该面对他，如果我能够做到的话，我还应该回击他。但是我却挣脱他的手逃走了。他没有追我，他站在胜利的阳光里，看着我狼狈地逃走了。

我并不想让莱安娜哭泣，但事实上我却这么做了。

我回到公交车站，在附近的电话亭叫了一辆出租车。然后花了大概五十美元，到了那家星巴克。如果说之前我是个毛发旺盛、大汗淋漓、穿着重金属乐队 T 恤、走路生风的大块头，那么现在我则是一个毛发旺盛、大汗淋漓、穿着重金属乐队 T 恤、被人狠揍、遍体鳞伤的可怜虫。我点了一大杯黑咖啡，又在小费罐子里塞了二十美元。这样不管我的样子看起来有多吓人，他们也会让我想待多久就待多久。

我在卫生间整理了一下自己的衣服。然后我就坐在那里等着。

就这么等着。

一直等着。

直到六点以后她才来。

她没有说抱歉的话，也没有解释为什么这么久才来，甚至没有立刻走到我的桌旁。她先走到收银台点了一杯咖啡。

"我真的很需要这个。"她边说边坐了下来。我知道她指的是那杯咖啡，没有任何其他的意思。

我已经在喝第四杯咖啡，吃第二份烤饼了。

"谢谢你能来。"我对她说，这话听起来太正式了。

"我不想过来。"她说，"但那不是我真正的想法。"她看着我的脸，我的伤口，问道，"你不要紧吧？"

"我还好。"

"再提醒我一下，你今天叫什么名字？"

"迈克尔。"

她又看了看我，说："可怜的迈克尔。"

"我真想不到今天会把他弄成这样。"

"我也一样。"

我觉得我们离彼此真正想说的话足有一百英尺，我必须拉近我们彼此之间的距离。

"现在结束了吗？你们的关系？"

"是的。我猜这是你希望的结果。"

"你这么说我太可怕了。"我说，"你不是也希望结束吗？"

"是的，但不是像这样。不是这样当着大家的面。"

我伸手去抚摩她的脸，但是她退缩了。我把手放了下来。

"现在你摆脱他了。"我对她说。

她摇了摇头，看来我又说错了一件事。

"我忘了你根本不怎么了解这种事情。"她说，"我忘了你没多少经验。我并没有摆脱他，A。和某个人分手，并不代表你就摆脱了他。我还是和贾斯汀有着千丝万缕的联系。我们只是不再约会了，对我来说，要几年的时间才能彻底摆脱他。"

可是至少你已经开始了，我想这么说，至少你已经切断了一条联系。然而我还是沉默着。或许这些她都知道，但是她不想听到我说。

"我该去夏威夷吗？"我问道。

这时她突然露出了脆弱的一面。这是一个太过荒谬的问题，不过她明白我的意思。

"不，你不该去。我想让你留在这里。"

"留下来陪你吗？"

"留下来陪我，只要你能够做到。"

我想向她承诺更多，但我知道我做不到。

我们就待在那里，我们就像站在各自的钢丝上，既不向下看，也不挪动一步。

我们用她的手机查了当地去夏威夷的航班，当我们确定迈克尔无法赶上他家人乘坐的那班飞机后，莱安娜开车送我回家了。

"再跟我说说昨天那个女孩的事情。"她问道。于是我照做了。当我说完后，整个车里弥漫着悲伤的情绪，我决定再跟她说说我其他的日子、其他的生活和那些快乐的经历。我和她分享了家人唱歌哄我睡觉的记忆、在动物园和马戏团看大象的记忆，还有我的初吻以及躲在娱乐室的壁橱里差点完成初吻的记忆，还有童子军宿营、看恐怖电影的记忆。我用这种方式告诉莱安娜，虽然我没有那么多的情感经历，但是我也拥有我的人生。

我们距离迈克尔的家越来越近了。

"我明天还想见你。"我说。

"我也想见你。"她说，"但是我们都知道，不是我们想见就能够见的。"

"我希望能够见面。"我对她说。

"我也希望。"

　　我想用接吻的方式向她说"晚安"，而不是"再见"。但是当我们到迈克尔家门前时，她没有要吻我的意思。我不想勉强她，不想太过主动。同时我也不想问她，我害怕她会拒绝我。

　　我谢谢她开车送我，尽管还有很多话没有说，但我们就这样分别了。

　　我没有直接回家，而是四处闲逛打发时间。十点钟时，我来到了家门前。我通过迈克尔的记忆找到了备用钥匙。可就在我找到钥匙的同时，门突然开了，迈克尔的爸爸就站在门口。

　　起初，他一言不发。我站在路灯下，他盯着我看。

　　"我真想狠狠揍你一顿。"他说，"但是看起来已经有人替我这么做了。"

　　我妈妈和几个妹妹先去了夏威夷，而我爸爸则留下来等我。

　　为了表示歉意，我必须向他做出解释。我编造了一个我觉得值得同情的理由，我说我必须去看一场演唱会，但是没有办法提前告诉他。我感觉很难过，因为我把迈克尔的生活搅乱到如此程度。当我说话时，语气中肯定流露出了这种情绪，因为迈克尔的爸爸显得没那么敌对了，尽管他有权利这么做。我没法摆脱困境：机票改签费将从我明年的零用钱里面扣除，等我们到了夏威夷，我可能会被禁止做任何与婚礼无关的事情。在我的余生中我都会为此感到内疚，唯一欣慰的是第二天还有机票去夏威夷。

　　那天晚上，我给迈克尔编造了一个他参加过的最棒的演唱会的记忆。这是我能想到的唯一对他有意义的事情。

第 6023 天

还没睁开眼睛，我就知道我喜欢维克。从生理上来说，维克是女孩，但本质上他却是个男孩。他活在自己定义的真理之中，就像我一样。他知道自己要成为怎样的人，而大多数处于我们这个年纪的人还没有这样的概念，他们都过着相对轻松的生活。而如果你想要活在自己定义的真理之中，就必须经历从最初的痛苦到最终的慰藉这样一个追寻的过程。

我想对维克来说，今天应该是忙碌的一天，有一个历史测验和一个数学测验。还要参加乐队排练，当然这也是他一天中最期待的事情。此外，他还要和一个叫唐的女生约会。

我起床，穿上衣服，然后拿着钥匙上车了。

但是到了要转弯去往学校的路口时，我径直开了过去。

只要开三个小时的车，我就能到达莱安娜身边。我已经发邮件告诉她，维克和我要来了。我没有给她时间回复，也没给她时间拒绝我。

一路上，我回忆了维克过去的一些片段。比起生错了性别，还有一些事情是更大的难题。随着维克的成长，他必须选择面对，不过我只需要面对一天的时间。在我完全适应之前，在我顺从我的生活方式之前，我在过渡阶段做出了抗拒。以前我喜欢长头发，当我醒来发现我的长头发不见了时，我会感到愤恨。有时候我感觉自己像个女孩，有时候我感觉自己像个男孩，但我寄居的身体往往与我的感觉不符。当人们告诉我，我是男孩，或者我是女孩时，我选择相信他们。没有人告诉我还有另外一种可能，我那时候太年轻，还不能独立思考。我那时候不知道，在性别方面，我属于两者皆是，同时也是两者皆非。

被自己的身体背叛是一件可怕的事情。这种感觉是孤独的，因为你会发觉你不能谈论这件事。你会觉得这是你和自己身体之间的秘密。你会觉得这是一场你无法获胜的战役……尽管你仍然日复一日地抗争，但是你的斗志却在逐渐削弱。即便你选择忽视它，然而耗费精力去忽视它这件事本身就会让你筋疲力尽。

维克很幸运，有一对开明的父母。他们毫不在意维克喜欢穿的是牛仔裤而不是裙子，喜欢玩的是玩具卡车而不是洋娃娃。随着维克渐渐长大，到了十几岁的时候，他们才发现了一些端倪。他们知道了自己的女儿喜欢女孩子。但维克是过了很久才向自己以及父母证明他喜欢的是女孩，就像一个男孩那样。他原本就应该是个男孩，或者说他至少应该像个男孩一样生活，生活在男孩和女孩之间的模糊地带。

维克的爸爸是一个不爱说话的人，他以沉默的方式来理解和支持维克。维克的妈妈则表现得非常直率，她支持维克成为自己想成为的人，但同时她也要艰难地接受自己生的不是女儿而是儿子这样的现实。虽然只有十三四岁的年纪，但是维克的一些朋友还是能够理解他的。其他的孩子则被吓坏了——这其中更多的是一些女孩子。对于男孩们，维克一直是他们的小跟班，这种状况不会有什么改变。

唐一直存在于维克生活的背景中。从幼儿园开始，他们就一起上学，彼此很友好，但却始终没有成为真正的朋友。到了高中，维克和那些在笔记本上潦草地写下诗句并且不再过问的孩子在一起玩，而唐则和那些一写完诗就向文学杂志社投稿的孩子一起玩。唐是个受人瞩目的女孩，竞选生活委员，参加辩论俱乐部；维克是个低调的男孩，在 7-11 便利店打工。如果不是唐首先注意到维克，维克永远不会注意到唐，也未曾想过这个可能性。

但是唐注意到维克了。她的眼神总是不自觉地飘向维克。当她闭上眼睛睡觉时，她对他的思念伴她入眠。她不知道自己被亦男亦女的维克的哪一点吸引了，但最终她认为这都不重要。她就是被维克这个人吸引了。维克不知道她的存在，不知道她关注自己。

最终当唐向维克表白时，这让维克难以承受。他们的很多共同的朋友可以帮忙事先探探口风，但是唐认为如果她最终要冒险的话，她要亲自冒这个险。所以有一天当她看到维克和其他男生在 7-11 便利店堆放东西时，她跳进自己的车里，跟在他们后面。正如唐所希望的，当其他男生在走廊上玩耍时，维克走在前面闲逛。唐走过去，向他问好。维克起初不明白唐为什么要和他说话，或者唐为什么看上去有点紧张。后来他逐渐意识到事情的缘由，并且他也对此有所期待。便利店前门的时钟响了，意味着他的朋友们要离开了。他对他们挥手告别，然后和唐待在一起，而唐甚至不记得要假装她需要从店里买什么东西。他们留在这里聊了几个小时。维克提议去喝咖啡，一切就从这里开始。

他们的感情经历了几番起落，但是他们的心一直在一起：当唐看着维克时，唐看到的正是维克希望自己被看到的样子。维克的父母忍不住想象他曾经的样子，很多的朋友和陌生人忍不住想象他不再想成为的那种人。只有唐只看到了他，也许你会觉得唐被模糊了双眼，但是唐没有被模糊双眼，她看到的是一个非常清晰、非常鲜明的人。

当我在筛选这些记忆，当我在回顾这个故事时，我充满感激，充满向往。我向往的不是维克的生活，而是我自己的。这是我希望从莱安娜那里获得的东西，这是我想要给予莱安娜的东西。

但是我该如何让她越过这片模糊区域，看到原本的我呢？假如莱安娜永远不能真正掌控自己的人生，她是不是永远不会看到原本的我？

我在午饭前赶到了莱安娜的学校，把车停在了老地方。

现在我知道莱安娜在哪个教室，所以我就站在门外等下课铃响起。铃响后，她就走在人群当中，和她的朋友瑞贝卡聊着天。她没注意到我，她甚至看都没看我一眼。我只好跟在她身后走了一会儿，我不知道我是不是存在于她的过去、现在和未来之中的幽灵。最后她终于和瑞贝卡分开了，我可以和她单独说话了。

"嘿。"我说。

在片刻的犹豫之后，她转过身来。但是她一转身，我就知道她认出我了。

"嘿。"她说，"你出现在这里，为什么我一点都不惊讶呢？"

这完全不是我期待的欢迎方式，但我可以理解。当我们独处时，我就是她的终点。当我来到学校，出现在她生命中时，我就是她的拐点。

"一起吃午餐吗？"我问道。

"当然。"她说，"但是之后我真的要回去上课。"

我告诉她可以。

我们走在一起，谁也不说话。当我的注意力没有完全放在莱安娜身上的时候，我能察觉到别人正用异样的眼神看着她。有些是友善的，更多的则是带有敌意的。

她知道我注意到了这些。

"很显然，我现在是一个迷恋重金属音乐的荡妇。"她说，"有些人造谣，说我和重金属乐队的成员们上了床。这可真有趣，但同时也无聊至极。"她看了看我，"不管怎么说，你看起来完全不一样了。我甚至不知道今天我和什么样的人在一起。"

"我叫维克。我的身体是女性，但我本质上是男性。"

莱安娜叹了口气，说道："我都不知道这究竟是什么意思。"

我正要解释，但是她打断了我。

"等我们离开学校再说，好吗？你为什么不走在我身后，保持一点距离。我想那样会好一点。"

我别无选择，只能跟在她身后。

我们找了一家餐馆，这里来的都是一些上了年纪的顾客，看起来苹果酱是菜单上最受欢迎的一道菜。这里完全不像是高中生会来的地方。

我们坐下来，点好菜，我问她昨天后来发生了什么。

"贾斯汀看起来并不怎么沮丧。"她说，"可悲的是，有不少女孩想要安慰他。瑞贝卡真厉害，我发誓，如果有一种职业叫作友谊公关，瑞贝卡一定会成为当中的佼佼者，她从我儿这知道了一半的故事。"

"是哪些事情？"

"就是贾斯汀是一个浑蛋，还有，我和那个喜欢重金属的家伙除了聊天什么也没做。"

前一句话是毫无疑问的，但是对我来说，第二句话听起来有些异议。

"抱歉，我把所有事情弄成这样。"我说。

"原本还有可能会更糟。我们必须停止向对方道歉，说每一句话都不要以'对不起'开头。"

她的语气中流露出一种顺从的感觉，但是我分辨不出她让自己顺从什么。

"你说你是一个拥有女孩身体的男孩？"她说。

"差不多是这样的。"我意识到她不想对之前的话题聊得太深。

"你开了多久的车过来？"

"三个小时。"

"你今天错过了什么？"

"两个测验，还有和我女朋友的约会。"

"你觉得这样公平吗？"

我迟疑了一会儿。"你是什么意思？"我问。

"你看，"莱安娜说，"我很高兴你能来。真的，我很高兴。但是我昨晚睡得不好，我脑子里乱作一团，今天早晨当我收到你的邮件时，我就在想：这一切公平吗？不是对我或是你来说，而是对这些……被你绑架了生命的人来说。"

"莱安娜，我一直很小心……"

"这我知道。而且我也知道只是一天。但是假如今天原本会有完全在意料之外的事情发生呢？假如她的女朋友正为她筹备一个盛大的惊喜派对呢？假如因为她的缺席导致她的实验课搭档测验不及格呢？假如……我也不知道了。假如有什么重大的事故发生，而她本该在事故现场附近挽救一个婴儿呢？"

"我知道。"我对她说，"但是假如我就是本该出现的呢？假如我本该出现在这里，但是我没有，世界会不会向错误的方向运转呢？以某种非常微小但又至关重要的方式改变。"

"但是她的生活不是应该比你的更为重要吗？"

"为什么？"

"因为你只是一个过客。"

我明白这是事实，但是听到她这么说还是让我感到震惊。她的语气立刻变得温和起来，听起来不再像是谴责我了。

"我不是说你不重要。你知道我不是这个意思。现在，你是我在这个世界上最爱的人。"

"真的吗？"

"你说'真的吗'是什么意思？"

"昨天你还说你不爱我。"

"我说的是那个喜欢重金属音乐的家伙，不是你。"

我们点的食物来了，但是莱安娜只拿着薯条蘸着番茄酱。

"你知道，我也爱你。"我说。

"我知道。"她对我说，但是她似乎没有显得更加快乐。

"我们要克服这些障碍。每段感情开始时都会有困难，现在就是我们最困难的时候。这不像一块拼图，可以正好放在合适的位置。对于感情而言，在将每一块拼图完美地结合在一起之前，你必须先塑造它们的形状。"

"但你这块拼图的形状每天都在变。"

"只是外观上。"

"我知道。"她终于吃了一根薯条，"我想我需要对我的这块拼图进行更多的调整。有很多事情正在发生，而你的出现，又增加了更多的事情。"

"我会离开的。"我说，"午饭后就走。"

"我不是要让你走。我只是觉得我需要你离开。"

"我明白。"我说，我心里也确实明白。

"这样最好。"她微笑着，"现在，跟我说说今晚的约会吧。如果我不能和你在一起，我想知道跟你在一起的是谁。"

我已经发短信告诉唐我不在学校，但是约会不变。在她的曲棍球训练结束后，我们一起吃晚餐。

我在维克通常放学回家的时间回到他家里，安然地待在自己的房间里。我像以往约会之前一样感到有些紧张。我看见维克的衣柜里有许多领带，我相信他很喜欢打领带。于是我穿了一身很漂亮的衣服，或许有些太过招摇了，但是如果我关于唐的记忆没错的话，我知道她会喜欢这身衣服的。

我上了一会儿网。没有收到莱安娜发来的邮件，倒是有八封内森发来的邮件，我一封都没查看。然后我打开了维克的播放列表，听听他最常听的那些歌，我通常都是这样发现新的音乐的。

最后，我在接近六点的时候出门了。我非常奇怪自己为什么会这么期待，我想要参与一些有意义的事情，不管会面对怎样的挑战。

唐没有失望，她非常喜欢维克这身穿着，她用了"温文尔雅"而非"干净整洁"这个词来形容他。她今天有很多事情要诉说，还问了很多我今天做了什么的问题。这是一个敏感区域，我不希望维克以后会被发现撒了谎，所以我告诉她我只是一时冲动，请了一天假。没有考试，没有去学校走廊，只是开车前往我从未去过的地方……现在我准时回来和她约会。她完全支持这个决定，甚至没有问我为什么没有邀请她一同前往，而这样的一天也是我希望维克记住的。

我必须快速进入维克的记忆，搜索与唐有关的一切。但即便在当下，我们也共同度过了一段美好的时光。维克关于唐的记忆是绝对正确的：她对他的了解是如此精准、如此美好、如此果断。她完全没有宣扬她对他的了解。就是这样。

我知道唐和维克的处境不同于莱安娜和我的。我知道我不是维克，莱安娜也不是唐。但是一部分的我想要做一个比较，一部分的我期望我们也能够超脱世俗，一部分的我希望自己的爱情也可以如此强烈、如此有力。

维克和唐都有自己的车。唐要求维克跟着她回家，这样他就能送她到家门口，他们就能吻别、互道晚安了。我觉得这很甜蜜，我们手牵着手走上台阶。我不知道她的父母在不在家，但如果她不介意，那么我也不介意。我们走到纱门前，然后站在那儿逗留了一会儿，就像二十世纪五十年代谈情说爱的情侣。然后唐俯身用力地吻我，我也用力地回吻她。我们现在倚靠着灌木丛而非大门。她将我推入黑暗之中，我完全拥有了她，我们的情感如此激烈，我迷失了自我，或者说迷失了维克的自我，完全沉浸在我自己的世界里。我亲吻她，感受她，但从我的嘴巴里突然蹦出"莱安娜"三个字。一开始我以为唐没有听见，但是她后退了一会儿，问我刚才说了什么。我告诉她那是一首歌的名字，难道她没有听过这首歌吗？我一直在想这个词的意思，但是它就是它，就是一种感觉。唐说她不知道我说的是哪首歌，不过没关系，她已经习惯了我的怪癖。我告诉她一会儿我就会放这首歌给她听，但是现在我们有很多事情要做。我们被树叶覆盖着，我的领带挂在了一根树枝上。不过一切都充满了生机，我们毫不在意。我们不管不顾。

那天晚上，莱安娜发来一封邮件。

A：

今天是尴尬的一天。我想这是因为今天我们处在一个尴尬的阶段，这与你无关，与爱情无关。而是因为所有的一切都冲撞在一起。我想你明白我在说什么。

让我们再试一次吧。但是我觉得不应该在学校，那对我来说太难以承受了。我们约个时间见面吧，约在一个没有我生活的痕迹的地方。只有我们两个人。

我很难想象我们如何才能重新开始，但是我希望可以实现。

爱你的莱安娜

04 永恒之忆

第 四 部 分

第6024天

今天，没有闹钟叫醒我。我醒来时看见一个妈妈，别人的妈妈，也是我的妈妈，她坐在我的床边，注视着我。我可以看出，她对于吵醒我感到很抱歉，不过这种心情只是更强烈的悲伤的一小部分。她轻轻地碰了一下我的腿。

"该醒醒了，"她轻声说道，似乎是希望从睡眠到清醒的过渡可以用一种简单的方式完成，"我把你的衣服挂在衣柜门上了。再过四十五分钟左右，我们就要出发了。你爸爸……很难过。我们都很难过。但是他是最伤心的。所以……我们给他点空间，好吗？"

她在跟我说话的时候，我没有仔细去想我究竟是谁，或者发生了什么。在她离开后，我看见挂在衣柜门上的深色西服，才将所有的信息拼凑在一起。

我的祖父去世了，我即将参加他的葬礼，这也是我参加的第一个葬礼。

我告诉妈妈，我忘记让朋友帮我把作业交了，然后我打开电脑，告诉莱安娜我今天可能不能见她了。据我所知，这里距离葬礼地点至少有两小时的路程。不过至少我们不需要在那里过夜。

上午的大部分时间，我的爸爸都待在他的卧室里。当我在给莱安娜发邮件，正点击发送键时，他出现了。他的脸上没有悲伤的表情，只有呆滞。他的眼神中充满失落感，并且这种情绪充斥着他的整个身体。领带凌乱地挂在他的脖子上，几乎没有被打成结。

"马克。"他对我说。"马克"，这是我的名字，从他的嘴里喊出来，这名字就像是一个咒语，也像是一声带着质疑的呼喊，我不知道该如何回应。

马克的妈妈冲了进来。

"哦，亲爱的。"她一边说着一边用双臂搂住她的丈夫，接着缩回手来弄直他的领带。她转向我，问我是否准备好出发了。

我清除了历史记录，关闭电脑，告诉她我穿上鞋就可以走了。

前往葬礼地点的路途基本上是寂静的。收音机上播放着新闻，但是经过三次循环播放后，我认为我们谁都没有在听了。我认为，马克的父母和我在做着相同的事情——回忆关于马克祖父的点点滴滴。

我找到的记忆大多数是无言的。寂静地坐在渔船上，等待鱼线晃动的那一瞬间。马克的祖父坐在感恩节餐桌的主位，切着火鸡，好像这是他与生俱来的权利。在我小的时候，他带我去动物园，我能记得的是他在给我讲述关于狮子和熊的故事时，声音中带有的权威感。我已经不记得狮子或熊本身，只记得他创造的对于它们的感觉。

我祖母的去世让我真正地了解了什么是死亡。她是所有这些记忆背景中的鬼魂，不过我相信她在我父母心中的地位更加重要。我的思绪转向最近几个月，我祖父的身体越来越差，他看起来越来越小、越来越老，而我渐渐变得比他更高。他的死也是一个意外，我们知道死亡终究会来临，却不知道那竟是如此特殊的一天。我妈妈接到了电话，我不用听见她说的话就知道出了事情。她开车去我爸爸的办公室，把这消息告诉他。我不在那里，我没有看到经过。

现在，我爸爸的身体越来越差。似乎当我们身边的某个人死去时，在死亡的前一刻，我们会瞬间与其交换位置。如果我们克服了难关，我们的生命就能获得逆向发展，从死到生、从疾病到健康。

今天，附近所有的湖泊和河流中的鱼都将是安全的，因为马里兰州几乎所有的渔民都要出席葬礼。有几个人穿着西服，极少的人系着领带。我的大家庭也在这里：哭泣的表亲、含泪的姑姑、坚强的叔叔。我爸爸看上去最伤心，我和妈妈站在他的身旁，所有人都过来表示安慰，冲我们点头，拍拍我们的肩膀。

我感觉自己是个十足的冒名顶替者。我在观察，试图为马克留住尽可能多的记忆，因为我知道他想站在这里，他想记住这一切。

我没有准备好去看打开的棺材，当我们走进教堂时，马克的祖父就躺在我们面前。我们站在前排，所以我没办法移开我的视线。我看到了一个没有灵魂的身体的样子。如果我暂时离开马克的身体，如果马克不能回到自己的身体，他的样子也将是如此。这与睡眠中的样子完全不同，尽管殡仪业者已经试图让他看起来像是睡着了一样。

　　马克的祖父在这个小镇上长大，他一生都是这个教会的成员。大家都有很多话要说，并且在说话时都感情真挚。牧师似乎也被感动了。牧师一般都习惯于说这些话，不过没有说给他真正关心的人听。马克的爸爸走上前去讲话，他的身体似乎在与他的语言抗争，每次他试图说完一句话，他的呼吸就停止，他的肩膀就僵硬了。马克的妈妈走上前去，站到他的身边。看上去他要让她帮他把话说完，不过后来他没有这么做，他将发言稿放到一边，开始讲话。他像放电影一般叙述记忆中的事情，有一些记忆是连贯的，而有一些是支离破碎的，但这些都是马克的爸爸想到他祖父时所想到的事情。在马克爸爸的周围，有些人在笑、有些人在哭，还有些人点头表示认同。

　　我一下子泪如泉涌，泪水顺着我的脸颊流下。起初我不明白自己为何流泪，因为我并不认识他们谈论的那个男人，我不认识这里的任何人。我不是这其中的一分子——这就是我流泪的原因。我不是这其中的一分子，并且我将永远不会成为类似事情的一分子。我知道这一点已经有一段时间了，但是除非当它真正击中内心，否则我也仅限于知道而已。现在，它击中我的内心了。我将永远不会拥有一个为我悲伤的家庭，永远不会有人像对待马克的祖父一样对待我，我永远不能像马克的祖父一样给其他人留下记忆。没有人知道我，没有人知道我曾经做过什么。如果我死了，没有人会记住我，没有人会为我举办葬礼，我也不会拥有墓地。如果我死了，除了莱安娜没有人会知道我曾经来过这里。

　　我流泪，是因为我嫉妒马克的祖父，是因为我嫉妒可以获得别人关心的所有人。

　　当我爸爸讲完话后，我仍然在哭泣。我的父母回到靠背长凳上，坐在我的两侧，安慰我。

过了一会儿，我停止了哭泣。我十分清楚，马克将会记得他为他祖父流过的泪水，但是他永远不会知道我曾经来过这里。

马克祖父的身体被埋在了土里，这是多么奇怪的一个仪式。我看着他们把他下葬，我和大家一起祈祷。当他们将泥土铲到棺材上时，我站在人群中，站在我的位置上。

马克的祖父将永远不再有机会让这么多人共同怀念他。虽然我不认识马克，但是我希望此时他能够在这里目睹一切。

后来我们回到马克祖父的家中。很快就要进行整理和打包，但是大家正沉浸在悲伤的情绪中。大家诉说着一个又一个的故事，有时候在不同的房间里讲述着相同的故事。这里的很多人我都不认识，原因不是我不能够获取马克的记忆，而是马克祖父认识的人比他的孙子知道的要更多。

吃完东西、讲过故事、互相安慰后，大家开始喝酒。喝完酒后，大家乘车回家。马克的妈妈一整天都保持着冷静，她在黑暗中开车载我们回家。我不知道，马克的爸爸是睡着了还是陷入了沉思。

"这一天真漫长啊。"马克的妈妈低声说道。然后我们听着循环播放的新闻，每半小时重复一次，直至到了家。

我试图假装这就是我的生活，试图假装他们就是我的父母。但这一切都是徒劳的，我心里很清楚。

第 6025 天

.

这一天早晨，我感觉想要抬起头很困难、抬起手臂也很困难，我感觉我的身体很难从床上坐起来。

这是因为我的体重至少有三百磅。

我曾经也很胖，但我从未想过我可以如此胖。我感觉仿佛有几袋子的肉绑在我的四肢和躯干上面，做任何事情都需要耗费更多的力气。这种沉重感不是肌肉上的感觉。我不像后卫球员那样强壮，我很胖，肌肉松弛，身形臃肿。

当我终于能够看看四周、看看室内的环境时，我并没有因为眼前的一切而感到非常兴奋。芬恩·泰勒已经与世界上的大多数地方隔绝了。他的体形来自他的疏忽和懒惰，并且他对自己体形的不在意几乎要达到病态的程度。我确信，如果我对他的记忆进行深层挖掘，我一定能够发现人性中一些美好的东西。不过现在，我看到的只是浮于表面的饱嗝的情绪等价物。

我步履维艰地来到浴室，从芬恩的肚脐下方拿起一团猫爪子大小的麻布。我需要花很大力气去做所有的事情。曾经一定有某个时刻，芬恩感觉做任何事情都筋疲力尽，只好放弃。

我花了五分钟才从浴室里走出来，此时我已经汗流浃背。

我不想让莱安娜看到我现在的样子，可是我必须见她。我不能连续两天爽约，尤其是在我们关系尚不稳定的阶段。

我已经提醒过她，我在电子邮件中告诉了她我今天体形庞大，但我仍然想在放学后与她见面。今天我会在三叶草书店附近，所以我提议把那里作为见面地点。

我祈祷她能来。

在芬恩的记忆中，没有搜寻到任何让我相信他会因为逃课而不安的信息。但我还是去上学了。我会在他真正感到不安的时候，再让他逃课。

由于他的体形庞大，我必须比往常更加集中注意力。即便对于很小的细节，比如踩踏油门的力度、走在走廊时给自己预留的空间，我都需要加以调整。

我为此而受到了别人异样的关注，不只是其他学生，还有老师和陌生人，他们的目光是那么令人厌恶，他们眼神中的批判在空气中自由地流动。他们做出这样的反应，也许是因为芬恩放任自我，但也有可能是由于某种更原始的原因，某种更加具有防范性的原因——他们害怕变成我。

今天我穿了黑色的衣服，因为我曾多次听说黑色能让人看起来瘦一点。可是我就像一个黑色的球体，在走廊上如潜水艇般缓慢前行。

唯一的放松时间是午餐时间，芬恩和他两个最好的朋友拉尔夫、迪伦在一起。自三年级起他们就是最好的朋友了。他们取笑芬恩的体形，但很明显他们对此并不真的在意。如果芬恩瘦了，他们依旧会取笑他。

我和他们在一起感觉很放松。

放学回家后我又洗了一次澡，换了一身衣服。在擦干自己身体的时候，我在想是否可以往芬恩的大脑中植入一段创伤记忆，让他因为一些令人恐惧的事情而不再吃那么多东西。不过接着我就被自己的这个想法吓坏了，我提醒自己，芬恩做任何事情都与我无关。

因为要与莱安娜见面，我穿上了芬恩最好的衣服，一件 XXXL 码的领尖有纽扣的上衣和一条 46 码的牛仔裤。我甚至试戴了一条领带，但是这看起来滑稽极了，它像一条滑雪道一样沿着我的肚子滑落下来。

我坐在书店的咖啡厅里，椅子摇摇晃晃的。于是我决定到走廊里走走，但是走廊太狭窄了，我总是把架子上的东西碰掉。最后，我站在门外等她。

莱安娜一眼就看到了我，她永远不会认不出我。从她的眼神就能看出她认我来了，不过那不是一种特别快乐的眼神。

"嘿。"我说。

"啊，嘿。"

我们站在那里。

"怎么了？"我问。

"没什么，我只是在试图接纳你的全部。"

"别只看我的外表，看看我的内在。"

"你说起来容易，我可从来没有改变过，不是吗？"

既是又不是，我认为。她的身体未曾改变过，但很多时候，我感觉见到的她略微有点不同，仿佛每一种情绪都会产生一种变化。

"我们走吧。"我说。

"去哪里？"

"嗯，我们已经去看过海、爬过山、去过森林。所以我想这次我们可以……去吃晚餐，然后看电影。"

这个回答换来了一个微笑。

"这听起来可像是一场约会啊。"她说。

"如果你同意的话，我还可以给你买花。"

"去吧，"她挑衅地说，"去给我买花吧。"

在电影院里，莱安娜是唯一一个旁边的座位上放着一打玫瑰的女孩，她也是唯一一个身边有一个体形庞大的同伴的女孩。她的同伴的体形大到有一部分身体占据了她的座位。为了避免尴尬，我用胳膊搂住她。但是后来我意识到，我的汗水以及肉肉的胳膊令她的脖子有多么不舒服。我还意识到，如果我呼吸过于频繁，我就会发出急促的喘息声。预告片结束后，我坐到了旁边的座位上。但当我把我的手放到我们之间的座位上时，她握住了我的手。我们就那样拉着手至少十分钟，后来她假装挠痒痒，就没有继续拉我的手。

我挑选了一个吃晚餐的好地方，但这并不能保证这里提供的晚餐有多么美味。

莱安娜一直盯着我看——盯着芬恩看。

"怎么了？"我忍不住问道。

"没什么，只是……我看不到你的内在。通常我都能看得到，从你的眼神的光亮中。可今晚我看不到。"

在某种意义上，她的话是在讨好我。但是她说这句话的方式，又很令人沮丧。

"我向你保证，我就在这里。"

"我知道，可我还是没有办法，我感觉不到你。看到你这个样子，我没有办法感受你，我无法感受你。"

"没关系。你之所以看不到我的内在，是因为芬恩与我并不相像。你感觉不到我，是因为我的样貌不是现在这样。从某种程度上来说，这是合理的。"

"可能吧。"她一边说一边用叉子叉起一些芦笋。

她的语气表明她没有被我说服。我觉得，如果我们已经到了需要说服对方的阶段，那么我已经失败了。

这种感觉不像是一场约会，也不像是朋友间的聚会，而像是从绳索上掉下来却尚未落入网中一样。

我们的汽车仍然停在书店门口，所以我们回到了那里。莱安娜没有将玫瑰花捧在手中，而是单手拿着，将其悬于身体一侧，仿佛她随时会把这束玫瑰当作球拍使用。

"你在想什么？"我问她。

"我在想，这是一个虚度的夜晚。"她将玫瑰放到自己的鼻子前，闻了闻，"夜晚是可以虚度的，对吧？尤其考虑到……"

"是的，尤其考虑到我现在的样子。"

如果我处于一个不同的身体里面，我现在就可以俯身亲吻她。如果我处于一个不同的身体里面，这一吻就可以让夜晚从虚度变成丰富。如果我处于一个不同的身体里面，她就能看到我的内在，她就能看到她想看到的东西。

可是现在，我们尴尬至极。

她将玫瑰放在我的鼻子前，我呼吸着它散发出来的香气。

"谢谢你的花。"她说。

这就是我们的告别。

第 6026 天

这一天早晨,我是一个体形正常的人,我因为自己感到释然而内疚。我之所以内疚,是因为我意识到我从前并不在意别人的想法,或者别人怎么看待我,但是现在我却在意了,现在我像他们一样评价他人,现在我透过莱安娜的眼睛看我自己。我想这表明我变得和其他人一样了,但我感觉自己正在失去某种东西。

丽萨·马歇尔看上去很像莱安娜的朋友瑞贝卡:拥有又直又黑的头发、稀稀疏疏的雀斑、蓝色的眼睛。她不是那种你在街上一眼就会注意到的女孩,但是如果她在班上坐在你的旁边,你一定会注意到她。

今天莱安娜不会介意我的体形的,我想。接着我就为我的这个想法而感到内疚。

在我的收件箱里,有一封莱安娜发来的邮件。开头是这样的:

我今天真的很想见你。

我想，这很好。但是接下来的一句是：

我们需要谈谈。

因此，我不知做何感想了。

这一天成了一个等待游戏、一个倒计时，即使我并不确信迎接我的将会是什么。时间越来越近，我的担忧变得越来越强烈。

今天丽萨的朋友一直围绕着她。

莱安娜约我在她学校附近的一个公园见面。今天我是一个女孩，所以我猜那是一个安全的地点。镇上的任何人都不会看到我们，也不会猜测将有什么限制级的事情发生，他们已经认为重金属音乐迷是莱安娜喜欢的类型。

我来早了，于是我就坐在长凳上阅读丽萨读的爱丽丝·霍夫曼的小说，时不时停下来看着慢跑者从我身边经过。我看书看得入了迷，直到莱安娜坐到我身边，我才发现她来了。

当我看到她时，我情不自禁地笑了。

"嘿。"我说。

"嘿。"她说。

在她说出她想说的话之前，我询问了她一天的情况，问了一些关于学校和天气的话题——任何可以避免涉及我和她的话题。不过这些话题仅仅持续了大约十分钟。

"Ａ，"她说，"我有些话要对你说。"

我知道紧随这句话之后的很少是什么好话，但是我仍然心存希望。

虽然她说有些话要对我说，虽然她要对我说的话不止一句，但是一切都可以归纳为她的下一句话。

"我认为我做不到。"

停顿片刻后，我问道："你认为你做不到，还是说你不想做到？"

"我想做到，真的，我想做到。但是怎么可能呢？Ａ，我不知道怎样才有可能做到。"

"你什么意思？"

"我的意思是，你每一天都是一个不同的人。可是我无法去喜欢你变成的每一个人啊。我知道你就在他们里面，我知道他们只是躯壳而已，但我还是做不到。Ａ，我努力过了，我还是做不到。我想做到，我想成为可以做到的那种人，但是我做不到。问题不仅仅是这个。我刚刚跟贾斯汀分手，我需要时间想一想，让自己放下一切。而且有很多事情，你和我不能做到。我们永远不能一起和我的朋友出去玩，我甚至不能和我的朋友谈论你，这一点快把我逼疯了。你永远不能与我的父母见面。我永远不能在晚上和你一起入睡，并且在第二天早上和同一个你一起醒来，永远不能。我一直在试图说服自己，告诉自己这些事情并不重要。Ａ，真的，我尝试过了，可是我失败了。当我知道真正的答案时，我就不能再欺骗自己了。"

在这时我原本应该说，我会改变的。在这时我原本应该向她保证一切都会变好的，告诉她这是有可能的。但是我能对她说的只是我的终极幻想，那个我一直羞于说出口的幻想。

"这一切不是不可能实现，"我对她说，"你以为我没有试图说服过自己，没有过同样的想法吗？我一直在想象我们怎样才能一起拥有一个未来。这个未来是什么样的呢？我想有一种可能是，假如我们生活在同一个城市，我就不用长途跋涉了。我的意思是，附近会有更多年纪相仿的身体，虽然我不知道我是如何从一个身体转入另一个身体的，但是我确信，我从一个身体到另一个身体的距离涉及很多种可能性。所以如果我们住在纽约，我可能永远不会离开，那里有太多的人可供我选择。那样我们就可以随时见面，一直在一起。我知道这个想法很疯狂，我知道你不可能马上就离开家。但是我们终究会实现的，我们终究会过上那样的生活。我永远不能在你的身边醒来，可是我可以一直和你在一起。我们的生活将不是正常的，我知道。但那是一种生活方式，我们在一起的生活方式。"

我已经为我们的生活勾勒出一幅图画。我们拥有自己的公寓，我每天回到家后，踢掉我的鞋子，然后我们一起做饭，一起爬到床上，到了午夜，我再蹑手蹑脚地离开。我们一起成长，我通过了解莱安娜更好地了解世界。

但是莱安娜在摇头，她的眼睛里噙着泪水。这让我的幻想破灭，让我的幻想成为另一个愚蠢的梦。

"这是不可能的，"她轻声说，"我希望我相信这些，但是我做不到。"

"可是，莱安娜……"

"你要知道，如果你是我遇见的一个男生，如果你每一天都是同一个男生，如果你的内在和外表一致，很可能我会永远爱你。这与你的内心无关，我希望你明白这一点。但其他事情太难了。也许有别的女孩能够处理好这件事情，我希望有。但我不是那样的女孩，我就是做不到。"

现在，我的眼泪也流了下来。

"那么……怎么办呢？就这样了吗？我们就这样结束了吗？"

"我希望我们参与到彼此的生活中，但是你的生活不能扰乱了我的生活。我需要和我的朋友在一起，A，我要去上学，参加舞会，做任何我想做的事情。我很开心，真的很开心，和贾斯汀分手了。但对于其他事，我还不能释然。"

我对自己的痛苦感到惊讶。"你不能像我对待你一样对待我吗？"

"我不能。抱歉，我不能。"

我们在外面，但是仿佛四周的墙向我们靠拢而来。我们站在坚实的地面上，但是仿佛地面正在下陷。

"莱安娜……"我说。但是我没往下说，我想不出还有什么要说的话。我已经说完了。

她俯下身，亲吻了我的脸颊。

"我要走了，"她说，"不是永远，而是现在要离开了。几天之后，我们再谈谈吧。如果你仔细想想，你也会得出相同的结论，也就不会像现在这样觉得糟糕了。到那时我们再一起想想怎么解决这个问题，想想下一步该做什么。我希望我们有下一步，只不过不可能是……"

"爱情？"

"不可能是一段感情，约会，你所希望的事情。"

她站起身。我失落地坐在长凳上。

"我们会谈谈的。"她向我保证。

"我们会谈谈的。"我重复着，这听起来像是一句空话。

莱安娜不想就这样离开，她需要我表明我没事，我可以安然度过这个时刻。

"莱安娜，我爱你。"我说。

"我也爱你。"

她说的这句话不是一个问题。

但也不是一个回答。

我希望爱情可以战胜一切，但是爱情不能战胜任何东西，爱情本身什么都做不了。

爱情依赖我们去战胜一切。

我回到家，丽萨的妈妈正在做晚餐，香气扑鼻。可是我无法想象自己坐在桌旁和大家说话，无法想象和其他人说话，无法想象度过接下来的几个小时却不能够放声尖叫。

我告诉她的妈妈我身体不舒服，接着我上楼去了。

我把自己锁在丽萨的卧室里，感觉自己将会永远待在这里，永远被锁在房间里，咎由自取。

第 6027 天

　　早上醒来，我发现自己一个脚踝骨折了。幸运的是，我已经骨折一段时间了，拐杖在我的床边。这是唯一令我欣慰的事情。

　　我忍不住去查看电子邮件，可是莱安娜没有发邮件给我。我感觉很孤独，彻彻底底的孤独。接着我意识到，在这个世界上还有另一个人隐约知道我的身份。于是我去查看邮件，想看看他最近有没有发邮件给我。

　　他果然给我发了邮件。邮箱里有二十封来自内森的未读邮件，每一封都比上一封更加绝望，最后一封的内容是这样的：

　　我想要的只是一个解释，之后我将不再打扰你，我只是想要弄清楚而已。

　　我回复了邮件给他。

　　好，我们在哪儿见面？

凯西因为脚踝骨折不能开车。内森因为上次出去兜风惹了祸，被禁止开车。所以我们的父母不得不开车送我们。虽然我不愿意承认，但是我还是假设我们的见面是一次约会。

问题是，内森期望我是一个名叫安德鲁的家伙，因为我上一次告诉他我叫安德鲁。如果这次我要告诉他真相，我现在是凯西的身份这一点可以帮助我解释。

我们的见面地点是内森家附近的一家墨西哥餐厅。我想去一个公共场所，同时希望这个地方不会让开车送我们的父母起疑心。我看见他走了进来，他的穿着看上去也像是为了赴约似的。即使他看起来没有青春洋溢，他一定已经尽力展示自己最好的一面了。我举起一根拐杖向他挥舞，他知道我有拐杖，却不知道我现在是女孩。我想当面揭晓答案。

他一脸困惑地走了过来。

"内森，"当他走近时我说，"坐下吧。"

"你是……安德鲁？"

"我来解释，你先坐下吧。"

服务员感觉到了我们之间的紧张气氛，蹑手蹑脚地走过来，把特价菜单拿给我们，并且往我们的杯子里倒满了水。我们点了喝的，接着我们展开谈话。

"你是女孩？"内森问。

我想笑。如果他知道他曾经被一个女孩而非男孩附了身，他一定会被吓坏的，不过前提是他真的介意此事。

"有时候是。"我说。这句话使他更加困惑了。

"你是谁？"他问。

"我会告诉你的，"我回答，"我保证。不过我们先点菜吧。"

我并不是真的相信内森，不过为了促进我们之间的相互信任，我告诉他我相信他。这对我来说仍然有点冒险，可是我想不出其他办法来让他安心。

"目前只有一个人知道此事。"我开始说。然后我告诉他我是谁，我告诉他事情的原委，我再次告诉他，我寄居在他身体里面的那天发生了什么事情，我告诉他我怎么知道相同的事情不会再次发生。

我知道，与莱安娜不同，他不会怀疑我，因为我的解释适用于他。我的解释与他的亲身经历完全吻合，这一点是他一直所不解的。因为从某种程度上来说，他在我的指引下记住了这一切。不知道为什么，当我的大脑和他的大脑共同编造我们的故事时，我们在其中留下了一个缺口。现在，我正在填补这个缺口。

当我说完，内森一时语塞。

"那……哇……我想……所以说，比如，明天，你就不再是凯西了？"

"对。"

"那么她会……"

"她会对今天有一些别的记忆。可能她记得她跟一个男孩约会，但是约会失败了。她不会记得那个男孩是你，她对这个人只会有一个模糊的印象，所以如果她的父母明天问起今天的事，她不会感到惊讶。她永远不会知道，她当时没有在场。"

"那我为什么会知道呢？"

"可能因为我离开你的身体太快了，可能因为我没有为恰当的记忆打好基础，也可能因为在某种程度上我希望你发现我。我也说不好是为什么。"

在我说话的时候菜上桌了，但是大部分都原封不动地放在那里。

"这太不可思议了。"内森说。

"你不能告诉任何人，"我提醒他，"我相信你。"

"我知道，我知道，"他心不在焉地点点头，然后开始吃东西，"这是我们之间的秘密。"

用完餐后，内森对我说，和我谈话并了解真相对他真的很有帮助。他还问我，我们能否第二天再见面，让他亲眼看看我的新样貌。我告诉他我不能做出任何保证，但是我会尽量试试看。

我们的父母来接我们。在回家的路上，凯西的妈妈询问了今天的进展。

"不错……我觉得。"我告诉她。

这是在整个路途中我对她说的唯一的真话。

第 6028 天

今天是星期日，我醒来时的身份是安斯利·米尔斯。她对麸质品过敏，害怕蜘蛛，自豪于拥有三只苏格兰犬，其中两只睡在她的床上。

一般情况下，我会觉得迎接我的将是普通的一天。

内森给我发来了邮件，说他想与我见面，并且说如果我有车，我可以开车去他家。他的父母今天不在家，所以没有人送他。

莱安娜没有给我发邮件，于是我去找内森。

安斯利对父母说，她要和几个朋友去购物。她的父母没有怀疑她，并且把她妈妈的车钥匙给了她，嘱咐她回家不要太晚。从五点钟开始，他们需要她帮忙照看她的妹妹。

现在是十一点钟。安斯利向他们保证，她一定会提前回来。

距离内森家只有十五分钟的车程。我想我不会在他家逗留太久，我只是要证明我和昨天的我是同一个人。仅此而已，我要做的仅此而已。剩下的就让他自己领悟吧。

内森打开门看见我时一脸惊讶。我猜想，他之前并未真正相信我说的话，但是他现在相信了。他看上去很紧张，我出现在他家门口的事实证明了我所说的话。我认出了他的家，不过我的记忆已经将他的家与我曾经住过的其他房子混淆了。如果我站在走廊里，所有的门都被关上，我觉得我认不出哪扇门通往哪个房间。

内森带我来到他家的客厅，这里是客人待的地方。虽然我曾经有一天寄居在他的身体内，但是我仍然是客人。

"真的是你，"他说，"你又到了一个不同的身体里面。"

我点点头，坐到沙发上。

"你想喝点什么？"他问。

我告诉他水就可以了。我没有告诉他我打算很快就离开，可能喝水都没有必要。

当他去倒水时，我看了看摆在外面的一些全家福。内森在每张照片中看上去都不自然……他的爸爸也是如此，只有他的妈妈面带微笑。

我听到内森回来了，但我没有抬起头来。当我听到一个并非内森发出的声音时，我很震惊。他说："很高兴有机会见到你。"

这是一个穿着灰色西服的银发男子，他系着领带，但松松地系在脖子上。现在是他的休闲时间。我站起来，但是由于安斯利的娇小身材，我无法与他平视。

"请坐下，"普尔神父说，"你不必站起来，坐下吧。"

他关上他身后的门，然后在我和门之间的一个扶手椅上坐下。他的体形大概是安斯利的两倍，所以如果他想阻止我离开轻而易举。问题是，他是否真的想这么做。我的直觉告诉我需要考虑这些事情，这让我对将要发生的事情时刻保持警惕。

我决定态度强硬些。

"今天是星期日，"我说，"你不是应该在教堂吗？"

他笑着说："这里有更重要的事要我处理。"

此时一定就像小红帽初次遇见大灰狼的情景，她必须克服恐惧，思索对策。

"你想做什么？"我问。

他跷起二郎腿，说："嗯，内森跟我讲了一个十分有趣的故事，我在想这个故事是不是真的。"

我觉得现在已经没有必要否认。"内森不应该告诉任何人的！"我大声说道，希望内森听见我的话。

"过去的一个月，你让内森一直很困惑，我一直试图为他解答。现在他被告知这样的事，自然选择告诉了我。"

普尔话里有话，这很明显。只是我还不知道他到底是什么意思。

"我不是那个恶魔，"我说，"我不是魔鬼。我不是你们想象的那样。我是一个人，一个每天需要借住在别人身体里面的人而已。"

"难道你看不到在操控一切的魔鬼吗？"

我摇了摇头，说道："没有。内森的身体里面没有什么魔鬼，这个女孩的身体里面也没有。只有我。"

"不，"普尔说，"这就是你错的地方。没错，你是在这些身体里面。可是，我的朋友，在你身体里面的又是什么呢？你凭什么认为你就是你？你难道不觉得有魔鬼在操控一切吗？"

我平静地说："我没有受到魔鬼的操控。"

听到这里，普尔真的笑了。

"放轻松，安德鲁，放轻松。我和你是站在一边的。"

我站起来，说："好，那让我走吧。"

我准备离开，但正如我所料，他阻止了我。他把安斯利推回到沙发上。

"别这么急，"他说，"我还没说完。"

"你所说的站在一边，就是这样吗？"

他的笑容停止了。在某个瞬间，我在他的眼睛里看到了什么东西，我不确定那是什么，但我被吓得目瞪口呆。

"我对你的了解远比你向我透露的要更多，"普尔说，"你认为这是意外吗？你认为我只是一个试图驱逐你身体里的魔鬼的宗教狂吗？你有没有想过，我为什么要收集这类案例，我在寻找什么？答案就是你，安德鲁，还有像你一样的其他人。"

他在引诱我上当，一定是的。

"没有像我一样的其他人。"我告诉他。

他又瞥了我一眼。"肯定有，安德鲁。虽然你与众不同，但并不代表你是独一无二的。"

我不明白他在说什么，我也不想明白他在说什么。

"看着我。"他命令道。

我照做了。我看着他的眼睛，我明白了，我明白他的意思了。

"不可思议的是，你还没有学会如何让这持续超过一天，你不清楚你自己的力量。"

我往后退去。"你不是普尔神父。"我说。安斯利的声音止不住地颤抖。

"我今天是，昨天也是。明天，谁知道呢？我要判断什么才是最适合我的，我一直都在做这个。"

他正引诱我通往另一个层面，不过我马上就知道，我不喜欢那里。

"你可以拥有更好的生活方式，"他继续说，"我可以告诉你。"

他的眼神笃定，是的，没错。但是也流露出威胁，以及别的什么——一种恳求。仿佛普尔神父仍然处于他身体的某个地方，试图警告我。

"放开我。"我说着站起身。

他似乎被逗乐了。"我没有碰你，我只是坐在这里，跟你说话而已。"

"放开我！"我喊得更大声，并且开始撕扯自己的衬衫，纽扣四处乱飞。

"什么……"

"放开我！"我尖叫道，尖叫声中夹杂着啜泣声，啜泣声传达出呼救的心情。正如我所希望的，内森听见了。内森一直在听，客厅的门是敞开的，他在那里，正好看见我在尖叫、哭喊，看见我的衬衫被撕烂了，普尔现在站起来了，眼神中充满杀气。

我将所有的赌注押在内森的良知上面，当我处于他的身体内时，我看到了他的良知。即使他显然被吓坏了，但他的良知仍然存在，因为他没有逃跑，没有关上门，也没有听普尔的解释，他喊道："你在做什么？"我逃跑时，他为我打开门，并且阻挡了神父——或者说神父身体内的那个人。我从前门逃了出去，进了我的车里。内森竭尽全力去阻挡神父，为我争取了关键的几秒。当神父还在草坪上时，我插上车钥匙点了火。

"你没必要逃跑！"普尔喊道，"你很快就会想来找我的！其他人都来找我了！"

我颤抖着打开收音机，他的声音被歌声淹没了，被我开车离开的声音淹没了。

我不愿意相信他，我情愿认为他是一个演员，一个骗子，一个假冒身份者。

但是当我近距离观察他时，我看到他的身体里还有其他人。我认出了他，就像莱安娜认出了我一样。

只不过，我还看到了危险。

我看到有人没有遵照既定的游戏规则。

我刚离开，就开始觉得刚才应该多待几分钟，再听他多说几句。我的心中有了一些以往没有过的疑问，而他或许能提供答案。

不过，假如我再多待几分钟，我不知道我还能不能逃走。如果那样，我就会使安斯利经历与内森相同的挣扎，甚至更糟。假如我留下，我不知道普尔会对她做什么，我们会对她做什么。

他可能在说谎，我不得不提醒自己，他可能在说谎。

我不是唯一的一个。

我不能让自己的思维被这句话羁绊。事实上，可能有其他人，他们可能跟我在同一所学校、住在同一个房间、拥有同样的家庭。但是因为我们对自己的秘密守口如瓶，所以我们没有办法知道对方的存在。

　　我记得在蒙大拿的那个男孩，他的故事和我的如此相似。那是真的吗？或者那只是普尔设下的圈套？

　　还有其他人。

　　这可以改变一切。
　　或者这改变不了任何事。
　　在开车回安斯利家的途中，我意识到这是我的选择。

第二天，达瑞尔·德雷克有点心烦意乱。

在我的引导下，他熬过了在学校的这段时间，只在必要的时候说必要的话。但是他的朋友们一直在说他好像魂不守舍的。在田径训练时，教练一再斥责他注意力不够集中。

"你心里在想什么？"达瑞尔开车送他的女朋友萨莎回家的时候，萨莎问道。

"我想我真的有点提不起精神。"我对她说，"不过明天我就会好的。"

下午和晚上的时间我都对着电脑，达瑞尔的父母都在工作，他的哥哥在上大学，所以整个家里只有我一个人。

我的故事在普尔的网站首页中央，内容是我对内森说的那些话的复述，其中还有一些错误，不知道是内森隐瞒了什么还是普尔故意这么做的。

关掉了普尔的网页，我尽可能地寻找所有关于他的信息，但是收获不大。在内森的故事被报道之前，他似乎并没有对魔鬼附体这个话题公开发表过言论。我看了这件事前后他的照片，想要找出一些差别。照片里的他看起来没有变化，他的眼睛都经过了图像处理，被遮挡了。

我读了网站上的所有故事，试图在他们当中寻找自己，寻找其他像我一样的人。我再次发现了蒙大拿的一对夫妇的情况和我相同。其他人的经历只能算是与我类似，或许普尔的暗示是真的，一天的时限只是针对新人，而且可以以某种方式规避。

这当然是我所希望的。只待在同一副身体里，过同一种生活。

但同时这又不是我所希望的。因为我不能不考虑那些被我占据了身体的人，他们会怎么样。他或她就这么不复存在了吗？或者说原本存在于这个身体里的灵魂被驱逐了，然后流浪于不同的身体之间吗？从根本上看，这就是和我发生角色互换。原本拥有一个固定的身体，却突然发生转变，无法在任何一个身体里逗留超过一天时间，我无法想象这有多么痛苦。我很庆幸至少我没有听说过这样的事情。如果在导致别人的灵魂被流放之前我可以选择的话，我宁可让自己毁灭。

如果不会牵连到别人，这将是一个很容易的选择。但通常却不是这样的，总会有人受到牵连。

内森又发来了一封邮件，说他对昨天发生的事情感到抱歉。他说他原本以为普尔神父能够帮助他，可现在他对任何事都不确定了。

我回信告诉他这不是他的错，他需要远离普尔神父，回归自己的正常生活。

我还告诉他这是我最后一次给他写信。我没有告诉他这么做是因为我不信任他，不过我觉得他会想到这和他有关。

写完这封信后，我把我们之间往来的邮件都转发到了我的新邮箱，然后我注销了账户。就这样，我近几年的生命结束了，我人生的唯一一条相关线索也断了。对一个邮件地址念念不忘是很愚蠢的，但是我仍然割舍不下。我过往的生活中本来就没有多少值得留恋的片段，所以当这一切成了过往云烟，我至少要表示几分哀悼。

很晚的时候，我收到一封莱安娜发来的邮件。

你还好吗？

莱安娜

就这么一句。

我想把过去四十八个小时之内发生的所有事情都告诉她，我想把过去这两天的情况摆在她面前，看她会有什么反应，看她是否明白这一切对我来说意味着什么。我想要她的帮助，想要她的建议，想要她的安慰。

但我不觉得她也是这么想的。除非她也这么想，否则我不会强加给她。于是我在回信中这么写道：

这两天很糟糕。我似乎不是唯一一个以这种方式存在的人。这是我不敢想象的。

A

晚上还有几个小时的时间，但是她并没有给我回信。

第6030天

我在某个人的怀抱中醒来，现在我和莱安娜只隔了两个小镇。

我很小心，尽量不去吵醒这个抱着我的女孩。她羽毛一般的黄头发遮住了眼睛，她的胸口贴着我的背，我能感觉到她的心跳。她的名字叫阿梅莉娅，昨晚她偷偷地从我的窗口溜了进来，整夜陪在我身边。

我的名字叫萨拉，或者说这是我给自己选的名字。我出生的时候叫克莱门廷，十岁前我都很喜欢这个名字。后来我就开始了各种尝试，最终决定用"萨拉"这个名字。"Z"一直是我最喜欢的字母，而"26"也是我的幸运数字。

阿梅莉娅在被子里翻了个身。"现在几点了？"她迷迷糊糊地问。

"七点。"我对她说。

"你能充当一下侦察员，去看看你妈妈在哪儿吗？我不想用我进来的方式离开。早晨我的身体远远比不上晚上灵活，因为当我在走近一个少女时，我总是非常兴奋。"

"好吧。"我说。作为回报，她在我赤裸的肩膀上亲了一口。

两个人之间的柔情可以让空气、整个房间甚至时间都变得温柔。当我走下床，套上了一件大号的衬衣时，周围的一切都让我感到了幸福的温度。昨天晚上的一切还没有消散，我醒来后就感受到了这些柔情带给我的舒适。

我悄悄地来到走廊，在我妈妈的房门前偷听。屋里只有酣睡的呼吸声，这预示着我们是安全的。我回到房间时，阿梅莉娅还躺在床上，被子掉到了地上，所以床上只有她，还有她的 T 恤和内衣。我觉得萨拉不会让这个时刻就这么过去，她会爬到阿梅莉娅的身边，但是我又觉得我不能在她的房间里做这样的事。

"她在睡觉。"我向阿梅莉娅报告。

"她睡得熟吗？我可以安全地洗个澡吗？"

"我想可以。"

"你想先洗还是后洗？或者我们一起洗？"

"你可以先洗。"

她下了床，走到我面前，开始吻我。她的双手在我宽松的衬衫下游走，我根本抗拒不了。我很快被她攻陷了，长时间地吻她。

"你确定吗？"她问。

"你先洗吧。"我对她说。

然后，当她离开房间时，我就像萨拉想念阿梅莉娅一样想念莱安娜。

我希望她是莱安娜。

在我洗澡的时候，她悄悄溜出了屋子。二十分钟后，她又出现在我家门前，接我去学校。我妈妈现在醒了，在厨房里，当她看见阿梅莉娅开车过来的时候，露出了微笑。

我很好奇我们之间的事她究竟知道多少。

大部分时间我们一起待在学校里，但我们也和其他人有互动，并不局限于彼此。如果要一起做什么事情，我们就让我们的朋友加入进来。我们可以作为个体存在，也可以作为一对存在，也可以是三四个人，甚至更多，这些情况都可以。

我无法忘掉莱安娜。我记得她说她的朋友永远不会知道我是谁，我们在一起时只能是我们两个人，永远都是如此。

我开始明白这意味着什么，以及这是多么悲哀的一件事。

即便这样的事情从未发生过，现在我也已经感觉到了些许悲哀。

在上第七节课的时候，阿梅莉娅在图书馆自习，而我在上体育课。下课后我们又到了一起，她给我看她为我借的书，因为这些书一看就是我喜欢的。

我也能这么了解莱安娜吗？

阿梅莉娅放学后要参加篮球训练，我通常在附近边等她边做作业。可是她让我非常想念莱安娜，我得做些什么。我问阿梅莉娅我可不可以开她的车去办点事。

她把车钥匙递给我，什么也没问。

我用了二十分钟来到莱安娜的学校。我把车停在老地方，这里大多数车的车头都和我的车朝着相反的方向。然后我找了个地方坐下，看着学校大门，希望她还没有离开。

我不会和她说话，我不会让一切重新开始，我只想看看她。

我到那里五分钟之后，她出现了。她和瑞贝卡还有其他几个朋友在交谈，我听不到他们说了些什么，但是每个人都参与其中。

从我的角度来看，她并不像是最近刚失去了什么，她的生活看起来一切都很好。有一个片刻——一个短暂的瞬间——她抬起头，看了看四周。这一刻，我确信她是在寻找我。但是我不能告诉你下一刻发生了什么，因为我迅速地转过头，看向了别处。我不想与她对视。

这是她在寻找我，如果她在寻找，那么我也无法置身事外。

开车回去找阿梅莉娅的途中，我在一家塔吉特百货停留了一会儿。萨拉知道所有阿梅莉娅喜欢吃的食物，大多是各类零食。

我买了很多零食。在回学校找她之前，我把这些小零食放在仪表盘上，拼成她的名字。我相信这是萨拉希望我做的。

我并不能公平地看待问题，我希望莱安娜看见我在那里，我也希望她能走过来，就像阿梅莉娅和萨拉分开三天后所表现的那样。

我知道这种事永远不会发生。这个想法只是一闪而过，我无法完全看透。

阿梅莉娅看见仪表盘上的零食后非常高兴，她坚持要请我吃晚饭。

我给家里打电话告诉妈妈，她似乎并不在意。

我能察觉出阿梅莉娅意识到了我只有一半心思在她这里，不过她能够接受我把另一半心思放在别处。吃晚餐时，她用她这一天的经历填补了沉默，这些事有些是真的，有些完全是她编的。她还让我猜哪些是真哪些是假。

我们在一起只有七个月。然而，从萨拉珍藏了那么多的回忆来看，好像她们已经认识很久了。

这正是我想要的感情，我想。

然后我又想到，这正是我无法得到的感情。

"我能问你些事吗？"我对阿梅莉娅说。

"当然，什么事？"

"假如我每天都在不同的身体中醒来，假如你永远不知道明天的我是什么样子，你还会爱我吗？"

她并没有什么特别的反应，即便是面对这么奇怪的问题。"就算你的皮肤是绿色的，满脸胡子，两腿之间多了男人的那玩意。就算你的眉毛是橙色的，脸上有一块胎记，我每次吻你的鼻子都会被戳到眼睛。就算你有七百磅重，身上的汗毛多得像胳膊下面藏了一只杜宾犬。就算这样，我也爱你。"

"我也一样。"我对她说。

说起来容易，但这永远无法成为现实。

道别之前，她完全投入地吻了我，我也尽量让自己完全投入地去吻她。

这是美好的记忆，我不禁这样想。

但是就像声音一样，这段记忆一接触空气，就开始消散了。

我刚进家门，萨拉的妈妈就对我说："要知道，你可以邀请阿梅莉娅到家里来。"

我对她说我知道了。然后我就冲进房间，因为今天我受到太多的触动了。这么多的幸福只会让我悲伤。我关上房门，开始啜泣。莱安娜是对的，现在我知道了：我永远无法拥有这些东西。

我甚至没有查看邮件。无论她有没有给我写信，我都不想知道。

阿梅莉娅打电话来向我说晚安，我只能把电话转到留言信箱。接电话前我必须平复一下心情，好让自己最接近萨拉的状态。

"对不起。"我给她回电话说，"我刚才正和妈妈说话，她说你应该经常来我家。"

"她指的是从卧室窗户还是大门？"

"大门。"

"好吧，看起来好像有一只叫作'进展顺利'的小鸟正站在我们的肩上。"

我打了个哈欠，接着就为此向她道歉。

"你不用说对不起，懒鬼。去做个美梦吧，梦里要有我，好吗？"

"我会的。"

"我爱你。"她说。

"我爱你。"我说。

然后我们挂了电话，因为没有什么别的话要说了。

　　我想要把萨拉的生活还给她。即便我觉得我应该拥有这样的东西，我也不应该以她本人作为代价。

　　我觉得，应该让萨拉记住这一切。不是记住我的不满，而是记住这一切带来的满足感。

第 6031 天

我醒来的时候发烧了，全身疼痛，很难受。

朱莉的妈妈走进房间来看她，告诉她到了晚上应该就会好的。

这究竟是生病还是心碎的感觉？

我分不清。

体温计显示我的身体正常，但很显然这不是事实。

第6032天

莱安娜终于给我来信了。

我想见你，但是我不确定我们是否该这样做。我想听你说说发生了什么事，但是我害怕我们会重蹈覆辙。我爱你，真的，但是我害怕我会把这份爱看得太重。因为你总是会离我而去，A。这一点我们不可否认，你总是会离我而去。

莱安娜

我不知道该怎么回复她。我试着在豪伊·米德尔顿的身体里面忘却自我。他的女朋友在吃午饭的时候和他吵了一架，因为他从没有花时间陪过她。对此豪伊没说什么，事实上，他完全保持沉默，这只会让他的女朋友更加恼火。

我得离开了，我想。如果这里有我永远无法得到的东西，那么这里也会有我永远无法找到的东西，那些可能需要我去寻找的东西。

第二天早晨醒来时，我是亚历山大·林。他的闹铃响了，是我非常喜欢的一首歌。我很快被铃声唤醒了。

我也很喜欢他的房间。书架上放着许多书，有些书由于被反复阅读，书脊都破了。角落里有三把吉他，其中有一把是电吉他，信号放大器从前一晚就被插在上面。另一个角落里有一个柠檬绿色的沙发，我立即就明白这是他朋友前来留宿的地方，这是他们逃离自己家的避风港。他周围到处都贴着便笺，上面是他随意摘抄下来的经典语录。他电脑上方的便笺上写着乔治·萧伯纳的一句话：舞蹈是水平欲望的垂直表达。有些便笺上的字是他写的，有些是他朋友写的，比如：*我是海象。我是无名小卒，你呢？让所有的梦想家唤醒这个民族。*

尽管我还没有认识亚历山大，但他已经让我露出微笑了。

他的父母看到他很开心。我有一种感觉，就是他们见到他的时候总是很开心。

"你确定这个周末你会过得很好吗？"他妈妈问。然后她打开冰箱，看起来里面储备了至少有一个月的食物。"我觉得这里面的食物足够了，但是如果你需要买什么，就用信封里面的钱。"

我感觉这里好像缺少了什么东西，缺少了我应该做的某件事情。我进入亚历山大的记忆，发现明天是林先生和林太太的结婚周年纪念日，他们即将要去周年旅行，亚历山大给他们的礼物就在他楼上的房间里。

"等一等。"我说。我跑上楼，在他的衣柜里找到了这份礼物，一个用便笺纸装饰的袋子。每一张便笺纸上都写满了他父母对他说过的话，比如"永远要记得检查你的盲点"。这只是包装。我把袋子拿到楼下给林先生和林太太，他们打开袋子，发现了亚历山大准备了十个小时的音乐，伴随他们十小时的车程，还有他亲手为他们烘焙的饼干。

亚历山大的爸爸给了他一个感激的拥抱，他妈妈也参与进来。

这一瞬间，我忘记了我是谁。

亚历山大的储藏柜里贴满了写着经典语录的便笺，上面的字五颜六色。他最好的朋友米奇走过来，递给他半块松饼，是松饼的下半边，因为米奇只喜欢吃上半边。

米奇开始跟我说关于格雷格的事情，那显然是他暗恋很久的一个男孩。"很久"意味着至少三个星期。我有一股强烈的欲望，就是想告诉米奇关于莱安娜的事情。莱安娜距离这里只隔了两个小镇。我进入亚历山大的记忆，发现他目前没有任何爱恋的对象，但是如果他有的话，那一定是女生。米奇不会过多打听这方面的事情。很快其他朋友找到了他们，于是话题转向即将展开的乐队挑战赛。显然，亚历山大至少是三个参赛乐队的成员，其中包括米奇的乐队。亚历山大就是这样的男生，总是愿意参与与音乐相关的事情。

时间慢慢地过去，我不禁觉得亚历山大就是我努力想要成为的那种人。促成他个性的一部分是，他一直在那里，随时会给身边的人提供帮助。他的朋友依赖他，他也依赖朋友，这也就是很多人建立的一种简单的平衡。

我决定去证实我的想法。我在数学课上开了小差，进入到亚历山大的记忆中。我进入他记忆的方式就像是同时打开一百台电视机，我一下子看到了他的各种经历，有美好的回忆，也有痛苦的回忆。

他的朋友卡拉对他说她怀孕了，亚历山大并不是孩子的父亲，但是她说她对他的信任胜过她对孩子父亲的信任。亚历山大的爸爸不希望他花费太多时间在吉他上面，告诉他音乐没有前途。他喝掉第三罐红牛，试图在凌晨四点完成作业，因为他和朋友出去玩到了凌晨一点。他爬上一架通往树屋的梯子。他没有通过驾照考试，当教练告诉他这个消息时，他强忍着眼泪。他独自一人在房间里，用原声吉他反复地弹奏相同的曲子，想要领悟其中的含义。金妮·杜勒斯和他分手了，说她只是想和他做朋友，而真相是，她喜欢上了布兰登·罗杰斯。他六岁那年，坐在秋千上，把秋千越荡越高，直到他相信自己可以飞起来。他悄悄把钱塞进米奇的钱包，这样米奇稍后就能付他的那份钱。他在万圣节装扮成铁皮人。他的妈妈被火炉烫伤了手，对此他感到不知所措。他拿到驾照的第一天上午，开车到海边观看日出，那里只有他一个人。

我停止了回忆，停在了这里。我想到我自己，我不知道换作是我，能否做到这些。

我无法抵挡普尔提出的诱惑：如果我可以留在这个生命里，我能做到这些吗？每次我这么问自己时，我都从亚历山大的生活中被击退到我自己的生活中。我有了一些想法，而且自从这些想法形成后，我就再也无法停止它们。

如果真的有一个办法可以让我留下来呢？

每个人都是一种可能性。最绝望的浪漫主义者往往会感受得更真切，至于其他人，继续生存的唯一方法就是把每个人都看作一种可能性。我越多地窥视亚历山大脑海中反映出的世界，就越觉得他的人生有更多的可能性。他的可能性扎根于那些对我来说最重要的品质——善良、创造力、投身世界，以及投身周围的人的那种可能性。

这一天基本上已经过去一半。我只有短暂的时间来发掘利用亚历山大的身份还可以做点什么。

时钟一直在嘀嗒作响。有时候你听不到，有时候你能听到。

我发邮件给内森，问他普尔的邮箱地址，他很快回复了我。我发邮件给普尔，问了几个简单的问题。

我很快就得到了回复。

我发邮件给莱安娜，告诉她今天下午我要去找她。

我说有重要的事情。

她说她会在那里。

亚历山大告诉米奇，他放学后不能参加乐队练习了。

"有约会？"米奇开玩笑地问。

亚历山大调皮地微笑着，没有作答。

莱安娜正在书店里等我，那里已经成了我们的约会地点。

当我走到门口时，她认出了我，她的目光一直追随着我。她没有笑，但是我笑了。看到她我心存感激。

"嘿。"我说。

"嘿。"她说。

莱安娜也希望来这里，但她不认为这是一个好主意。她也感到很愉快，但是她确定这种愉快的心情将转变成后悔。

"我有一个想法。"我对她说。

"什么？"

"我们假装这是我们第一次见面吧。假装你来这里是为了买书，我碰巧撞到了你。然后我们聊了起来。我喜欢你，你也喜欢我。现在我们正坐着喝咖啡，一切都感觉很好。你不知道我每天都会变换身体，我不知道你的前男友以及关于你的其他事情。我们只是两个第一次见面的人。"

"为什么？"

"这样我们就不需要谈论任何其他事情。这样我们就只是和对方在一起，享受在一起的时光。"

"我不明白是什么意思……"

"没有过去，没有将来，只有现在。我们试一下吧。"

她看上去焦虑不安。她手握拳托着下巴，看着我。最后她做出决定。

"很高兴见到你。"她说。她还没有明白我的意思，不过她打算遵照我的想法。

我笑了。"我也很高兴见到你，我们应该去哪里？"

"你决定。"她说，"你最喜欢的地方是哪里？"

我进入亚历山大的记忆，找到了答案，仿佛是他把答案告诉了我。我的笑容更加灿烂了。

"我知道一个地方，"我说，"不过我们得先买些食物。"

因为今天是我们第一次见面，所以我没有必要告诉她关于内森或者普尔的事情，或者其他任何已经发生的或者即将发生的事情。过去和将来是复杂的，而现在是简单的。这种简单是只有我和她在一起的感觉。

虽然我们只需要买几样东西，但我们还是推了一辆购物车，我们穿过了杂货店的每一条过道。没过多久，莱安娜站在了购物车的前面，我站在购物车的后面，我们以最快的速度朝前走。

我们定了一个规则：经过每一个过道都必须讲一个故事。在宠物食品过道，我知道了更多关于恶毒的小兔子斯威泽的事情。在农产品过道，我告诉她有关那天我去夏令营并且参加西瓜传递比赛的事情。西瓜从大家的手中飞了出去，砸到了我的眼睛，最后缝了三针。那是医院第一次接触由西瓜引起的伤人事件。在谷物过道，我们扮成我们这些年吃过的谷物，以这样的形式来做自我介绍，我们试图准确地找到谷物使牛奶变蓝后牛奶不再冷却并开始变质的年份。

最终，我们为一顿素食大餐准备了充足的食物。

"我要告诉我妈妈，告诉她我在瑞贝卡家吃饭。"莱安娜边说边拿出手机。

"告诉她你要留下来过夜。"我建议道。

她停顿了一下，说："真的吗？"

"真的。"

但是她并没有要打电话的意思。

"我不确定这是不是个好主意。"

"相信我。"我说，"我知道我在做什么。"

"你知道我的感受。"

"我知道。但请你相信我，我不会伤害你，我永远不会伤害你。"

莱安娜打电话给她妈妈，说她在瑞贝卡家。然后她打电话给瑞贝卡，以确保谎言不会被拆穿。瑞贝卡问她发生了什么事，她说以后会告诉她。

"你告诉她，你遇见了一个男生。"她一挂断电话我就说。

"我刚刚遇到的一个男生吗？"

"对。"我说，"你刚刚遇到的一个男生。"

我们回到亚历山大的家。冰箱里几乎没有空间给我们放置买来的食物了。

"我们为什么要自找麻烦？"莱安娜问。

"今早我没有看冰箱，我只是想确保我们想要的东西都能有。"

"你会做饭吗？"

"不会，你呢？"

"不会。"

"我想我们能搞定的。但我想先给你看些东西。"

我看得出来，莱安娜和我一样也非常喜欢亚历山大的卧室。她专注地看着便笺上的字，然后用手指在书脊上滑过。她的面容就如同一幅洋溢着幸福的画卷。

然后她转身对着我。我们在卧室里，旁边还有一张床，这个事实不容置疑。但这不是我带她来这里的原因。

"该吃晚饭了。"我说。然后我拉着她的手，一起走了出去。

我们做饭的时候，空气中回荡着音乐。我们的一举一动都非常和谐，我们以前从未一起做过这样的事，但现在我们建立了自己的节奏，而且彼此各有分工。我不禁觉得我们可以永远这样：在共享空间里自由徜徉，在熟悉的人身边尽享宁静。我的父母不在家，我的女朋友过来帮忙做饭。她站在那里切菜，毫不顾忌自己的姿势，毫不顾忌自己凌乱的头发，甚至不知道我正深情地盯着她看。在泡沫般的厨房之外，夜晚也在唱歌。我可以透过窗户看到夜色，也看到玻璃上有莱安娜的影像。一切都井然有序，我希望眼前的一切永远都是真实的。我想让这一切变成现实，即便某种黑暗的力量正在将这一切拖走。

我们做完晚饭时，已经九点多了。

"需要我布置餐桌吗？"莱安娜用手指着餐厅问道。

"不用。我要带你去我最喜欢的地方，忘了吗？"

我找到两个托盘，把我们的晚餐放在上面。我还找了十二个烛台。然后我领着莱安娜从后门走了出去。

"我们要去哪儿？"我们刚到院子她就问我。

"看上面。"我对她说。

起初她没有看见。唯一的光亮从厨房里照射而来，仿佛是来自另一个世界的余晖。当我们的眼睛适应这光亮后，她看见了。

"真漂亮。"她说着，走向了亚历山大的树屋，梯子就在我们触手可及的地方。

"这里有一个滑轮装置。"我说，"是为了托盘而设计的。我爬上去把它放下来。"

我拿着两个烛台，快速地爬上梯子。树屋的内部与亚历山大的记忆完全吻合。这里不仅是一个树屋，还是一个排练室。角落里放着另一把吉他，以及写满歌词和曲谱的笔记本。虽然这里有一个能打开的顶灯，我仍然依靠蜡烛照明。然后我把升降机放下去，将托盘一个接一个升上来。第二个托盘刚刚安全到达，莱安娜就上来了。

"这可真酷，不是吗？"她环顾四周时我问道。

"是呀。"

"都是亚历山大的，他的父母没有上来过。"

"我喜欢这里。"

这里没有任何桌椅，所以我们盘腿坐在地板上吃晚餐，在烛光下看着彼此。我们不用在意时间，只需要安静地感受此时此刻。我又点了几根蜡烛，沉醉于她的目光中。在这里，我们根本不需要月亮或是太阳。我们彼此交相而成的光辉让莱安娜显得更加美丽动人。

"怎么了？"她问。

我俯下身子，吻了她一下。

"没什么。"我说。

莱安娜是我的第一个也是唯一一个爱人。大多数人都知道，他们的第一个爱人不会是他们唯一的爱人。但对我而言，莱安娜同时扮演着这两个角色。这将是我提供给我自己的唯一一次机会，这绝不会再次发生。

这里没有时钟，但我清楚地意识到分钟的存在，意识到小时的存在。就连蜡烛也参加了密谋，它随着时间的流逝变得越来越短。这提醒着我，提醒着我，提醒着我。

我希望这是我们的第一次见面，我希望这是两个青年之间的第一次约会。我希望我已经在计划我们的第二次约会，还有第三次约会。

但是我还有其他的事情不得不说，还有其他的事情不得不做。

我们吃完晚餐后，莱安娜把托盘推到一边，拉近了我们之间的距离。我以为她要吻我，但她把手伸进她的口袋，拿出一本亚历山大的便笺。接着拿出一支钢笔，然后在第一张便笺上画了一颗爱心，把便笺撕下来，贴在我的心脏位置。

"你看。"她说。

我低下头看了看，然后抬头对着她。

"我要告诉你一些事情。"我说。

我的意思是，我要把一切都告诉她。

我告诉了她内森的事情；我告诉了她普尔的事情；我告诉了她我可能不是唯一的一个；我告诉了她可能有办法能让我在一个身体里面停留更久；我告诉了她可能有办法让我不用离开。

蜡烛要烧尽了。我说了很长时间，当我说完时将近十一点了。

"这么说你能留下来了？"当我说完后，她问我，"你是说你能留下来了吗？"

"是，"我说，"也不是。"

当初恋结束后，大多数人最终会知道他们还将拥有恋情。他们没有放弃爱情，爱情也没有放弃他们。今后的恋情绝不会与第一次相同，而且会以不同的方式变得更好。

而我没有得到这样的安慰。这就是我坚持得如此辛苦的原因，这就是一切如此艰难的原因。

"可能有一种方法能让我留下来。"我对她说，"但是我不能那样做。我永远无法留下来。"

谋杀。当一切归结于此，留下就等同于谋杀，爱不会比这更加重要。

莱安娜把我推开，站起来，生气地看着我。

"你不能这样！"她大声喊道，"你不能乘虚而入，把我带到这里来，让我拥有了这一切之后，告诉我说，问题无法解决。这太残忍了，A，太残忍了。"

"我知道，"我说，"所以这是我们的第一次约会，所以这是我们第一次见面。"

"你怎么能这么说？你怎么能消除所有的一切呢？"

我站起来，朝她走去，用手臂搂着她。起初她反抗，试图推开我，但接着她放弃了。

"亚历山大是个好人。"我小声说道，声音断断续续。我不想这么做，但是我不得不这么做，"他甚至可能会成为一个伟大的人。今天你们第一次见面，今天是你们的第一次约会。他会记得他来过书店，他会记得他第一次见到你的情景，他会记得他是如何被你吸引的，不只是因为你长得漂亮，还因为他看到了你的勇气。他看到了你多么渴望成为这个世界的一部分。他会记得和你的谈话，你们的谈话是多么轻松，多么愉快。他会记得他不想结束这一切，并且问你是否想要做些别的事情。他会记得你问他最喜欢的地方是哪里，他会记得他想到了这里，并且想带你来看看。还有杂货店，过道里的故事，你第一次见到他的房间。这一切都会留在他的记忆中，我不会改变任何一件事情。他的脉搏就是我的心跳，我们的脉搏相同。我知道他会理解你的，你也拥有同样的心。"

"但是你怎么办？"莱安娜问道，她的声音也在颤抖。

"从他的身上，你会找到我的影子。"我对她说，"这不复杂。"

"我不能转换得这么快。"

"我明白。他会向你证明的，每一天，他都会证明他配得上你。如果他不能，那也没办法。但是我想他会证明的。"

"你为什么要这样？"

"因为我不得不离开，莱安娜。这一次真的要离开了。我不得不去

很远的地方，去查明一些事情。而且我不能一直介入你的生活，你需要
过好你自己的生活。"

"那这就是我们的告别吗？"

"只是告别了一些事情，同时也迎接一些其他事情。"

我希望亚历山大记住拥抱莱安娜的感觉，我希望他记住与莱安娜分
享世界的感觉，我希望他内心深处记住我多么爱她，我还希望他学会用
他自己的方式而非我的方式爱她。

我必须问问普尔这是否真的有可能，我必须问问他他是否真的可以
教我。

他承诺他可以，他说我们可以一起去实现。

没有犹豫，没有警告，不需要摧毁别人的生命。

就是从这个时候开始，我确定我必须逃离。

她抱着我，她紧紧地抱着我，没有一丝想让我走的意思。

"我爱你。"我对她说，"我从没有像爱你一样爱过任何人。"

"你总这么说。"她说，"但是你不知道我也是这样吗？我从没有
像爱你一样爱过任何人。"

"但是你会的。"我说，"你以后会爱上别人的。"

如果你凝视宇宙的中心，那里只有一股寒气、一片空白。最终宇宙
不会关心我们，时间也不会关心我们。

所以我们必须互相关心。

随着时间的流逝，午夜临近了。

"我想靠着你入睡。"我小声说。

这是我的最后一个愿望。

她点头表示同意。

我们离开树屋，迅速穿过黑夜，跑回明亮的屋子，跑回我们留下的音乐中。十一点十三分、十一点十四分，我们来到卧室，脱掉鞋子。十一点十五分、十一点十六分，她上了床，我关掉灯，然后也上了床。

我平躺着，她蜷缩在我身旁。我想到了沙滩、大海。

我们都明白，彼此都有很多话要说，但是说任何话都毫无意义。

她凑近我的脸颊，把我的头转过来，开始吻我。时间在一分一分地过去，我们就这样一直吻着。

"我要你明天记住这个吻。"她说。

然后我们结束了亲吻，重新躺下。睡意袭来。

"我会记住所有这一切。"我说。

"我也会。"她承诺。

我的钱包里将永远不会有她的照片，我将永远不会拥有她写的信，也不会有一本记录着我们之间的点点滴滴的剪贴簿，我将永远无法和她住在这个城市的同一间公寓里，我将永远无法知道我们是否在同一时间听着同一首歌，我们将无法白头偕老。当她处于困境中时，我将不会是她要打电话倾诉的那个人。当我有故事要诉说时，她也将不会是我要打电话的那个人。我将永远无法保存她给我的任何东西。

我看着她躺在我旁边睡着，我看着她呼吸，我看着她进入梦境。

这份记忆。

我将拥有的只有这份记忆。

我将永远拥有这份记忆。

亚历山大也将记住这一切，他将记住这种感觉，他将记住这个完美的下午和这个完美的夜晚。

他将在她的身边醒来，他将深感幸运。

时间一分一秒地流逝，宇宙在向我招手。我拿起身上的爱心便笺，将它贴到莱安娜的身上。我看着便笺。

我闭上眼睛，说了声"再见"，然后睡着了。

第 6034 天

　　我在一个名叫凯蒂的女孩身体中醒来，现在我距离莱安娜有两个小时的车程。

　　凯蒂还不知道，今天她要去离家很远的地方。这将会完全破坏她的日常状态，和她原本的生活背道而驰，但是她有足够的时间去解决这些问题。在她的人生之中，这一天是微不足道的，几乎不会对她造成任何影响。

　　但是对我而言，这是一个改变现状的绝好机会。对我而言，这是眼前的一个新的起点，同时也关系着过去和未来。

　　这是我生命中的第一次，我背离了别人的生活。